ハヤカワ・ミステリ文庫
〈HM㊾-1〉

衝　動

アシュリー・オードレイン
中谷友紀子訳

早川書房
8705

THE PUSH
by
Ashley Audrain

Translated by
Yukiko Nakatani
First published 2021 in Japan by
HAYAKAWA PUBLISHING, INC.
This book is published in Japan by
arrangement with
ASHLEY AUDRAIN CREATIVE INC.
c/o MADELEINE MILBURN LTD
(trading as MADELEINE MILBURN LITERARY, TV & FILM AGENCY)
through JAPAN UNI AGENCY, INC., TOKYO.

オスカーとウェイヴァリーに

胎内《たいない》で初めて聞く音は母親の心音だとしばしば言われる。実際には、できたばかりの聴覚器官を最初に振動させるのは母親の血流音である。わたしたちは耳さえ持たないうちからその原初のリズムに共振している。受精前、わたしたちは卵巣内の卵子として部分的に存在する。そして女性が一生のあいだに持つ卵子はすべて四ヵ月の胎児のときに形作られる。つまり、卵子という細胞としてのわたしたちの命は、祖母の子宮ではじまることになる。誰もが祖母の胎内で半年近くを過ごし、その祖母もまた自分の祖母の胎内で形作られたのだ。わたしたちはみな、母親が生まれるまえからその血のリズムに共振している……

『女性がドラマーだったころ』レイン・レドモンド

衝動

登場人物

ブライス・コナー……………………………主婦。作家志望
フォックス・コナー…………………………ブライスの夫。建築家
ヴァイオレット……………………………ブライスとフォックスの娘
サム………………………………………ヴァイオレットの弟
セシリア……………………………………ブライスの母親
エッタ………………………………………セシリアの母親
ミセス・エリントン…………………………ブライスの実家の隣人
ヘレン………………………………………フォックスの母
ジェマ………………………………………フォックスのアシスタント

あなたの家は炎に包まれたように夜を照らしている。

彼女が選んだ窓のカーテンはリネンに見える。高級なリネン。織りが緩《ゆる》いので、いつもはその布ごしに室内の様子を窺《うかが》っている。上の娘がポニーテールを揺らしながら宿題をする姿。幼い弟が三メートル半を超す天井にテニスボールを投げあげる姿も、レギンス姿のあなたの妻が散らかった居間をてきぱきと片づける姿も見える。おもちゃはかごへ。クッションはソファへ。

でも今夜、カーテンはあけ放たれている。雪を見るため？　トナカイを待つ娘のためだろうか。あの子はとっくに信じるのをやめたけれど、あなたのためになら信じているふりをする。あなたのためにならなんでもする。

四人ともおめかしをしている。おそろいのチェックの服を着た子供たちが革張りのオットマンにすわり、あなたの妻がその姿を携帯電話で写真におさめる。娘は弟の手を握っている。居間の奥のレコードプレーヤーを操作しているあなたは、妻の呼びかけに、すぐに行くと人差し指を立てて応える。娘がぴょんと立ちあがり、妻は息子を抱えあげてくるくるまわる。あなたはスコッチのグラスを手にして、ひと口、ふた口飲んでから、寝た子を起こすまいとするようなしのび足でプレーヤーのそばを離れる。ダンスをはじめる合図だ。あなたは息子を抱えあげ、頭をのけぞらせて笑うその子を逆さまにする。娘も背伸びをしてキスをねだる。あなたのグラスを受けとった妻が軽やかな足取りでクリスマスツリーに近づいて、電飾のコードの歪《ゆが》みを直す。それから全員で身を寄せあい、息ぴったりになにか叫んでから、また踊りだす。おなじみの曲に合わせて。妻が居間を離れると、息子の目が自動的にそのあとを追う。その感じをわたしも覚えている。必要とされる実感を。

マッチ。戻ってきた妻は暖炉の上に飾ったキャンドルに火を灯《とも》す。うねるような枝ぶりのツリーは本物の樅《もみ》だろうか、森のにおいがするだろうか。ほんの一瞬、家族が寝静まった深夜に燃えあがるツリーを想像する。暖かなバター色の明かりが紅蓮《ぐれん》の炎に変わるさまを。

弟が火かき棒を手に取ると、あなたたちが気づかないうちに娘がそっと取りあげる。よき姉。世話役。お守り役。

いつもはこんなに長く見てはいないのに、今夜はあなたたちがあまりに素敵で、ぐずぐずと帰れずにいる。積もりそうな雪。あの子は弟を喜ばせようと雪だるまをこしらえるだろう。わたしはワイパーを作動させる。室温を調節したとき、時計が七時二十九分から七時三十分に変わる。以前なら、あなたがあの子に『急行「北極号」』を読み聞かせるころだ。

椅子にかけた妻は、部屋じゅうを跳ねまわるあなたたち三人を眺めている。緩くカールした長い髪を片側で束《たば》ねて笑い声をあげる。あなたのグラスに鼻を近づけ、そのまま下に置く。顔には笑みが浮かんでいる。背を向けているあなたには、彼女がお腹に片手を添えてやさしくさすり、目を落として、そこに宿したものに思いをはせる姿は見えない。ただの細胞。なのにかけがえのないもの。あなたが振り返ると彼女は室内に注意を戻す。愛する者たちに。

あなたには明日の朝告げるのだろう。

彼女のことはいまでも手に取るようにわかる。

わたしはうつむいて手袋をはめる。顔を上げると、あけ放たれた戸口にあの子が立っている。番地プレートの上の照明灯に顔が半分照らしだされている。手にはニンジンとクッキーの皿。あなたは玄関のタイルの床にクッキーの欠片《かけら》を撒《ま》いておくはずだ。そうやってサンタが来たことにして、あの子も信じたふりをする。

気づけば、あの子が車内にいるわたしを見ている。そして身震いする。あなたの妻に買い与えられた服はきつそうで、腰まわりがふくよかになり、胸も膨《ふく》らんできたのがわかる。片手でそっとポニーテールを後ろへ払うしぐさは、少女というより大人の女を思わせる。あの子はわたしに似ている、娘が生まれてから初めてそう感じる。

車のウィンドウを下ろしてあの子に手を振る。わたしよ、と無言で呼びかける。あの子は皿を足もとに置くと立ちあがってこちらを見やり、背を向けてなかへ戻る。家族のもとへ。すぐにカーテンが引かれるはず。よりによってこんな晩になぜ家の前に車をとめたりするのかと、あなたが戸口へ出てくるはずだ。そうしたらなんと言い訳すればいい？　寂しかったから？　あの子に会いたかったから？　明るい火の灯るこの家の母親は、わたしであるべきなんだから？

けれども、あの子が軽やかな足取りで居間に戻ると、あなたは妻を椅子から立たせてダンスに誘う。シャツの背中に手を這《は》わせてふたりが寄り添い踊りはじめると、あの子は弟の手を取り、居間の窓の中央に連れてくる。舞台の立ち位置におさまる役者のように。窓枠がその姿を完璧に縁取っている。

男の子はサムによく似ている。目が同じ。波打つ黒髪も。幾度となく指に巻きつけた毛先のカールも。

吐き気がこみあげる。

わたしたちの娘は、あなたの息子の肩に両手を置いて窓ごしにわたしを見ている。身をかがめて弟の頬にキスをする。もう一度。さらにもう一度。その子は喜んでいる。かわいがられることに慣れているのだ。その子がひらひらと舞う雪を指差すが、娘はわたしから目を離そうとしない。そして弟の二の腕をさすって温める。母親がよくやるように。

窓辺へ来たあなたが息子の背丈に合わせてしゃがみこむ。外をのぞいて天を仰ぐ。わたしの車には気づかない。息子と同じように降りしきる雪を指し、舞い落ちるひとひらを指先でたどる。そうしながら橇《そり》の話をしている。トナカイの話も。なにか見えるかと夜空を見渡す。息子の顎の下をくすぐる。娘の目はまだこちらを見据えている。気づけばわたしは座席で身を低くしている。唾《つば》を飲みこみ、しまいに目をそらす。勝つのはいつも向こうだ。

目を戻すとあの子はまだそこにいて、車を見ている。

カーテンを閉じるだろうか。そう思ったが、その様子はない。今度はわたしも目をそらさない。助手席に置いた分厚い原稿の束を手に取り、自分の言葉の重みをたしかめる。
ここに来たのは、あなたにこれを渡すためだ。
これが、わたしから見た話。

1

あなたが椅子をこちらに寄せて鉛筆の尻で教科書をつついたとき、わたしはページを見つめたまま目を上げるのをためらった。「もしもし？」電話に出るときのような返事をしたら、あなたは笑った。そんなふうに大学図書館でたまたま隣合ったわたしたちは、しのび笑いを交わしながら同じ選択科目の勉強をした。クラスの受講生が何百人もいたせいか、それまであなたを見た覚えはなかった。カールした前髪が目に垂れかかり、あなたはそれをくるくると鉛筆に巻きつけた。それにずいぶん変わった名前をしていた。その日の夕方、寮まで送ってもらったときはあまり話さなかった。それでもあなたは好意を隠そうとせず、何度もわたしに笑いかけた。わたしはそのたびに目をそらした。そんなふうに誰かに関心を示されたのは初めてだったから。寮の前であなたが手にキスをしたので、ふたりでまた笑った。

じきに二十一歳になり、そのころには離れられなくなっていた。卒業まで一年足らず。その日々を、ふたりでわたしの寮の硬いベッドに並んで寝たり、ソファに向きあってすわり、脚を絡《から》ませたまま勉強したりして過ごした。あなたの友達と飲みに行ってもふたりで早々に切りあげ、ベッドに戻って互いの温もりをたしかめあった。わたしはほとんどお酒を口にしないし、あなたも派手な飲み会にはすっかり飽きていて、わたしがいればそれでよかった。わたしのほうも誰にも文句は言われなかった。交友関係はごく狭く、みんな友達というより知り合いに近かった。奨学金のために成績を維持するのに必死だったので、学生らしい社交生活に割《さ》く時間もなければ、興味もなかった。あのころ、ごく親しい相手はひとりもいなかったと思う。あなたに会うまでは。あなたが与えてくれたのは特別なものだった。だからふたりで人付き合いの輪を離れ、お互いだけを求めて幸せに過ごした。

あなたのくれる悦《よろこ》びにわたしは夢中だった。出会うまではなにもなかったから、あなたはたやすくわたしのすべてになった。もちろん期待外《はず》れだったわけではなく、あなたはすばらしかった。やさしく、思いやりに満ち、頼りがいがあった。秘密にしていた作家になる夢を打ち明けたとき、こう言ってくれた。

「それ以外のものになるきみなんて想像もつ

かないよ」女の子たちの羨望《せんぼう》のまなざしがわたしを得意がらせた。夜は眠るあなたのつややかな黒髪のにおいを嗅ぎ、朝はやわらかい髭《ひげ》に覆われた顎《あご》の線をなぞってあなたを起こした。あなたの虜《とりこ》だった。

わたしの誕生日、あなたはわたしの好きなところを百個書きだしてくれた。14――寝入り端《ばな》にかく小さないびき。27――きみの書く美しい文章。39――ぼくの名前を指で書くときのきみの背中。59――授業前に分けあって食べるマフィン。72――日曜日の朝、目覚めたときの上機嫌。80――いい本を読み終えると、胸にぎゅっと抱えるところ。92――いい母親になりそうなところ。

「いい母親になりそうだと思うのはなぜ？」わたしのこと、まるでわかっていないのかも――リストを置きながら、そんな思いがよぎった。

「ならないはずないだろ」あなたはふざけてわたしのお腹をつついた。「きみはやさしいし、愛情深い。子供ができるのが待ちきれないよ」

作り笑いを浮かべるしかなかった。

そんなふうに誰かに熱望されるのは初めてだった。

「いつかあなたもわかるはずよ、ブライス。この家の女はみんな……普通じゃないの」

煙草の吸い口についた母のオレンジの口紅がいまも目に浮かぶ。灰がわたしのカップに落ちて、ジュースの残りに浮かぶところも。焦げたトーストのにおいも。

母のセシリアのことを、あなたは何度か尋ねただけだった。わたしは事実だけを伝えた。(1)十一歳のときに母はわたしを置いて出ていった。(2)その後会ったのは二度きり。(3)居場所は知らない。

それがすべてではないと知りながら、あなたは詮索《せんさく》しなかった。知るのが怖かったから。それは理解できる。相手や自分自身に対して都合のいい期待をする権利は誰にでもある。母親に対してもそれは変わらない。誰もがいい母親を持ち、いい母親と結婚し、いい母親になることを期待する。

一九三九年〜一九五八年

エッタは第二次世界大戦の開戦日に生まれた。大西洋を思わせる瞳に、真っ赤な顔、生まれたときから丸々と太った赤ん坊だった。

初めて親しくなった男の子は町医者の息子で、エッタはその子と恋に落ちた。名前はルイス。ほかの少年たちとは違って礼儀正しく、言葉遣《づか》いも丁寧《ていねい》で、エッタが容姿に恵まれないことを気にするタイプでもなかった。入学から卒業までの毎日、ルイスは片手を自分の背中にまわしてエッタを学校まで送った。そういうところにエッタは惹《ひ》かれた。

エッタの家は数百ヘクタールのトウモロコシ畑を所有していた。十八歳になったエッタがルイスとの結婚を望むと、父親は婿《むこ》になるなら農業を学べと告げた。息子がいないので、ルイスに家業を継がせるというのだ。父は若いルイスに思い知らせたいだけだとエッタは思った。農業は生易《なまやさ》しいもんじゃない、敬意を払え。軟弱者には務まらんだろう、と。たしかにインテリ向きの仕事とは言えない。エッタは父親と正反対の相手を選んだのだ。ルイスは実父と同じ医学の道を志し、奨学金を得て医大へ進学することも決まっていた。けれども、医師の資格よりもエッタとの結婚を望んだ。やさしくしてあげてとエッタが懇願しても、父親はルイスを容赦なくこき使った。露に濡れた畑へ出るのは毎朝四時。四時から日の入りまで働きつづけなのに文句ひとつ言わないのとエッタはよく人に自慢した。ルイスは実父から譲られた往診鞄《かばん》と医学書を売り、その代金をキッチンカウンターの瓶に入れた。生まれてくる子供たちのために大学の学費を貯めるのだと言って。いかにも無私無欲なルイスらしいとエッタは思った。

ある秋の日の夜明け前、ルイスは穀物刈取機の刃に巻きこまれた。トウモロコシ畑の真ん中でたったひとり、血を流して死んだ。遺体を発見した父親は納屋の防水シートを取ってきてかぶせろとエッタに言いつけた。エッタはルイスの千切《ちぎ》れた片脚を母屋に持ち帰り、刈取機の血を洗い流そうとバケツに水を汲んでいた父親の頭めがけて投げつけた。

お腹に宿った赤ん坊のことは家族にも知らせていなかった。エッタは平均より三十キロは重いふとっちょで、妊娠を隠すのはたやすかった。四カ月後の吹雪《ふぶき》のさなか、娘のセシリアがキッチンの床で生まれた。赤ん坊を産み落とすあいだ、エッタは頭上のカウンターの学費の瓶を見つめていた。

エッタとセシリアはひっそりと農場で暮らし、めったに町へは出なかった。出れば〝神経病み〟の女だとささやく周囲の声が耳に入らずにはいられなかった。当時はそれで片づけられ、詳しい検査もされなかった。ルイスの父親は定期的に鎮静剤を処方し、エッタの母親は娘が望むだけそれを与えた。そのせいでエッタは、子供のころから使っている小さな真鍮《しんちゅう》のベッドで日々の大半を過ごし、セシリアの世話は母親に任せきりだった。

それでも、薬漬けで寝てばかりでは新しい出会いがないとじきにエッタは気づいた。どうにか起きだしてセシリアの世話もするようになり、祖母を求めて泣き叫ぶ哀れな娘をベビーカーに乗せて町へ連れだした。周囲には慢性のひどい腹痛で何カ月ものが食べられず、それですっかり痩せてしまったのだと説明した。誰も信じなかったが、エッタは暇な人々の噂話など意に介さなかった。ヘンリーに出会ったからだ。ヘンリーは町に来たばかりで、エッタと同じ教会へ通っていた。六十人が働くキャンディ工場の監督だった。出会ったときからヘンリーはエッタにやさしかった。赤ん坊も好きで、そのうえセシリアはとびきり愛らしかったので、周囲が心配するような障害にはならなかった。

やがてヘンリーは町の中心に自宅を購入した。ミントグリーンの窓枠の、チューダー様式の家だ。エッタは真鍮のベッドに別れを告げ、一度は失った体重をすっかり取りもどした。そして家族のための住まいづくりに没頭した。頑丈なポーチにはブランコをしつらえ、窓という窓にレースのカーテンを下げ、オーブンで焼いたチョコチップクッキーを欠かさなかった。ある日、新しく買った居間の家具がよその家に配達され、そこの住人は注文してもいないその家具を配達人に地下室へ運ばせた。それに気づいたエッタは、部屋着とヘアカーラーのまま通りへ飛びだし、悪態をつきながらトラックを追いかけた。誰もが大笑いし、しまいにはエッタも笑いだした。

エッタは理想的な女性になろうと必死に努力した。

よき妻、よき母に。

なにもかもうまくいくはずだった。

2

出会ったころを振り返ると思い浮かぶこと――

あなたの両親。ほかの人にはそんなに重要ではないかもしれないけれど、あなたの場合、まずは家族が浮かぶ。わたしにとって、唯一の家族。山ほどのプレゼントをもらい、お日様いっぱいの家族旅行に参加できるようにと航空券も贈られた。あなたの実家は洗いたてのリネンのような温かいにおいがして、訪ねるたびに帰るのが惜《お》しかった。あなたのお母さんの手で毛先に触れられると、膝によじのぼりたくなった。あなたと同じくらいわたしもお母さんに愛されている、そんな気がすることもあった。

わたしの父の所在を訊かれることも、休日の招待を断った父を非難されることもなく、その配慮がありがたかった。母のセシリアのことはもちろん口にもされなかった。わたしを両親に会わせるまえに、あなたがちゃんと伝えておいてくれたおかげだ（**ブライスはすばらしい子なんだ。本当に。ただね……**）。わたしの母はあなたの家で話題になるのにふさわしい人間とは言えない。あなたたちは好ましいものにしか縁のない家族だから。

あなたたちは完璧だった。

あなたは妹に〝ダーリン〟と呼びかけ、妹はあなたを崇拝していた。あなたが毎晩家族と電話で話すあいだ、わたしは廊下で聞き耳を立てた。あんなにあなたを大笑いさせるなんて、お母さんはなにを言っているのだろうと。あなたは隔週末に帰省して、家の手入れをするお父さんを手伝った。ハグもたくさんした。幼いいとこたちの子守りも引きうけた。お母さんのバナナブレッドのレシピも知っていた。毎年の両親の結婚記念日にはカードも贈った。わたしは両親から結婚式の話さえ聞いたことがないのに。

わたしの父。感謝祭に帰らないと告げても父から返事はなかったが、あなたには作り話を聞かせた。わたしに恋人ができたことを父が喜んでいて、ご家族によろしくと言っていると。実際にはあなたと知りあってから父とはろくに口をきいていなかった。用事があるときはもっぱら留守番電話を使い、吹きこむメッセージも、あなたにはとても聞かせられないほどおざなりで無味乾燥な内容ばかりだった。なぜそんなふうになってしまったのか、いまもよくわからない。作り話をしないわけにはいかなかった。自分の家族の崩壊ぶりをあなたに悟られないよう、ほかにもぽろぽろと嘘をついた。あなたにとって家族はあまりに大切なものだった。わたしの家族のすべてを知ればあなたは幻滅するかもしれない、その危険を互いに避けていた。

最初に住んだアパートメント。あそこでは、朝のあなたがなによりも好きだった。シーツをフードのようにかぶって寝なおそうとするところも、枕カバーにしみついた男っぽいにおいも。あのころわたしはたいてい日の出前に起きだして、いつでもひどい寒さの狭いキッチンの端で書き物をした。あなたのバスローブを着て、陶芸教室であなたのために絵付けしたカップで紅茶を飲みながら。しばらくして床が温まり、ブラインドごしの朝日でわたしの身体がくまなく見てとれるようになると、あなたに名前を呼ばれる。そしてベッドに引っぱりこまれて、ふたりであれこれ試した。あなたは大胆で積極的で、わたしの身体がどんなことをできるか、わたしより先に知っていた。わたしは夢中だった。あなたの自信に。忍耐強さに。一心に求められることに。

グレイスとの夕べ。大学卒業後も付き合いが続いた友人はグレイスだけだった。彼女がどんなに好きか、あなたには聞かせないようにした。わたしがグレイスと会うのをちょっぴり妬《や》いていたし、会うたびに飲みすぎだという顔をするからだ。女同士の友情としては最低限の付き合いしかしていないのに。それでも、グレイスがシングルだった年のバレンタインデーに、あなたはわたしたちふたりに花束をくれた。月に一度ほどグレイスを夕食に招くたび、わたしたちに席を譲って自分は蓋《ふた》を逆さにしたゴミバケツの上にすわった。仕事帰りにかならず上等のワインを買ってきてくれた。ゴシップに花が咲き、グレイスが煙草を取りだすと、あなたはひとこと断ってから席を立って本を開いた。ある夜、わたしたちが室内で一服やっていると（考えられる？）、バルコニーであなたが電話で話すのが聞こえた。失恋した妹が、いちばんの味方のあなたに相談中だった。彼の欠点はなんなの、とグレイスが訊いた。ベッドで最悪だとか？　癇癪《かんしゃく》持ちだとか？　なにもかも完璧な男なんているはずないでしょ。でも、欠点などなかった。あのころは。思いつきもしなかった。〝運〟がよかったのとわたしは答えた。わたしは幸運だった。なにもなくても、あなたがいたから。

お互いの仕事。そのことはあまり話題にしなかった。わたしはあなたの成功をうらやみ、あなたもそれを知っていて、ふたりのキャリアと収入に差があることを気にしてくれていた。あなたはお金を稼ぎ、わたしは夢見るばかり。卒業後はちょっとしたフリーランスの企画を二、三こなしたくらいで、ろくな成果を挙げられずにいた。なのにあなたは文句も言わずわたしを養い、「必要なものがあれば使って」とクレジットカードを渡してくれた。

就職した建築事務所であなたが二度昇進するあいだに、わたしが書きあげられたのは短篇三つきりだった。本にならずじまいの。仕事に出かけるあなたは誰かほかの人のものみたいに見えた。

当然のように、返ってくるのは断り状ばかりだった。最初はそんなもんさとあなたは何度もやさしく励ましてくれた。そのうちうまくいくよと。そんなふうに無条件に信じてもらえることが奇跡に思えた。自分があなたの期待どおりの人間だと証明したくてたまらなかった。「読んで聞かせてよ。今日書いたものを。なあ、いいだろ?」あなたがそうやってせがむのをわざと待ち、しかたがないという顔でわたしがうなずいてみせると、あなたは笑った。お決まりのおふざけだ。夕食後、疲れきったあなたは仕事着のままソファに沈みこむ。そして目を閉じてわたしの朗読に聞き入り、とくに気に入ったくだりではいつもにっこりした。

初めて活字になったわたしの作品を見せた夜、あなたはその売れない雑誌を震える手で受けとった。何度思い返したことか。わたしのことが誇らしげなそのときのあなたを。そんなふうに震えるあなたの手をふたたび目にしたのは数年後だった。わたしの血にまみれた小さなあの子の頭を支えたときのことだ。

でもそのまえに――

二十五歳のわたしの誕生日、あなたのプロポーズを受けた。
いまもときどき左手にはめる指輪とともに。

3

ウェディングドレスが気に入ったかどうか、わたしはあなたに尋ねなかった。古着にしたのは、あなたのお母さんと高級なブライダルブティックを見てまわっているときに、ヴィンテージストアのショーウィンドウで見たそのドレスが忘れられなくなってしまったからだ。あなたは「きれいだよ」とささやかなかった。祭壇の前で大汗をかいてそわそわと足踏みをする花婿が、ぼうっとした顔でよくそう言うけれど。式場の裏の赤レンガの壁に隠れ、招待客たちがシャンパンを手に次のカナッペはいつまわってくるだろうと考えながら暑さの話をしている中庭へと出ていくのをふたりで待っているときも、あなたはドレスのことには触れなかった。バラ色に輝くわたしの顔から目を離せなかったから。わたしの目に釘づけだったから。

あなたも最高に素敵で、目を閉じればいまもあのときの二十六歳のあなたを思い浮かべることができる。輝くような肌、まだ額に垂らしていた前髪。頬にはあどけない丸みさえ残っていたはずだ。

その夜の披露宴《ひろうえん》のあいだずっと、わたしたちは手をつないでいた。

あのときはろくに知らなかった。お互いのことも、どんなふたりになるのかも。

夫婦の問題など、わたしのブーケに入ったデイジー一輪の花びらの数ほどだと思っていたのに、一面の花畑のなかで途方に暮れるようになるまで、さほど時間はかからなかった。

「新婦側の親族席はなしでお願い」ウェディングプランナーが折りたたみ椅子と座席札を並べる係員に小声で指示するのが聞こえた。係員はかすかにうなずいた。

式のまえにあなたの両親から結婚指輪を贈られた。指輪が入っていた銀の貝殻型のケースはあなたのひいお祖母《ばあ》さんの形見で、戦死した夫からの贈り物だった。内側には誓いの言葉が刻印されていた――〝ヴァイオレット、いつもそばにいるよ〟。「美しい名前だろ」とあなたは言った。

シルバーグレーの優美なケープをまとったお義母《かあ》さんが乾杯の挨拶《あいさつ》をした。「夫婦の心は、いつしか流され、離れてしまうこともあります。知らず知らずのうちに遠くへ漂い、ふと気づけば水平線の果てにいて、戻るのをあきらめそうになることもあるでしょう」そこで間《ま》があり、視線がまっすぐわたしに注がれた。「流れのなかでお互いの鼓動に耳を澄ましていて。かならずお互いを見つけられるから。そして岸へ戻れるでしょう」お義母さんはお義父《とう》さんの手を取り、あなたが立ちあがってグラスを掲げた。
わたしたちはしきたりどおりに初夜を迎えた。ふたりともくたびれはてていた。でも、なにもかもをリアルに感じていた。結婚指輪も、披露宴の支払いも、アドレナリンがもたらす頭痛も。

無二の親友、ソウルメイトであるあなたと、生涯をともにすることをここに誓います。うれしいとき、つらいとき、そしてそのあいだの幾千万の日々をともに歩みます。フォックス・コナー、わたしはあなたを愛します。わたしのすべてを捧げます。

4

何年ものち、娘に見つめられながら、わたしはそのドレスを車のトランクに押しこんだ。見つけた場所に返しに行くために。

その後の日々のことは、なにひとつ忘れていない。

ふたりの娘、ヴァイオレットが生まれるまでの数年のことは。

夕食は遅い時間にソファでとり、そのあいだニュース番組を見た。食べるのはスパイスたっぷりのテイクアウトの料理で、それを角が尖《とが》った黒大理石のコーヒーテーブルに並べた。週末は午後二時からスパークリングワインを何杯も飲み、そのあとバーへ繰りだす人たちの声でどちらかが目を覚ますまで、何時間もお昼寝をした。セックス。髪の切りあいっこ。わたしは新聞の旅行欄をチェックして、次の旅行の行き先を真剣にリサーチした。ホットラテを手に高級ブティックをひやかしもした。冬には高価なイタリアンレザーの手袋。あなたは友達とゴルフ。わたしは政治にも関心を！　ラウンジチェアで身を寄せ、互いに触れながら、ふたりの時間を楽しんだ。わたしは映画に熱中した。すわったままでも心を遠くへ運んでくれるから。毎日が気楽だった。考えるのは明るいことばかり。言葉もどんどん浮かんだ！　生理も軽かった。あなたは家じゅうで音楽を流した。大人しか行かない店でビールを飲んでいたときに誰かに教わったアーティストの最新曲を。洗濯洗剤はオーガニックではなく、ふたりの服は人工的な山の緑の香りがした。山へも行った。あなたは執筆の進み具合を訊いた。ほかの男性によそ見をして、この人と寝たらどんな感じだろうかと想像することなど一度もなかった。あなたの車は実用性とは無縁で、それでも冬に四度目か五度目の雪が降るころまでは毎日通勤に使っていた。あなたは犬を飼いたがった。通りで犬を見かけると、ふたりで足を止めて首を撫でた。家事の息抜きができる場所は公園以外にもあった。読むのは絵がついていない本。テレビ画面が脳に与える影響も気にしなかった。子供が大人用の製品ばかり触りたがることなど知りもしなかった。お互いをわかっているつもりだった。自分のこともわかっているつもりだった。

5

二十七歳の夏。わが家と隣家のあいだの通路を見下ろすバルコニーには、雨ざらしのデッキチェアが二脚置いてあった。紐《ひも》で一列に吊るした白いペーパーランタンには、下から這いのぼる蒸れた生ゴミのにおいがしみついていた。その場所で、あなたはきりっとした白ワインのグラスを傾けながらわたしに言った。「はじめてみよう。今夜から」

それまでに何度も相談はしていた。わたしがよその赤ちゃんを抱いたり、かがみこんであやしたりすると、あなたは手放しで喜んだ。**きみは母親に向いてるよ。**わたしのほうは、あれこれ思いわずらわずにいられなかった。母親になる。それはどういうこと？　どんな感じがするもの？　きみなら大丈夫さ。

わたしならできるかもしれない。ほかの人たちと同じように、ごく自然に母親になれるかもしれない。わたしの母と同じにだけはなるまいと思った。

当時、母のことはほとんど思いださなかった。つとめてそうしていた。うっかり思い浮かべたときには、すぐに頭から追い払った。わたしのオレンジジュースに落ちた灰のように。

あの夏までに、わたしたちは寝室がふたつある広めのアパートメントに引っ越していて、そこのエレベーターはひどくのろかった。以前の住まいにはそもそもエレベーターがなく、ベビーカーを使うには不向きだった。赤ちゃん関係のものを見かけるたびに、お互い口には出さずに肘《ひじ》でつついて知らせあった。ショーウィンドウに並ぶ流行《はや》りのデザインの子供服。お利口に手をつないだ幼いきょうだい。期待。希望。数カ月前から、わたしは生理周期をきちんと把握するようになっていた。排卵日も確認してスケジュール帳に記入した。

ある日、排卵日のしるしの隣にスマイルマークがふたつ書きくわえられていた。そんなふうにはしゃぐあなたが愛《いと》しかった。すばらしい父親になると思った。わたしもあなたの子のすばらしい母親になるはずだと。

いま振り返ると、あのときの自信に満ちた自分に感心せずにはいられない。わたしはもう母の娘じゃない、あなたの妻だと感じていた。何年ものあいだ、わたしはあなたにふさわしい妻になろうとしてきた。あなたを喜ばせたかった。自分を産んだ母親と同じにだけはなりたくなかった。だから、赤ちゃんがほしかった。

6

エリントン一家。わたしの実家の三軒隣に住んでいて、近所のなかでもその家の庭の芝だけは、猛暑でカラカラの夏にも青々としていた。ミセス・エリントンは、セシリアがわたしを置いて出ていってからきっかり七十二時間後にうちのドアをノックした。父は一年前から毎晩寝ていたソファでまだいびきをかいていた。わたしのほうも、今回は母が戻らないと一時間前に気づいたばかりだった。すぐに母のドレッサーやバスルームの抽斗《ひきだし》をあさり、煙草の箱の隠し場所もたしかめた。母に必要なものはすべて消えていた。父に母の行き先を尋ねてはいけないことは、とっくにわかっていた。

「おいしいサンデーローストを食べに来ない、ブライス?」ミセス・エリントンの縮《ちぢ》れ毛はつやつやと光り、美容院に行ったばかりのようにきっちりセットされていた。わたしは反射的にうなずき、お礼を言った。急いで洗濯室へ行って、自分の服のなかでいちばんましなネイビーブルーのジャンパースカートとレインボー柄のタートルネックを洗濯機から引っぱりだした。父もいっしょでいいですかと尋ねようかと思ったものの、ミセス・エリントンは知り合いの誰よりも礼儀正しい人だから、父が招かれなかったのにはわけがあるはずだと考えた。

トーマス・エリントン・ジュニアはわたしの親友だった。いつからそう思うようになったのかははっきりしないけれど、十歳になるころにはトーマス以外に遊び相手はいらなくなっていた。同じ年頃の女の子たちといると気づまりだった。わたしの日常にはないものを持っているから。ままごと用のオーブンも、手作りの髪飾りも、ちゃんとした靴下も。母親も。自分だけが異質だという居心地の悪さに、わたしはごく早くに気づいた。

でも、エリントン家は居心地がよかった。

食事に招いてくれたということは、ミセス・エリントンは母が家を出たのを知っていたのだろう。母はエリントン家で夕食をごちそうになることを禁じていたから。いつからか、門限は四時四十五分と決められていた。帰る理由などないのに。オーブンはいつも冷たいまま、冷蔵庫はいつも空っぽ。当時、父とわたしの夕食はほぼ毎晩インスタントのオートミールだった。父はそこに加えるブラウンシュガーの小袋をポケットに入れて持ち帰った。清掃マネージャーを務める病院の食堂から失敬したものだ。収入は、少なくとも地元の基準ではそこそこだった。そんな実感はまるでなかったけれど。

ちゃんとしたディナーに招待されたときは手土産《てみやげ》を持参するのが礼儀だということくらいは知っていたから、わたしは草ぼうぼうの前庭に咲いているアジサイをひと束切った。ただし九月下旬だったので、白い花びらはあらかたチリチリになっていた。それを自分の髪ゴムで束ねた。

「なんて気の利くお嬢さんなのかしら」ミセス・エリントンは言って、花を青い花瓶に挿し、湯気をあげる料理が並んだ食卓の中央に丁寧に置いた。

トーマスの弟のダニエルもわたしになついていた。放課後にトーマスが母親の手を借りて宿題をするあいだ、わたしは居間でダニエルとおもちゃの列車で遊んだ。自分の宿題はセシリアがベッドに入るか、夜の街へ出かけるかする八時以降にとっておいた。母の外出はしょっちゅうで、帰ってくるのは翌日だった。だからあのころのわたしにとって、宿題は目がしょぼしょぼしてくるまでの暇つぶしのためのものだった。ダニエル坊やはすばらしい子だった。大人顔負けにおしゃべりをし、たった五歳で掛け算ができた。エリントン家のちくちくするオレンジのラグの上でくつろぎながら、わたしは九九の問題を出し、ダニエルの頭のよさに舌を巻いた。ミセス・エリントンもときどき様子を見に来て、戻りがけにわたしたちふたりの頭を撫でた。**お利口ね、ふたりとも。**

トーマスも優秀だったけれど、得意なのは別の方面だった。びっくりするほど独創的な物語を考えだせるのだ。ふたりでそれを、ミセス・エリントンが角の店で買ってくれた小さな螺旋綴《らせんと》じのノートに綴《つづ》った。それぞれのページに挿絵も描いた。物語に合わせてどんな絵を描くかを入念に相談し、色鉛筆をひと箱まるごと削ってから取りかかるので、一冊を仕上げるのに何週間もかかった。あるとき、トーマスがわたしのお気に入りの一冊を貸してくれた。ある一家のお話で、きれいでやさしい母親が、ごくめずらしいタイプの危険な水疱瘡《みずぼうそう》にかかって死にかける。最後の思い出にと一家は遠くの島へ旅に出かけ、そこで韻《いん》を踏んでしゃべるジョージという名の小さな妖精と出会う。特別な超能力を披露する代わりに、自分をスーツケースに入れて地球の反対側にある家に運んでほしいとジョージは言う。いいよと答えると、一家の望みがかなえられる。〝母さんは長生きするさ、いつまでも。悲しけりゃこの歌を歌うのさ、どこででも！〟妖精は一家の母親のポケットでいつまでも幸せに暮らす。わたしは一家の絵をひとつひとつ丁寧に描いた。エリントン一家にそっくりの。ただし、ひとりだけまるで似ていない三人目の子供を付けくわえた。わたしと同じ、桃色の肌の女の子を。

ある朝起きると、母がベッドの端にすわり、抽斗の奥に隠してあったノートをめくっていた。

「これ、どうしたの」母はわたしを見もせずに言い、黒人の一家とわたしが描かれたページで手を止めた。

「作ったの。トーマスと。向こうの家で」わたしは母が持っているノートに手を伸ばした。取り返そうと必死だった。母はその手を振り払い、螺旋で綴じられたページのなにもかもが気に入らないと言いたげに、わたしの頭めがけてノートを放った。角が顎をかすり、ノートはふたりのあいだの床に落ちた。それを見つめながら、わたしは気まずかった。母の気に入らない絵を描いたことも、母の目に触れないように隠していたことも。

母は細い首をまっすぐにもたげ、肩を怒らせて立ち去った。そして音もなくドアを閉じた。

翌日、わたしはノートをトーマスの家に返しに行った。

「持っていなくていいの？　ふたりで作ったんだって、あんなに気に入ってたのに」ミセス・エリントンは受けとったノートにいくつか折れ目がついているのに気づいた。そして、表紙をやさしく撫でた。「わかった」そう言って、返事はいらないというように首を振った。「うちで預かっておくわね」

そしてノートを居間の本棚にしまった。その日の帰りしな、ノートの最後のページが開かれ、正面に向けて本棚に置かれているのに気づいた。わたしを含めた一家五人が肩を組みあい、真ん中に立つ笑顔の母親から小さなハートが無数にあふれだした絵のページだった。

母が去った週末、日曜日のディナーをごちそうになったあと、わたしは洗い物を手伝った。ミセス・エリントンはカセットテープをかけて小さく歌を口ずさみながらテーブルを片づけ、カウンターを拭《ふ》いた。わたしはお皿を洗いながらその姿を横目で見ていた。しばらくするとミセス・エリントンは足を止めてカウンターからオーブンミトンを取りあげた。いたずらっぽくこちらに笑いかけ、それを手にはめて顔の横に掲げた。

「ミス・ブライス」とミセス・エリントンはへんてこな裏声で言い、ミトンをパペットのように動かしはじめた。「エリントン家のアフターディナーショーへお越しのセレブのみなさんには、いくつか質問にお答えいただくことになっています。では、さっそく――あなたのご趣味は？　映画へはいらっしゃる？」

どう合わせるべきかと迷いながら、わたしはぎこちなく笑った。「ええ、まあ。ときどきは」映画館へ行ったことは一度もなかった。パペットを相手に話したこともなかった。わたしは顔を伏せ、シンクのなかで皿をすすいだ。トーマスがキッチンに駆けてきて歓声をあげた。「母さんがまたトークショーをやるよ！」するとダニエルも飛んできた。「ぼくにも質問してよ、ねえ早く！」ミセス・エリントンは片手を腰にあて、もう一方の手にはめたミトンをぱくぱくさせながら、口の端だけをあけて甲高い声で話しだした。ミスター・エリントンも顔をのぞかせて見物をはじめた。

「それじゃ、ダニエル、あなたの大好物はなんですか、ただしアイスクリーム以外でね！」パペットが言った。ダニエルがぴょんぴょん飛びはねながら答えを考えるあいだ、トーマスが正解を当てようとした。「パイだ！　パイに決まってる！」ミセス・エリントンのミトンがびっくりしたように口をあけた。「パイ？　でも、ルバーブのじゃないわよね？　食べたらオナラが出ちゃう！」兄弟は顔を見あわせてけたたましく笑った。わたしは黙って聞きながら、こんな気分は初めてだと思った。のびのびしていて、ばかばかしくて、心が安らいだ。シンクの前で見ているわたしに気づいたミセス・エリントンが、人差し指で招き寄せた。わたしの手にミトンがはめられた。「今夜のゲスト司会者です。ようこそ！」続いて、こう耳打ちされた。「ほら、この子たちになにがしたいか訊いてみて。ミミズを食べるとか、誰かの鼻糞《はなくそ》を食べるとか？」わたしは噴きだした。ミセス・エリントンは目で天井を仰いでみせ、それからにっこりした。このおばかさんたち、大喜びすること請け合いよ、と。

その夜、ミセス・エリントンは初めてわたしを家まで送ってくれた。家のなかは真っ暗だった。ミセス・エリントンはわたしがドアの鍵をあけるまで待ち、玄関に父の靴があるのをたしかめた。そしてポケットから妖精のお話を綴ったノートを取りだして、わたしに渡した。

「いまは持っていたいんじゃないかと思って」

そのとおりだった。わたしは親指でページをめくり、その夜初めて母を思いだした。

それから夕食のお礼を言った。ミセス・エリントンはうちの家の私道を出たところで振り返り、こちらへ呼びかけた。「また来週の夕食にいらっしゃいね！　それまでに会うかもしれないけど」きっと会いに来てくれるとわたしは思った。

7

あなたがなかで果てた瞬間、わたしにはわかった。あなたの温かいものに満たされた瞬間に。何カ月も失敗が続いていたせいで、あなたはわたしがおかしくなったのではと疑った。無理もないけれど、それからおよそ三週間後、わたしたちは呆《ほう》けた酔っ払いのようにバスルームの床にのびて笑いあった。すべてが変わった。あの日仕事を休んだこと、あなたは覚えてる？ ふたりしてベッドで映画を見て、三食デリバリーですませた。ただただふたりでいたかった。あなたとわたしで。それとあの子と。女の子だとわたしにはわかった。

執筆はもう無理だった。書こうとしても気が散ってばかりで。生まれてくる子はどんな顔で、どんな性格になるだろう？

わたしはマタニティ・エクササイズに通いはじめた。レッスンの最初に大きな輪になってすわり、順に名前と妊娠月数を告げた。これからどんなことが起きるのかとわたしは興味津々《しんしん》で、たいして役に立ちそうもないエアロビクスの振り付けに従いながら、ほかの妊婦たちのお腹を鏡ごしに盗み見た。自分の身体にはまだ変化がなかったので、あの子がそこに居場所をこしらえるのを目にするのが待ち遠しくてたまらなかった。わたしのなかに。この世界に。

昼間に街を歩くときにも変化が起きた。わたしには秘密ができた。人々の視線まで変わった気がした。平らなままのお腹に触れて、**わたし母親になるの、これがいまのわたしなのと口に出して言いたかった。**頭はそのことでいっぱいだった。

ある日、図書館の〝妊娠と出産〟コーナーで何時間も本を物色していたときのこと。お腹は膨らみはじめたところだった。妊婦が近づいてきて、なにかの本を探しているのか、背表紙をたしかめはじめた。書架から抜きとった一冊は、読み古された安眠ガイドだった。

「何ヵ月ですか」

「六ヵ月よ」その人は目次を指先でなぞってたしかめたあと、わたしのお腹に目をやってから顔を上げた。「そちらは?」

「二十一週」わたしはそう答えて笑みを返し、相手の姿に目をやった。以前は紅茶キノコを自作し、朝六時からのエアロバイク・クラスに参加していたものの、いまは残り物のピューレですませ、運動はおむつを買いに出るだけといった感じに見えた。「睡眠のことにまで気がまわらなくて」

「ひとり目?」

わたしはうなずいて微笑んだ。

「わたしはふたり目」その人は手に持った本を掲げた。「正直な話、睡眠さえ確保すれば大丈夫。ほかのことはどうにでもなるから。最初はそれで失敗したのよね」

わたしは笑い声らしきものをあげてアドバイスに感謝した。閲覧室の反対側で子供の泣き声があがると、その人はため息をついた。

「うちの子よ」と手を上げて背後を示し、同じ本をもう一冊書架から抜いた。それを手渡されたとき、両手にピンクのペンで書かれたメモが見えた。「頑張ってね」

歩み去る後ろ姿はふくよかで母性にあふれて見えた。豊かな腰まわり、いくばくかの眠りのあいだについた寝ぐせが残る肩までの髪。わたしの目には、その姿がいかにも母親らしく映った。見た目の印象だろうか、それとも歩き方の？　わたしより気にかけるべきものが多いせいだろうか。その切り替わりがわたしに起きるのはいつだろう。わたしはどんなふうに変わるのだろう。

8

「フォックス、ほら見て」赤ちゃんができたことを報告したあと、あなたの実家から特大の荷物が届いたのはそれが三度目だった。お義母さんはすっかり有頂天《うちょうてん》で、毎週のようにわたしの具合はどうかと電話をかけてきた。箱には上等のおくるみと新生児用のニット帽、そして小さな小さな白いベビースリーパーが入っていた。いちばん底に詰められた包みには〝フォックスの赤ちゃん時代のもの〟と書いてあった。中身はボタンの目がついたよれよれのテディベアと、かつてはアイボリーホワイトだった絹の縁取りつきの擦り切れたブランケット。月に腰かけた男の赤ちゃんの小さな陶人形には、細かな金文字であなたの名前が記されていた。わたしはテディベアを持ちあげてにおいを嗅ぎ、あなたの鼻にも押しつけた。あなたは思い出話をはじめた。それを聞き流しながらわたしはぼんやりと心をさまよわせ、自分にもブランケットやぬいぐるみや愛読書といった子供時代の思い出の品があるだろうかと探した。でも、見つからなかった。

「わたしたちにできると思う？」その晩の夕食で、わたしは皿の上の料理をつつきながら尋ねた。妊娠してから肉はほとんど受けつけなくなった。

「できるって、なにを」

「親になること。子育てを」

あなたは手を差しのべてわたしの牛肉をフォークで突き刺し、にっこりした。

「きみはいい母親になるよ、ブライス」

そう言って、わたしの手の甲に指でハートを描いた。

「でも、わたしの母は……その……家を出ていったし。あなたのお母さんとはまるで違うの」

「そうだね」あなたは黙りこんだ。もっと聞かせてと言うこともできたはずだ。わたしの手を取って目を合わせ、話を促《うなが》してくれることもできたはず。でも、あなたはわたしのお皿をシンクに運んだ。

「きみも違う」ようやくそう続けて、背中からわたしを抱きしめた。それからびっくりするほど強い調子で言った。「きみはお母さんとはまるで違う」

わたしはそれを信じた。あなたを信じているほうが生きやすかったから。

そのあとソファで身を寄せあったとき、あなたは世界を手中におさめたかのようにわたしのお腹を抱えた。張りつめた皮膚の表面に目を凝らしてあの子が動くのを待つのが、わたしたちは好きだった。透けて見える青緑色の血管が地球の色に似ていた。赤ん坊が聞いているはずだと妻のお腹に話しかける夫もいる。でも、あの子がなかで動かないかと見つめるときのあなたは、感無量といった様子で静かだった。あの子の存在が夢のようで、とても現実とは思えないかのように。

9

「今日かもしれない」

朝から赤ちゃんが重たく、下りてきている感じがしていた。前夜は羊水でベッドがびっしょりになる夢ばかり見た。パニックが押し寄せ、四十週の妊娠期間のあいだひたすら避けてきた場所へわたしを追いこんだ。紅茶を淹《い》れるためにお湯を沸かしながら、わたしは小さく自分に言い聞かせた。**生まれてきても大丈夫、今日がその日でも大丈夫、この子を産んでも大丈夫。**キッチンのテーブルでそのおまじないを紙に何度も何度も書きつけていると、あなたが入ってきた。

「チャイルドシートは取りつけた。今日は電話を手放さないようにするよ」

わたしは紙をランチョンマットの下にすべりこませた。あなたはわたしにキスをして仕事へ出かけた。そうするだろうと思った。

夜の七時半、わたしたちは寝室の床にいて、古い床板の割れ目に押しつけられたわたしの膝は擦《す》り傷だらけだった。あなたに腰を押してもらいながら、規則正しく深呼吸しようとつとめた。練習はしてあった。講習にも通った。なのに、得られるはずの安心も、湧いてくるはずの自信もどこにも見つからなかった。あなたは陣痛の間隔を計ってそれを記入用紙に走り書きした。わたしは用紙をひったくってあなたに投げつけた。

「もう行かなきゃ」家にいるのは限界だった。暴れまわるあの子を押しもどすのに必死で、事前の練習はなんの役にも立たなかった。まだ開いていない、準備ができていない。あの子が自分の広がった骨盤を下りていくところが想像できず、河口のように身を開くことなどとてもできそうになかった。身体がすくみ、怯《おび》えきっていた。どうしていいかわからなかった。

痛みについて聞かされていたことは本当で、どんなだったか、いまはもう思いだせない。下痢のことは覚えている。室内の寒さも覚えている。陣痛の合間にクリスマスのモールが飾られた廊下を歩いていて、ワゴンにのった鉗子《かんし》を見たことも。看護師は木こりみたいな手をしていた。その手を突っこんで子宮口の開き具合をチェックされるたびにわたしは泣き声をあげ、看護師は顔をそむけた。

「やっぱり無理」わたしはつぶやいた。疲れきっていた。あなたは数十センチ離れたところにいて、看護師がわたしに持ってきてくれた水を飲んでいた。言わずにいられなかった。

「なにが無理なんだい」

「赤ちゃんが」

「産みたくないってこと?」

「違う、赤ちゃんが」

「硬膜外麻酔をはじめてもらうかい。そのほうがいいみたいだ」あなたは振りむいて看護師を探し、わたしのうなじに濡れタオルをあてがった。わたしの髪を馬のたてがみのように握っていたのも覚えている。

麻酔はされたくなかった。苦痛を最大限に感じたかった。わたしを罰して、とあの子に訴えた。引き裂いて。髪にキスしたあなたを乱暴に押しのけた。あなたが憎かった。あなたがわたしに望むものすべてが。

せがんで車椅子でトイレへ運んでもらった。そこがいちばん落ち着けた。そのときにはもう意識が朦朧《もうろう》としていた。誰の言葉もまともに耳に入らなかった。あなたになだめすかされてベッドに戻り、分娩台にのせられた。なにもかもが異常に思えた。燃えるような熱さ。火がついているにちがいないと思ってそこに触れようとすると、誰かに手を払いのけられた。

「なにするのよ!」

「さあ、頑張って」医師が言った。「あなたならできますよ」

「できない。したくない」わたしは言い返した。

「ほら、いきんで」あなたが落ち着いた声で言った。わたしは目を閉じ、なにか恐ろしい問題が起きるようにと祈った。死。死を願った。自分の、あるいは赤ちゃんの。すでにそのときから、ともに生きられるとは思えなかった。

生まれてきたあの子を医師がわたしの前に掲げたけれど、まぶしい照明に目を射られてほとんど見えなかった。目の痛みから逃れようとしきりに首を振りながら、吐きそうだと訴えた。傍《かたわ》らにいる医師の横にあなたが立つと、医師はそちらを向いて女の子ですよと伝えた。あなたはあの子のぬるぬるした頭を手で支え、そっと自分の顔に近づけた。そしてなにか語りかけた。言葉は聞きとれなかった。生まれた瞬間から、あなたはあの子にだけ通じる秘密の言葉を持っていた。やがて医師が、濡れそぼった仔猫でも拾うようにあの子のお腹を持ちあげ、看護師に預けた。それから処置の続きに戻った。胎盤が床に飛び散った。切開部分を縫合されるあいだ、大役を果たしたわたしは放心状態で照明を見上げていた。わたしも母親の仲間入りをしたのだ。身体が覚醒《かくせい》し、電流が走った。そんな感覚は初めてだった。歯ががちがち鳴って欠けてしまいそうだった。そのとき、あの子の声がした。咆哮《ほうこう》が。なぜか聞きおぼえがある気がした。「準備はいい、ママ？」誰かが言った。はだけた胸にあの子がのせられた。泣き叫ぶ温かいパンの塊《かたまり》みたいだった。わたしの血はきれいに拭きとられ、病院のフランネルの毛布にくるまれていた。黄色いぽつぽつが散った鼻。目やにのついた黒っぽい目がまっすぐにわたしを見た。

「わたしがお母さんよ」

入院一日目の夜は一睡もしなかった。穴あきのカーテンに囲まれたベッドの上で、静かにあの子を見つめていた。足の指は一列に並んだ小さなエンドウ豆みたいだった。ときどきおくるみを開いては、指先で肌を撫で、ぴくりと動くところを眺めた。この子は生きている。わたしから生まれてきた。においもわたしと同じ。お乳が出はじめてもあの子は吸いつこうとしなかった。看護師の手でハンバーガーのように押しつぶされた乳房を口もとに突きつけてもだめだった。焦らずにねと言われた。面倒は見るから眠りなさいと看護師に勧められたけれど、わたしは目が離せなかった。あの子の顔に涙がぽたりと落ちて、初めて自分が泣いているのに気づいた。それをひと粒ごとに小指で拭い、味わった。あの子を味わいたかった。あの子の指を。耳の先を。口のなかに感じたかった。鎮痛剤で身体はなにも感じないのに、奥ではオキシトシンの火が燃えていた。それを愛情と呼ぶ母親もいるだろう。わたしにとってはむしろ驚嘆、驚異だった。これからどうすべきか、家に帰ってからどうなるのかとは考えなかった。あの子をどう育て、どう世話をすべきか、あの子がどんな子供になるかとも考えなかった。ただふたりきりでいたかった。あの夢のようなひととき、鼓動のすべてを感じたかった。

心のどこかでは、そんなふうにいられるときは二度と来ないと知っていた。

一九六二年

エッタはセシリアの長くもつれた髪を洗おうと、バスタブの蛇口を開いた。五歳のセシリアは髪のとかし方をろくに教わっていなかった。肘がアボカドグリーンのセラミックのバスタブに押しつけられた。

「仰向けになって」エッタが言ってセシリアの髪をきつく引っぱった。さらに数センチ頭が引きさげられ、セシリアの身体はほとばしる冷水に完全に沈められた。あえぎ、むせ、抵抗すると、ようやく皮膚に食いこんでいたエッタの指が離れた。どうにか呼吸を整えてからセシリアが見上げると、エッタがまじまじと見下ろしていた。身じろぎもせず。まだ終わりじゃないとセシリアは悟った。

エッタに耳をつかまれ、もう一度沈められた。鼻に水がもぐりこみ、刺すように痛む。しだいに意識が遠のいていく。

そのとき、エッタが手を離した。そして黴《かび》だらけの水栓を抜いてバスルームを出ていった。

セシリアは動かなかった。必死に抵抗したときに便を漏らしてしまい、震えと悪臭と寒さをこらえながら横たわっているうち、いつしか眠りに落ちた。

目覚めるとエッタはベッドに入ったあとで、仕事から帰ったヘンリーが居間でテレビを見ながら温めなおしたローストビーフを食べていた。テーブルの上には翌日も使えるようにアルミホイルがきちんとたたんで置かれていた。

タオルを肩にかけたセシリアが居間に入っていくと、ヘンリーは驚いた顔をして、もうじき真夜中じゃないか、なぜまだ起きているんだ、と口に食べ物を入れたまま訊いた。おねしょしたのとセシリアは答えた。

ヘンリーは顔を曇らせた。長い腕でセシリアを抱きあげて母親のベッドに運んだ。まだ便のにおいがしていたが、そのことには触れなかった。そしてエッタを揺り起こした。

「なあ、セシリアのシーツを替えてやってくれないか。おねしょしたらしい」

セシリアは息を呑んだ。

目をあけたエッタは、五時間前に溺死《できし》させかけたのと同じ力でセシリアの手を握った。そして寝室へ連れていき、ネグリジェを頭からかぶせて、力まかせにベッドにすわらせた。セシリアは心臓を波打たせながら、階段を下りていくヘンリーの足音に耳を澄ました。セシリアはいつもヘンリーの足音を気にしていた。そばにいるかどうかでエッタの態度が明かりのスイッチのように切り替わるから。

エッタはなにも言わず、手を出そうともしなかった。そのまま部屋を出ていった。とっさに嘘をついて正解だったとセシリアは悟った。母とのあいだに起きたことは秘密にしなくてはならない。

その後数年のあいだ、エッタの〝神経病み〟が明らかになる出来事が続いた。セシリアが学校から帰ると、閉めだされて家に入れない日が何度もあった。玄関のドアは掛け金が下ろされ、裏口も施錠され、家じゅうのカーテンが閉じられていた。それなのに、ラジオの音やキッチンの水音は聞こえるのだった。セシリアはメインストリートに出て店の通路をうろついては、母がもう買わなくなった品々を眺めて暇をつぶした。かつてはお気に入りだったフルーツの香りの石鹼《せっけん》や、ミントチョコレートを。

一時間ほどしてあたりが暗くなるとセシリアは家へ戻った。ヘンリーが帰っていて、夕食がテーブルに並んでいた。図書館にいたのと告げるとヘンリーはセシリアの頭を撫で、その調子で勉強すればクラス一の秀才になれるなと言った。エッタは聞こえないふりでセシリアを無視した。

またあるときは、セシリアが朝食に下りていくと、エッタがテーブルの前にすわり、丸々とした顔を蒼白にして膝を見下ろしていた。まんじりともしなかったように。一晩じゅうなにをしていたのかはわからなかったが、そんな朝、エッタはいつにもましてうわの空だった。いつにもまして悲しげだった。階段を下りるヘンリーの足音が聞こえてくるのを、セシリアはうつむいたまま待った。

10

「きみが不安がるから、この子にも伝わるんだ」あなたは言った。あの子は五時間半泣きどおしだった。そのうち四時間はわたしも泣いていた。だから育児書で乳児疝痛《せんつう》について調べてみてとあなたに頼んだ。

「三時間以上泣く日が週に三日以上あり、それが三週間以上続くとき」

「それより長く泣いてる」

「まだ連れて帰ってきてから五日だろ、ブライス」

「時間のことよ。三時間以上泣いてるでしょ」

「お腹にガスが溜まってるだけさ」

「ご両親に来てもらう約束はキャンセルして」二週間後のクリスマスに、完璧なお義母さんと顔を合わせる気にはなれなかった。しょっちゅう電話してきて、こうはじめるからだ——**昔とは違うんでしょうけど、この方法を試してみて……**。腹痛止め水薬《グライプウォーター》。おくるみの巻き方をきつくする。ライスシリアルを哺乳瓶に。

「ふたりともきみの力になってくれるよ。ぼくらみんなの」あなたは完璧なお母さんに来てほしがっていた。

「まだナプキンがぐっしょりになるくらい出血があるの。腐った魚みたいなにおいもするし。おっぱいが痛くてシャツも着られない。見てよ、フォックス」

「今夜電話で伝えるよ」

「抱っこを代わってもらえる？」

「ほら、こっちへもらうよ。少し眠って」

「この子、わたしを嫌ってる」

「シーッ」

産後のつらさは知っているつもりだった。乳房がコンクリートみたいにガチガチになることも。ひっきりなしの授乳のことも。デリケートゾーンの洗浄ボトルのことも。本を山ほど読んだ。人にも話を聞いた。でも、四十分ごとに起こされる気分や、血で真っ赤なシーツや、先を予想できない不安のことは、誰も教えてくれなかった。その試練を乗り越えられないのは、世界中の母親のなかで自分ひとりのような気がした。縫合された会陰《えいん》部の傷が癒《い》えないのも。剃刀《かみそり》のように乳首に突き立てられる赤ちゃんの歯茎の痛みに耐えられないのも。睡眠不足でがんがんする頭をどうにか働かせることができないのも。娘を見下ろして〝お願い、どこかに消えて〟などと願う母親も、自分だけだと思った。ヴァイオレットはわたしとふたりでいるときだけ泣いた。それが裏切りのように思えた。母と子は求めあうはずなのに。

11

ベビーシッターは、見たこともないほどぽっちゃりした手をしていた。授乳用の椅子にすわるとはみだしそうだった。いつもシトラスフルーツとヘアスプレーの香りがして、どっしりと落ち着いていた。

わたしは疲れきっていた。

新米ママなら誰でも通る道なのよ、ブライス。つらいのはわかる。わたしにも覚えがあるから。

そう言いながらもお義母さんは心配だったようで、こっそり夜間専門のベビーシッターを雇い、費用も払ってくれた。生後三週間を過ぎても、ヴァイオレットは一時間半より長くは眠ろうとしなかった。お乳をほしがっては四六時中泣いた。わたしの乳首は生の挽肉《ひきにく》みたいだった。

あなたはめったにシッターと顔を合わせなかった。たいていは彼女が来るまえに眠っていたから。シッターはきっかり三時間ごとにあの子を寝室に連れてきた。ドアに近づく重たい足音が聞こえるとわたしは甘美な眠りの淵《ふち》から覚め、目もまともにあけずに寝間着から乳房を引っぱりだした。授乳がすむと、またあの子を預けた。するとシッターが赤ちゃん部屋に連れて戻り、げっぷをさせ、おむつを替え、揺らしてあやし、ベビーバスケットに寝かせてくれた。言葉を交わすことはめったにないけれど、わたしは彼女が大好きだった。必要だった。四週間が過ぎたとき、電話してきたお義母さんがきっぱりとした、けれども気遣うような調子でこう告げた。「もうひと月になるわ、ブライス。そろそろ自分ひとりでやらないとね」

最終日、シッターは早朝の授乳のために最後にあの子を寝室に連れてきた。そのときは、いつものようにすぐに部屋を出ていかなかった。あなたは隣でいびきをかいていた。

「いい子でしょ、ね？」わたしは小声でそう言った。頑固な痔《じ》の痛みをやわらげようと身じろぎしてから、乳首をくわえさせた。いい子かどうか自信はなかったものの、自分が産み落とした温かいピンクの生き物のことを新米ママならそう言うはずだと思った。

シッターはベッドの横に立って、わたしの大きな茶色い乳首にまた吸いつこうとするヴァイオレットを見下ろした。こつがつかめていないせいで、お乳があの子の顔に振りかかった。シッターは返事をしなかった。

「いい子だと思う？」さっきの問いかけは聞こえなかったのかもしれない。乳首に嚙《か》みつかれてわたしは顔をしかめた。シッターはなにかを見定めようとするように後ろに下がった。

「ときどきこの子は、目を見開いてこちらを見つめることがあって、それが……」シッターはそこで言いよどみ、やがて首を振って閉じた歯のあいだから息を吸った。

「好奇心が旺盛なのよ。利発なの」わたしはほかの母親たちがよく使う言葉で続きを補った。相手の言わんとすることがわからなかった。

授乳を見ながらシッターは無言で立っていた。しばしの間のあと、うなずいた。不自然に長い間だった。まだなにか言いたいことがあるのだろうかとわたしは思った。授乳が終わるとシッターはそっとヴァイオレットを抱きあげ、わたしの肩に手を置いた。そしてあの子を部屋に戻しに行った。それきり会うことはなかった。

赤ちゃん部屋にシッターのヘアスプレーのにおいが何週間も残っていて、あなたはそれをいやがっていたけれど、わたしはときどきその香りを嗅ぐためだけにあの部屋に入った。

12

シッターが一カ月いてくれたおかげで救われた。ヴァイオレットとわたしは迷いの霧を抜けだし、生活パターンを見いだした。わたしはそれにすがった。日々の生活はあなたの出勤と帰宅によって区切られていた。ヴァイオレットを死なせないことがわたしの務めのすべてだった。一日にひとつはなにかをこなす――それを目標にした。買い物。診察の予約。あの子に拒否されたままサイズが合わなくなったベビー服の交換。コーヒーとマフィン。寒いなか公園のベンチにすわり、かりかりのブランの欠片を剝《は》ぎとりながら、ダウンでぱんぱんのスノースーツにくるまれたあの子をぼんやり眺め、お昼寝の時間が来るのをひたすら待った。

マタニティ・エクササイズのクラスで、出産予定日が近い妊婦のグループと知りあった。親しくしていたわけではないけれど、そのうちグループメッセージにも加わった。産後はたびたび散歩に誘われるようになった。ベビーカー軍団が入れる店でのランチにも。ママ友との約束が入るとあなたは喜んで、きみもママたちの仲間入りだねと声をはずませた。ママ行くのはもっぱらあなたのためだった。自分が普通だとあなたに示したかった。

日々のすべてがそうであるように、話題にも決まりきったパターンがあった。赤ちゃんがよく寝る時間や場所、食事の時間と量、離乳食への移行、保育所にするか子守りを頼むか、買ったら便利で手放せなくなるおすすめのグッズ。そのうち誰かが赤ちゃんのお昼寝時間だと言いだす。寝るのは家のベビーベッドでと決まっていて、せっかく組んだスケジュールを乱したくないのだという。それでいっせいに持ち物をまとめて腰を上げる。たまに、会計の最中に思いきって本音を口にしてみた。食いついてくれる人はいないかと、さりげなく——

「ときどき、つらいなって思っちゃう。そうじゃない？　母親業って」

「たまにはね、たしかに。でも、こんなにやりがいのあることってないんだし、でしょ？毎朝、わが子のちっちゃな顔を見るだけで報われるもの」わたしは彼女たちをしげしげと観察し、偽りを見抜こうとした。誰もボロを出さなかった。舌もすべらせなかった。

「そうよね」わたしはいつも同意するようにした。でも、そのあと帰り道でベビーカーのヴァイオレットを見ながら、なぜこの子が最高の授かり物だと思えないのだろうと考えつづけた。

ママ友たちと会うのをやめて数週間が過ぎたある日、コーヒーショップの前を通りかかったとき、通りに面した店内のカウンター席で赤ちゃんをぼんやり眺めている母親に気づいた。その子は生後三、四ヵ月ほどで、ヴァイオレットよりも少しだけ月齢が上のようだった。両手で胴を支えられてぺたんとすわり、母親をまっすぐ見返していた。その人の口は動いていなかった。愛しげな言葉をささやきかけてはいなかった——**ママの大事な、かわいい子。ほんとにほんとにいい子ね。**代わりに、その子の身体をわずかに右にまわし、続いて左にまわした。焼き物に粗《あら》がないかと探すように。

わたしは窓の外に立ったまま、その姿になにが見てとれるだろうと目を凝らした。愛情、それとも後悔？　その人のかつての生活も想像した。子供が生まれたせいで、自分の母乳の饐《す》えたにおいがする狭苦しい散らかったアパートメントにいるか、あるいはコーヒーショップの窓辺にぽつんとすわるか、どちらかしか選べなくなるまえの。

わたしは店に入り、飲みたくもないラテを注文して彼女の隣の席にすわった。眠っているヴァイオレットを起こさないように、ベビーカーをやさしく揺らした。と、マザーズバッグがハンドルからすべり落ち、哺乳瓶《ほにゅうびん》が飛びだして床を転がった。わたしはそれを拾いあげ、乳首は拭《ぬぐ》わずにおいた。そういったひそかな選択を——ほかの母親たちなら不適切だと避けるような選択を——するたび、ささやかな満足を覚えた。濡れたおむつをすぐに替えないとか、沐浴《もくよく》の時間を過ぎても億劫《おっくう》で一回飛ばしてしまうとか。隣の女性がこちらを向き、わたしたちの視線が合った。浮かんだのは笑みではなかった。お互い、絵に描いたような素敵な自分とはほど遠いものになっちゃったわねという共感だった。赤ちゃんの口からどろりとしたミルクがあふれ、彼女はそれをごわごわの紙ナプキンで拭いた。

「毎日、大変よね」わたしは声をかけ、あいかわらず無表情で母親を見つめる赤ちゃんを目で示した。

「一日は長いけど、一年はあっという間なんて言うけどね」わたしはうなずいてわが子を見下ろした。ヴァイオレットは身じろぎをはじめ、顎に皺《しわ》を寄せていた。「どうなることやら」そっけない口調は、わたしと同じように、時間の感覚がそのうち変わるなどとは信じていないように聞こえた。

「母親であることが最高の偉業だって言う人もいる。でも、どうなんでしょうね、偉業なんてなし遂《と》げたとは思えないけど」わたしはそう言って軽く笑った。本音を打ち明けるには早すぎたかもしれない。でも、わたしには彼女が必要だった。ランチ仲間とはまるで違うから。

「女の子？」

わたしは娘の名前を教えた。

「この子はハリーよ。生後十五週目」

数分のあいだ沈黙が流れた。やがて彼女が続けた。

「なんだか、この子がいきなり現れ

たみたいな気がするの、なんの前触れもなく。わたしの世界にぽーんと飛びこんできて、家じゅうぐちゃぐちゃにしたみたいな」

「わかる」わたしはゆっくりと答え、恐ろしげな兵器でも見るようにハリーに目をやった。「ほしいと望んで、お腹のなかで育てて、産み落としたのに、いきなり目の前に現れた気がするのよね」

彼女はハリーをカウンターから下ろしてベビーカーに乗せた。下手くそなベッドメイクのようにブランケットを雑にたくしこんだ。ほかの母親がみんなやるように、歌うような調子で息子に話しかけようとはしなかった。普段からしたことがないのかもしれない。

「それじゃ」そう言われてがっかりした。また会えないのは残念だった。引きとめようと、わたしは咳きこむように言った。

「家はこの近く？」

「いえ、じつは違うの。街の北のほう。ここへは約束があって来ただけ」

「電話番号を教えても？」顔が火照《ほて》るのがわかった。友達作りは得意じゃない。でも、夜中にメッセージを送ってあけすけに愚痴《ぐち》をこぼしあい、境遇を嘆きあうところが早くも目に浮かんだ。

「え、ええ。それじゃ、登録しとくわね」気まずそうな様子を見て、わたしは番号を教えたのを後悔した。電話は一度もかかってこず、それきり会うこともなかった。いまでもときどきあの母親のことを考える。あれから彼女は、自分がなにかなし遂げたと感じられただろうか、大きくなったハリーを見ながら、自分はいい母親だ、立派に子供を育てたんだと思っているだろうかと。それはどんな気持ちだろう。

13

あの子が最初に笑いかけたのはあなただった。沐浴のあとで。眼鏡をかけているから、レンズに映った自分の姿を見たのさとあなたは言った。でも、あの子は最初からあなたになついていて、そのことにわたしたちはどちらも気づいていた。わたしはあなたのように上手にあの子を泣きやませられなかった。あの子はあなたの抱っこのほうがしっくりくるのか、あなたの一部になったように離れようとしなかった。わたしの温《ぬく》もりもにおいも、あの子にはなんの意味もなさそうだった。赤ん坊は母親の心音や胎内音を聞いて育つというのに、あの子にはわたしが異国同然のようだった。

あなたがやさしいささやき声であの子をあやして寝かしつけるたび、わたしは聞き耳を立てた。あなたをお手本にした。真似もした。ただの思いこみだとあなたは言った。大げさに考えすぎだ。この子はまだ赤ん坊なんだ、赤ん坊は誰かを嫌いになったりしないさ。

それでも、二対一だと感じずにはいられなかった。

一日じゅういっしょにいるうち、否応《いやおう》なくあの子が降参するときもたしかにあった。わたしに抱っこされながら、あるいはお乳を吸いながら寝入ることもなくはなかった。あなたはそれを証拠にわたしの心配を否定した――**ほら、わかったろ？　もっと肩の力を抜きさえすれば、この子も安心するさ。**わたしはその言葉を信じた。そうせずにはいられなかった。あの子のやわらかい髪に鼻をうずめ、においを嗅いだ。心地よいにおい。あの子がわたしのお腹から生まれたことを思いださせてくれるにおいだった。どくどくと脈打つ臍《へそ》の緒でかつては結ばれていたことを。ときどき、目を閉じてあの子が生まれた夜を振り返ることがあった。あのときの絆《きずな》を思い浮かべ、感触を思いだそうとした。あの最初の数時間、たしかに絆はあった。乳首がひび割れて血がにじみ、疲労困憊《こんぱい》し、疑念にさいなまれ、言いようもなく心が麻痺《まひ》してしまうまえには。

きみはよくやってる。すばらしいよ。暗がりで授乳中のわたしに、ときどきあなたはそうささやいた。そしてわたしたちふたりの頭を撫でた。ぼくのレディたち。ぼくのすべて。

あなたが部屋を出るとわたしは泣いた。あなたたちふたりが軽やかにまわるための、ただの軸にはなりたくなかった。ふたりのどちらにも、与えられるものなどわたしには残っていなかった。三人の暮らしははじまったばかりなのに。わたしがなにをしたっていうの？なぜ子供を作ろうなんて思ったりしたの？自分の母親とは同じにならないなどと、どうして考えたりしたの？

逃げだす方法をあれこれ考えた。暗がりのなか、ロッキングチェアを揺らし授乳しながら。ベビーベッドにあの子を置いたまま夜中に家を出ようかとも考えた。パスポートはどこだろうとも。空港の掲示板に並んだ何百もの出発便のことも。ＡＴＭから一度に引きだせる現金の限度額についても。携帯電話をベッドサイドテーブルに残していくことも。母乳が出なくなり、わたしの乳房からあの子の生まれたあかしが消えるまでにどのくらいかかるだろうかとも。

その可能性を考えただけで腕が震えた。

そういった考えをけっして口にはしなかった。思いつきもしないはずだ、普通の母親なら。

14

八歳のあの夜、就寝時刻はとうに過ぎていた。わたしはパジャマ姿で廊下に立ち、両親が居間で言い争う声を聞いていた。

少しまえにガチャンとものが割れる音がした。ひらひらのドレスに日傘を差した南部の貴婦人の置物だとわかった。どこから来たものかは知らない。結婚のお祝いかもしれない。喧嘩《けんか》の理由は、母のコートのポケットから見つかったものにはじまり、母の夜遊びへと移り、それからレニーという誰かの名前が出て、最後はわたしのことだった。父はわたしが無口で内向的すぎると心配していた。少しは母が気にかけてやるべきだと。

「あの子はわたしなんていらないのよ、セブ」

「きみは母親なんだぞ、セシリア」

「わたしがいないほうがあの子のためよ」

そして母は泣きはじめた。声をあげて。毎晩のようになじりあってはいても、そんなふうに母が泣くのを聞くのは初めてだった。わたしは自分の部屋へ引きあげようとした。顔は火照り、母の引きつったような甲高い泣き声に胃がよじれそうだった。そのとき、父が祖母の名前を口にするのが聞こえた。「きみもエッタみたいになるぞ」

父の足音がキッチンへ向かった。グラスが二客、重たい音を立ててカウンターに置かれ、ウィスキーを注ぐ音が続いた。それを飲んで母は落ち着いた。喧嘩は終わり。そのあとはお決まりのパターンになる――母は疲れて眠り、父も酔いつぶれる。

でも、その夜の母は話をしたがった。

わたしは壁に背中を押しあててしゃがみ、床に丸くなった。それから一時間のあいだ母が父に話すことを聞いていた。初めて知る母の過去の断片を頭に焼きつけながら。

その晩、めずらしく父は母と寝室で寝た。翌朝起きたときには両親の部屋のドアは閉じていた。わたしは朝食を自分で作って登校し、その日の夜、両親は喧嘩をしなかった。ふたりとも穏やかで冷静だった。わたしは宿題をした。焼きすぎたチキンの皿を食卓に置くとき、母が父の背中に触れるのが見えた。父はありがとうと言い、やさしく母の名を呼んだ。母は努力していた。父も許そうとしていた。

その晩以後、数年のあいだに同じことが幾度か起きた。エッタの名前が聞こえるたびにわたしは二階の寝室で胸を高鳴らせ、母がまたなにかしたのだと悟った。そして母の話をひとことも聞き漏らすまいと息をひそめた。母に気づかれるわけにはいかなかったが、たまに訪れるそんな夜がわたしは楽しみだった。わたしを産むまえの母がどんな人だったかを知りたくてたまらなかった。

眠れない夜、盗み聞きした内容を頭で反芻《はんすう》するうち、わたしは理解しはじめた。人間はみななにかの種から育つ。その種を誰もが受け継いでいて、わたしは母の庭の一部なのだと。

一九六四年

七歳になっても、セシリアは人形のベス＝アンなしには眠れなかった。その人形はいちばんの宝物だった。においも、指にはさんで眠る絹の髪の感触も。ある夜、セシリアはそれを必死に探しまわっていた。最後に見たのはどこだっけ？　地下室の階段の下からエッタの大声がした。とっくに寝ているはずの時間に騒々しく歩きまわっているせいで怒らせたのだ。

「人形ならここよ、セシリア！」

地下室には犬小屋ほどのサイズしかないピクルス用の貯蔵庫が置かれていた。エッタは何年もまえにピクルス作りをやめ、備蓄分もあらかた食べてしまったあとだった。セシリアの目の前に、貯蔵庫の入り口にしゃがんだエッタのお尻が突きだされていた。

「奥のほうよ。あんたが入れたんでしょ」

「わたしじゃない！　そんなとこ、いやだもん！」

「わたしには狭くて入れない。あんたが行って取ってきなさい」

パジャマが汚れちゃう、とセシリアは尻ごみした。入りたくなんかない。でも、隅っこに転がったベス＝アンが見えていた。

「そんなに臆病でどうするの、セシリア。大事なものなら取ってきなさい」

四つん這いになると、エッタに後ろから押された。前腕が床に叩きつけられて泣き声が漏れたが、ベス＝アンを取りもどしたい一心で、セシリアは狭く暗い貯蔵庫の奥へそろそろと進んだ。壁に並んだピクルス瓶の中身が泥水のように見え、息苦しくなってきた。

背後でキィッと音がしたが、庫内は振り返るには狭すぎた。そのとき、周囲のガラス瓶に反射していた細い光がすっと消えたことに気づいた。息苦しさを覚え、大声でエッタを呼んだ。身じろぎするたびになにかの欠片が膝に食いこむ。そろそろと後退してコンクリートのドアをかかとで蹴ってあけようとしたが、びくともしなかった。

居間で電話が鳴りだした。階段をのぼるエッタの重たい足音が響いた。「もしもし？」と声が聞こえ、少しの間のあと、テレビがつけられたのか、おなじみの夜のニュースが流れだした。それからエッタが電話で話すくぐもった声が聞こえはじめた。一九六四年九月のことで、ウォーレン委員会の報告書が公開されたところだった。誰もがそうだったように、エッタはケネディ大統領暗殺事件に興味津々だった。

エッタは戻ってこなかった。夜勤から帰ったヘンリーが貯蔵庫のドアをこじあけた。そして娘の足首をつかんで引きずりだした。セシリアの手は傷だらけだった。病院で診察を受けさせるかどうかで言い争いが起きた。ヘンリーはセシリアの呼吸が浅く、目つきも変だと訴えた。けれども勝ったのはエッタで、三人は家に留まった。

ヘンリーはベッドで眠るセシリアに付き添った。額に濡れタオルをのせ、翌朝は仕事を休んだ。何日も誰も口をきかなかった。ヘンリーは貯蔵庫のドアを取りはずし、残っていたピクルスの瓶をキッチンの食品庫に移した。

「あのドアはまえから調子が悪かったんだ」そう言って首を振った。

一週間後、夕食を食べ終えたエッタがセシリアに小声で話しかけた。ヘンリーは仕事に出ていて、ふたりでキッチンのラジオでニュースを聴いているところだった。はっきりとは聞きとれなかったが、こう言われた気がした。「すぐ戻るつもりだったのよ、セシリア」エッタの唇がセシリアの頬に触れ、少しのあいだそこに留まった。セシリアは訊き返さなかった。

15

時がたつのはあっという間よ。一瞬一瞬を楽しんで。母親たちは、判で押したように時のことをそう表現する。**信じられる？　うちの子がもう六カ月だなんて。**ほかの母親たちから、小鳥のさえずりのような甲高い声でよくそんなふうに言われた。歩道で彼女たちがのんびりと揺らすベビーカーには、上等な白いガーゼのブランケットにくるまれ、おしゃぶりをくわえた赤ちゃんがすやすやと眠っていた。自分の娘に目を落とすと、そこに横たわったヴァイオレットは両の拳《こぶし》を振りまわし、脚をつっぱってわたしを見つめていた。気に入らない、気に入らない、気に入らない、と。そのたびに、そこまで持ちこたえられたのを不思議に思った。六カ月。六年に感じられた。

最高のお仕事よね、母親業って。ヴァイオレットの予防注射の担当医にはそう言われた。その人は三児の母だった。わたしはブドウほどもある頑固ないぼ痔のことや、夫婦の性生活がすっかりご無沙汰なことを相談した。ついでに、あなたのペニスを思いだすのさえご無沙汰なことも。医師は両眉を吊りあげてにっこりした——**そうよね。わかる。ほんとに。**あなたも秘められた真理を共有する仲間の一員よというように。打ち明けられなかったこともあった。ヴァイオレットを産んでから百歳も年を取ったような気がすること。ふたりだけでいると、一時間がはてしなく長く思えること。月日の流れがあまりにのろく、自分が白昼夢でも見ていて、そのせいで時間の感覚があいまいなのだろうかと、冷たい水を何度も顔に浴びずにはいられないこと。

またたく間に大きくなって、気づいたときには子供になってるのよ。みるみるうちに、かわいらしい小さな人間に変身するの。ヴァイオレットは成長が遅いのかと思っていた。あなたに目の前に突きつけられるまで、わたしは変化に気づかなかった。あの子の服がきつくなっているのも、お腹がシャツの下からはみだしているのも、レギンスが膝までしか届いていないのも、みんなあなたに言われて気づいた。新生児のおもちゃを片づけて、仕事帰りにいろんな音が出るおもちゃを買ってくるのもあなただった。成長し、学び、考えはじめた小さな人間にふさわしいものを。わたしはあの子を生かしているだけだった。食べさせ、寝かせ、忘れてばかりの善玉菌サプリを与えるのがやっとだった。転がり落ちてくる岩をよけるように日々を生き抜くのがやっとだった。

わたしたち。子供が生まれたあと、夫婦関係がどうなるかは誰にも予想できない。それでもふたりでやっていくことを期待される。協力しあうチームとして。わたしたちのチームはうまくまわっていた。子供に食べさせ、お風呂に入れ、散歩に連れだし、抱っこして揺らし、服を着せ、着替えさせ、ほかにもあなたは、できることはなんでもしてくれた。昼間はわたしがいっしょでも、あなたが帰ってきたとたん、あの子はあなたのものになった。我慢強さ。愛情。慈《いつく》しみ。あなたがあの子に与えてくれるものすべてがありがたかった。わたしは拒否されていたから。ふたりを眺めながら、わたしは嫉妬《しっと》した。あなたが持っているものがうらやましかった。

アンバランスなその状態のせいで犠牲になったものもあった。十年も続いてきた気楽で快適なかけがえのないふたりの関係は遠いものになった。わたしが近づくとあなたは離れた。あなたに意見されると、わたしは不安になった。ヴァイオレットに与える分、あなたはわたしに与えてくれなくなった。

挨拶のキスもまだしていたし、たまに夕食に出かければ話もした。ふたりで築いた巣のあるアパートメント近くまで戻ってくると、あなたはいつもわたしの腰に手をまわした。夫婦の習慣はいくつもあり、それらをまだ続けてはいた。でも、いつのまにか失われたものもあった。いっしょにクロスワードパズルをしなくなった。あなたはシャワーのときドアをあけたままにするのをやめた。以前はなかった隙間ができ、そこに入りこんだのは不満だった。

なんとかしようと努力はした。父親になり、あなたはとても美しくなった。顔つきも変わった。温かく、やわらかくなった。あの子がそばにいると、あなたはいつも楽しげに眉を吊りあげ、感嘆したようにぽっかり口をあけた。おどけた様子で。わたしが知っていたころのあなたよりも陽気になった。そんな変化が自分にも表れてほしかった。なのに、わたしはむしろ気難しくなった。かつては口角が上がり、青い目が輝いていた顔も、すっかり不機嫌でくたびれて見えた。わたしは母そっくりだった。わたしを置いて出ていくまえの。

17

七カ月をともに過ごすうち、ヴァイオレットはようやく二十分以上続けてお昼寝するようになった。わたしは執筆を再開した。あなたには伝えなかった。あの子のお昼寝中にはわたしも睡眠をとれとあなたは言い、帰宅するたびに寝たかどうかを確認した。あなたが気にかけるのはそれだけだった。望んでいるのは、わたしが不注意になったり、いらだったりしないこと。身体を休めて、きちんと務めを果たすことだった。昔はひとりの人間としてわたしを気遣ってくれた。どうすればわたしが幸せになり、なにがわたしを力づけるだろうかと考えてくれた。わたしはもはやサービスの提供者だった。あなたはわたしを女として見なくなった。あなたにとっては子供の母親でしかなかった。

だから毎日のように嘘をついた。そのほうが楽だったから——ええ、お昼寝はした。ええ、少し休めた。実際には、短篇の執筆に取り組んでいた。文章が次から次へと浮かんだ。そんなにたやすく言葉を紡《つむ》げるのは初めてだった。まったく逆の事態を覚悟していたのに。赤ちゃんのいる物書きの女性たちからは、エネルギーを吸いとられ、以前のようには原稿に集中できなくなると脅《おど》かされていた。最初の一年はとくに。でもわたしは、コンピューターをオンにしたとたんに生き返るのを感じた。

きっかり二時間後にヴァイオレットが目覚めるころには、きまって深く没頭し、身も心も別の場所にいるような状態だった。そのうちヴァイオレットが泣いていても、あと一ページだけと自分に言い聞かせて放っておくようになった。ヘッドホンをつけることもあった。一ページが二ページになることも。それ以上にも。そのまま一時間書きつづけることもあった。泣き声が絶叫に変わると、ようやくノートパソコンの画面を閉じ、たったいま気づいたふりで娘のもとへ駆けつけた。**はいはい、お目目が覚めたのね。ママのところへ**いらっしゃい。誰のためにそんな芝居をしていたのだろう。あやそうとしてあの子につっぱねられるとひどく気が咎《とが》めた。拒絶されても文句の言いようがなかった。

あなたが早く帰宅したあの日。

あの子の泣き声とヘッドホンの音楽のせいで、入ってきたあなたの足音は聞こえなかった。乱暴に椅子をまわされ、心臓が止まった。危うく転がり落ちかけた。あなたはヴァイオレットが火のなかにでもいるかのように赤ちゃん部屋に飛びこんだ。わたしは息を詰めたまま、あなたがあの子をあやすのを聞いていた。あの子は泣き叫んでいた。

「ごめんよ、ごめんよ」とあなたは言った。

こんな母親でごめん。きっとそういう意味だ。

あなたはあの子を抱いて赤ちゃん部屋から出てこなかった。廊下の床にすわりこんだわたしは、これでなにもかも変わってしまうと悟った。わたしはあなたの信頼を損なった。わたしに対してひそかに抱いていた疑いのすべてを確信に変えてしまった。

ずいぶんしてから部屋へ入ると、あなたは椅子にすわって目を閉じ、頭を後ろにもたれさせた姿勢であの子を揺すっていた。あの子はおしゃぶりをくわえてしゃくりあげていた。

あの子を受けとろうと椅子に近づくと、あなたは来るなと手を上げた。

「いったい、なにをやってた？」

言い訳は無駄だとわかった。怒りに両手を震わせるあなたを見たのは初めてだった。

わたしはシャワー室へ行って、お湯が冷たくなるまで泣いた。

出ていくと、あなたはヴァイオレットを腰に抱えてスクランブルエッグをこしらえていた。

「この子は毎日三時に起きる。ぼくが帰ったのは四時四十五分だ」

わたしはスパチュラでかき混ぜられるフライパンを見つめた。

「一時間半以上も泣かせてたのか」

あなたの顔も、あの子も顔も見られなかった。

「毎日こんなことを？」

「いいえ」わたしはきっぱり言った。それで自分の威厳が保たれるかのように。

わたしたちは目を合わせないままだった。ヴァイオレットがむずかりだした。

「腹が減ってるんだ。食べさせてやってくれ」あの子を渡され、言われたとおりにした。

あの夜、ベッドに入ったあなたはわたしに背を向け、開いた窓のほうを見たまま訊いた。

「なにが問題なんだ」

「わからない。ごめんなさい」

「誰かに相談したほうがいい。医者に」

「そうする」

「あの子が心配なんだ」

「フォックス、お願い。そんなこと言わないで」

あの子を傷つけたりはしない。危険にさらすようなことはしない。

何年かのち、あの子が夜通し眠るようになったずっとあとも、夜泣きの声で目覚めることがあった。そんなときは胸をぎゅっとつかみ、自分のしたことを思いだした。罪悪感の塊と、それに勝る、あの子を無視する満足とを。音楽と泣き声が入り混じるなかでものを書く興奮を。またたく間に埋まっていくページを。高鳴る鼓動を。見つかったときの恥ずかしさを。

18

母は狭苦しい場所に入れなかった。わたしが育った家の食品庫は使われないままで、埃《ほこり》の積もった棚には、干からびたピーナッツと使いさしの古い砂糖の袋に寄ってきたネズミの糞《ふん》が散らばっていた。裏庭の倉庫にも鍵がかけられていた。天井の低い地下室の入り口も、母がガレージにあった古釘で三枚の板を打ちつけてふさいでしまった。

ひどく暑い八月のある日、八歳のわたしはうだるような室内を避けて外にすわり、プラスチックのテーブルで煙草を吸う母を眺めていた。芝生は荒れ放題で黄色く干からび、敷地の両脇を区切る金網フェンスは錆《さ》びついていた。あたりはしんと静かだった。むせかえるような熱気に周囲の物音さえ遮断されたかのように。昼間にエリントン家へ遊びに行ったとき、暑さしのぎにと、ミセス・エリントンがひんやりした湿っぽい地下室に入らせてくれた。そこでピクニックごっこをした。ブランケットとゆで卵と紙コップのリンゴジュースが用意され、ダニエルの誕生パーティーで使った風船も飾られた。うちの地下室にも入ってみたい、とわたしは母に頼んだ。板を外しちゃだめ？　先週父さんが玄関のポーチを修理したときみたいに、ハンマーの後ろ側を使って釘を抜けない？

「だめ」母はぴしゃりと言った。「もう黙って」

「母さん、お願い、気分が悪いの。地下室以外は暑すぎるんだもん」

「黙りなさい、ブライス。いいわね」

「なら、ここで死んじゃうから、母さんのせいで！」

母がわたしの頬を張ったが、汗で手がすべった。もう一度腕をかまえて、ふたたびわたしを打った。ただし今度は、拳を口に叩きつけた。がつんとまともに。歯が抜けて喉に詰まり、咳きこむとTシャツに血が飛んだ。

「乳歯だから」てのひらの歯を呆然《ぼうぜん》と見ていると、母が言った。「どうせいつかは抜けるわ」そして芝生が枯れて土がむきだしになった部分に煙草を捨てた。でもオレンジの唇は、自己嫌悪に駆られたように歪んでいた。母が叩いたのはそれが初めてだった。だからわたしも、悔《くや》しさと惨《みじ》めさと悲しさがないまぜになった、言いようのないその気持ちを覚えたのは初めてだった。それで部屋に引っこみ、郵便受けに入っていた食料品店のチラシで扇《せん》子《す》をこしらえて、下着姿で床に寝転がった。一時間後、母が入ってきてわたしの手から扇子を取り、折り目を伸ばして、鶏も肉を買うのにクーポンを使うからと言った。

そして、めずらしいことにわたしのベッドに腰を下ろした。わたしの部屋に長いことい るのは耐えられないはずなのに。かすれた咳払いが聞こえた。

「わたしがあなたの年だったとき、母にものすごくひどいことをされたの。地下室で。だから地下室へは入れない」

わたしは床に寝たままじっとしていた。夜遅くに盗み聞きした、母が涙ながらに父に語った話を思いだした。母の秘密、と思うと顔がかっと熱くなった。母のむきだしの足がこすりあわされるのが目に入った。爪はあざやかなチェリーレッドに光っていた。

「なんでそんなにひどいことをされたの」血で汚れたわたしのTシャツの下で心臓が飛びはねているのが母にも見えたかもしれない。

「あの人はまともじゃなかったから」そのくらいわかる年頃でしょと言いたげな口調だった。母はチラシの下端の鶏もも肉のクーポンを千切り、残りを扇子の形に戻した。わたしは手を伸ばして母の爪先に触れた。つるつるのペディキュアの手触りを感じたかった。母の手触りを。母は身をこわばらせたが、足を引っこめはしなかった。ふたりして爪に触れたわたしの指を見つめた。

「歯のこと、ごめんなさい」そう言って母は立ちあがった。わたしはゆっくりと手をどけた。

「どうせぐらぐらだったし」

母がエッタの話をわたしにしたのはそれが初めてだった。後悔したのか、その後何週間もひどくひややかだった。それでも、もっと母に触れていたい、そばにいたいと思ったあの気持ちは覚えている。いくつもの朝、母のベッドの前に立ち、指でそっと頬を撫でて、身じろぎがはじまるとしのび足で部屋を出たことも覚えている。

19

数カ月のあいだ、わたしは執筆をやめることにした。ヴァイオレットに集中するために。医師には産後うつではないと診断され、わたしもそのとおりだと思った。待合室では問診票に記入した。

理由もなくストレスや不安を感じますか　いいえ
以前は楽しめていたことが煩《わずら》わしくなりましたか　いいえ
気分が沈んで眠れないことがありますか　いいえ
自分を傷つけたくなることがありますか　いいえ
子供を傷つけたくなることがありますか　いいえ

医師には自分の時間を作り、出産前に楽しんでいたことを再開するようにと勧められた。文章を書くとか。でも、あなたは気に入らないとわかっていた。それで、よく運動し、外出を増やして六週間後に再受診しなさいと言われたと伝えた。それからは、朝にあなたが出勤するとすぐ、ヴァイオレットと散歩に出た。何時間も。街なかのあなたの職場まで出かけて、いっしょにコーヒーを飲むこともあった。エレベーターから出てきたあなたを見てヴァイオレットはきゃっきゃと声をあげた。あなたはそれを喜び、わたしが頰をバラ色に染めて楽しげなのも喜んだ。あの子は一歳に近くなり、まわりの世界に興味を示すようになったので、母と子の音楽教室と水泳教室に申しこむことにした。あなたはまたわたしにやさしくなった。新しいバージョンのわたしが気に入ったから。わたしもうれしかった。それに、少しでも信頼を回復したかった。お互いに忙しく働き、わたしはおとなしくしていた。

楽しい瞬間もあったかって？ もちろん。ある夜、わたしはキッチンを片づけながら音楽をかけた。食べこぼしがそこらじゅうに散らばっていた。わたしの服にも、ヴァイオレットの顔にも、床の上にも。わたしが泡立て器を手にして踊るとあの子は笑い声をあげた。わたしに両手を差しのべた。抱きあげてキッチンのなかでくるくるまわると、あの子は頭をのけぞらせて歓声をあげた。この子とこんなふうに触れあうのは初めてだとわたしは気づいた。それまではいっしょにくつろいだり、ふざけたり、楽しんだりしたことなどまるでなかった。ミセス・エリントンのパペット。ああいうことをやってみればよかったのだ。なのにわたしは問題ばかりを探していた。キスの雨を降らせると、あの子は身を引いて驚いたようにわたしを見た。そんな愛情表現はあなたからしか受けてこなかったから。それからわたしの顔によだれまみれの口を寄せ、アーアーと声をあげた。

「そうよね。わたしたち、頑張ってるわよね」わたしはささやきかけた。

あなたの咳払いが聞こえた。入り口でわたしたちの様子を見ていたのだ。あなたの顔に笑みが浮かんだ。肩の力が抜けて、ほっとしているのがわかった。キッチンにいるわたしたちは絵に描いたような家族だった。

着替えをすませて戻ったあなたは、グラスふたつにワインを注ぎ、わたしの頭にキスをして言った。「考えてたんだ。また執筆に戻ったらどうかな」

あなたのテストらしきものにわたしは合格したらしい。お互い、なごやかな毎日を心から望んでいた。そうなれるはずだという希望もあった。わたしはヴァイオレットの汗ばんだ首に鼻を押しつけ、あなたからワインのグラスを受けとった。

20

「いま言ったんだ。間違いない。ほら、もう一度言ってごらん」あなたはしゃがみこんで、あの子の腰を揺さぶった。「言えるだろ、ママって」

「ねえ、まだ十一カ月なのよ。早すぎるでしょ」わたしはコーヒーを両手に持って公園に戻ったところだった。周囲には若夫婦がたくさんいて、それぞれに寒さと疲れの色をにじませながらわが子をあやしていた。わたしは洟《はな》だらけのティッシュを持って近くに立っている母親に微笑みかけた。「だって、毎日この子といるけど、まだなにもしゃべらないもの」

「ママだよ」あなたが繰り返した。「ママ。言ってごらん」

ヴァイオレットは頬を膨らませ、ブランコのほうへよちよちと歩きはじめた。

「信じられないな、聞きのがすなんて。きみがコーヒーを買いに行った直後だったんだ。きみのほうを指差して、ママ、ママ、って。いや、三回言ったかな」

「へえ、そうなの——すごい。ワーオ」あなたがそんな嘘をつくとは思えないものの、信じがたくもあった。あなたはあの子を赤ちゃん用のブランコに乗せた。

「録画しとけばよかったな。聞かせたかったよ」あなたは首を振って言い、うちの子は天才だと言いたげにうっとりとあの子を見つめた。ヴァイオレットは強く押してとせがむように座席で身を揺すった。わたしはコーヒーを渡し、昔よくやったようにあなたのジーンズの後ろポケットに手をすべりこませた。わたしたちはカフェインを楽しみながら日曜日の朝をのんびり過ごす周囲の若い家族にすっかり溶けこんでいた。

「ママ！」

「聞いたかい」あなたはブランコからぱっと振り返った。

「信じられない。ほんとに言った！」

「もう一度言ってごらん！」

「ママ！」

わたしは砂に足を取られてコーヒーをこぼしながらヴァイオレットのすぐそばに立った。ブランコを前からつかみ、あの子を引き寄せて、濡れた唇にぎゅっとキスをした。「そう、ママよ！　わたしがママよ！」

「ママ！」

「な、言ったろ？」

背後からあなたに両肩を抱かれた。ブランコが揺れてこちらへ近づくたび、足をくすぐるふりをしながら、あの子をずっと見つめていた。あのとき、あの子は笑いながら何度もママと繰り返しては、わたしたちの反応を窺った。わたしはぼうっとなっていた。あなたに抱かれたままかすかに身を揺らし、週末のあいだに伸びたあなたの顎ひげに触れた。あなたはわたしの顔を自分のほうに向けさせてキスをした。短く、ご機嫌な、屈託のないキスを。ヴァイオレットはそれを見ていた。そんなふうにして、何時間にも思えるほど長いあいだそこにいた。

帰り道、あの子はベビーカーのなかで眠りこんだ。あなたたちふたりと心が通じたのは本当に久しぶりで、わたしはその喜びを嚙みしめた。軽やかな自分の足取りを、ゆったりと深い、満ち足りた呼吸を楽しんだ。あなたがあの子を起こさないようにベッドに運び、わたしは小さなブーツを脱がせた。そしてキッチンへ行って朝食の後片づけをすませようと廊下へ出た。けれどもあなたに腕をつかまれた。そのままあなたはバスルームへ行き、シャワーのお湯を出した。わたしは洗面台にもたれてあなたが服を脱ぐのを見ていた。

「おいで。いっしょに入ろう」

「いま？」調理台に置きっぱなしのアボカドと、鍋に残ったゆで卵が頭をよぎった。もう長いことあなたと触れあっていなかった。

「おいで、ママ」

バスタブに足を入れた瞬間、廊下の奥からあの子の小さな声が聞こえた。目が覚めたのだ。泣きだすまえにあなたが飛んでいくだろうと思い、わたしは蛇口に手を伸ばした。「待って、急いでしょう」ささやいたあなたはもう固くなっていた。わたしも抗《あらが》わなかった。あの子の声が存在を主張するように激しくなっても、あなたはやめようとしなかった。あの子よりもわたしを求めている。そのことに満足と興奮を覚える自分に嫌悪を感じながらあなたに抱かれ、水音の向こうで聞こえるあの子の声に耳を澄ました。あの子が泣き叫ぶ声を聞きたかった。わたしがときどきするみたいに、あなたがあの子を無視する姿を見たかった。シャワーヘッドから滴《したた》る水の下で、ふたりともたちまち昇りつめた。

終わったとたん、あなたは水を止めた。あの子は静かだった。期待したように大泣きしてはいなかった。わたしとふたりのときとは違って。あなたはロッカー室でチームメートにするようにわたしにタオルを投げてよこした。昔は念入りにわたしの身体を拭いてくれ、それも触れ合いの一部だったのに。ヴァイオレットのかすかな声が遠くで聞こえていた。意味をなさない単調な響き。仰向きに横たわったあの子が宙に両脚を突きだし、汗ばんだ足の指を引っぱっている姿が浮かんだ。じきにあなたが迎えに行くことを知っているにちがいない。あなたは腰にタオルを巻き、わたしの裸の肩にキスすると、あの子のところへ行った。

キッチンに戻ってから、あなたはグリルドチーズサンドをこしらえ、そのあいだにわたしは茶色く干からびた朝食の食べ残しを片づけた。あなたはそばを通るたびに鼻歌交じりにわたしに触れた。ヴァイオレットはハイチェアの上で両脚をばたつかせ、あなたの反応を窺いながら何度も何度も繰り返した――**ママ、ママ**。

一九六八年

エッタはいつも不安定なわけではなかった。母親らしい身なりや振る舞いを心がける時期もときにはあった。母にはそれがたやすいことではないとセシリアは知っていた。ほかの母親が家へ訪ねてきたり、セシリアが髪を三つ編みにしてと頼んだりするとき、エッタが落ち着かなげに手を震わせるのに気づくことがあった。とはいえ、そのころには誰もエッタの様子を気に留めなくなっていた。みなあきらめてしまったのだ。それでもエッタ本人のなかには、どうにかしなければという思いがあった。試みがうまくいくときもあれば、いかないときもあった。セシリアはいつでもそれを応援した。

セシリアが六年生のとき、長い休み明けに学校のダンスパーティーがあった。セシリアには着ていくものがなかった。一家は教会へ通わず、晴れの日を祝う機会もろくになかったからだ。セシリア自身はそれを気にもせず、文句を言ったわけでもないが、エッタはドレスをこしらえると言いだした。セシリアは仰天した。母がなにかをこしらえるところなど見たことがなかった。翌日、布地屋から戻ったエッタが階下から呼んだ。

「セシリア、見てごらん！」

ハトロン紙でできたシフトドレスの型紙と、濃い黄色のコットン生地が広げられていた。エッタが自分とは正反対のひょろ長い娘の身体を採寸するあいだ、セシリアはじっと動かずにいた。股下や腰まわりや肩幅を測る母の両手が知らない人のもののように思えた。エッタは紙ナプキンに寸法を書き留め、きれいなドレスになるわと告げた。

廊下の納戸《なんど》に、以前の家の持ち主が残していった古いミシンがあり、エッタはそれをキッチンテーブルに運んだ。五夜連続でドレス作りに励み、古いモーターが立てる音でセシリアは夜半まで寝つけなかった。朝見ると、テーブルには待ち針と糸屑《いとくず》が散らばっていた。ドレス作りをする母はセシリアが目にしたこともないほどのやる気に満ちていた。怒りや充血した目で下りてきたエッタは、セシリアにあてがった布を食い入るように見つめた。悲しみが入りこむ隙間も埋められたようだった。

ダンスパーティーの朝、エッタは早くに起きてドレスとともにセシリアの部屋へやってきた。ドレスは完成し、アイロンもすんだ状態で片腕にかけられていた。エッタはそれをセシリアの両肩にあて、ローウエストから広がるプリーツを手で整えた。首まわりと袖口は美しい節糸の絹地で縁取りされていた。

「どう？」

「すごく気に入った」エッタを喜ばせるための言葉ではあったものの、セシリアは本当にドレスが気に入った。そんなに美しいものをもらったことなどなく、自分のためになにかを手作りしてもらったのも初めてだった。その日、教室に入った自分を女の子たちが振り返り、羨望《せんぼう》と驚きのまなざしで見るところが目に浮かんだ。

セシリアは背を向けてパジャマを脱いだ。ドレスのファスナーは硬かったが、どうにか下げて脚を入れた。生地を引きあげると縫い目が肌に食いこんだ。ウエストがきつく、小さなお尻が引っかかってそれ以上は上がらない。身をよじり、無理やり引っぱりあげようとしてもびくともしない。

「袖を通すのよ。ほら早く」

どうにか身を押しこんで袖に腕を通そうとしたが、きつすぎた。びりっと布の裂ける音がした。

「来なさい」エッタがセシリアを引き寄せ、人形にでも着せるように力まかせにドレスのあちこちを引っぱった。そして足もとへ引きずりおろし、頭からかぶせようとした。無言のままで。服を引っぱられ、身をよじられても、セシリアは抵抗しなかった。エッタの額に汗がにじみ、顔が赤黒く染まった。セシリアはぎゅっと目をつぶった。

エッタがようやく手を離して立ちあがった。

「これを着ていきなさい、セシリア」

胸がずんと沈んだ。着ていけっこない。入りさえしないんだから。

十五分後、セシリアはいつものベージュのズボンと青いタートルネックを着てキッチンへ下りた。エッタの顔を見ないようにしながら、テーブルについてスプーンを手に取った。

「部屋に戻ってドレスを着るのよ」

「見たでしょ。入らないの」セシリアの心臓が早鐘を打った。

「どうにかしなさい。部屋に戻るのよ。行きなさい！」

ヘンリーが気づいてくれたらとセシリアは思った。スプーンを置いて、どうすべきか考えた。

「行、行きなさい」

荒い息遣いが背後で聞こえていた。エッタの怒りが背筋をざわつかせた。早くヘンリーが下りてきてくれないかとセシリアは足音に耳を澄ました。

「行、行きなさい！」

そのとき初めて、セシリアは自分がエッタに対してある種の力を持っていることに気づいた。自分は母を怒らせることができる。逆上させることができる。二階へ行って試すふりをすることもできたが、無視を続けるとエッタがどうなるか見てみたかった。ふたりのあいだに火花が散った。

「行きなさい、い、い、い、セシリア！」

エッタは身を震わせて叫びはじめた。行きなさい！　行きなさい！　そう叫ぶたび、エッタの体内に麻薬のように怒りが注入されるようだった。やがて興奮が引くにつれ、その顔に羞恥《しゅうち》が現れた。

何年ものち、セシリアも同じ思いを味わうことになった。

エッタがさらに続けようとしたとき、ヘンリーがキッチンに入ってきた。いくらか落ち着きを取りもどしたエッタは、ヘンリーにコーヒーを注いだ。セシリアはドレスを放ったまま家を飛びだした。

その日は暗くなるのを待ち、ヘンリーの帰宅時間を過ぎてから家に戻った。エッタは目を合わせようとしなかった。セシリアが部屋へ上がるとドレスはなくなっていた。数分後、エッタがたたんだ黄色い布を手に部屋へやってきた。そしてセシリアのベッドにすわってドレスを差しだした。いったんほどいて両脇にマチを足してあった。だぶついて不格好だけれど、それでもできるかぎりのことをしてくれたのだ。

「次のパーティーに着なさい」

セシリアはそれを受けとり、絹の縁取りを指でなぞってから、母に抱きついた。エッタは腕のなかで身をこわばらせた。

数カ月後、セシリアはそのドレスを学年末のパーティーに着ていった。だぶつきを隠すために、体育館のステージの端に身を固くしてすわりつづけた。家に帰ってからも着替えずに、ドレスを着たまま夕食を食べた。母もヘンリーもそのことには触れず、セシリアはそのドレスを二度と着なかった。

21

パーティーはヴァイオレットのためというより、わたしたちのためのものだった。親になって一周年の。わたしは〝1〟をかたどった大きなアルミ風船のまわりにパステルカラーの風船をたっぷりあしらったものを注文し、縁が波打ったかわいい紙皿も買った。水玉のストローも。お義母さんがヴァイオレットにきれいなバター色のコットンセーターとお尻にフリルのついたリブ編みのタイツを贈ってくれた。それを着たあの子は赤ちゃんアヒルそっくりで、居間をよちよち歩いてまわり、ピンクの濡れた唇からよだれの泡を吐きながら招待客になにやら話しかけていた。お義父さんが痛む膝をついてそれを追いかけ、一挙一動を残らず撮影した。

ケーキはヴァイオレットとの散歩中におやつを買いによく寄るベーカリーのものだった。バニラクリームのアイシングの上にカラフルなチョコスプレー。それをハイチェアのトレイに置くと、あの子はきゃっきゃと歓声をあげて手を叩き、一本きりの小さな蠟燭《ろうそく》の炎に見入った。

そして、「やった！」とはっきり言った。

「録れたぞ！」あの子にめろめろなお義父さんが言って、デジカメを掲げた。お義母さんがキスの雨を降らし、めずらしく五時間かけて飛行機で駆けつけたあなたの妹も、あの子を笑わせようとティッシュを丸めてみせた。テキーラの瓶持参でやってきたグレイスがケーキを切り分けた。わたしたちはゆったりとした居間の椅子にすわってその様子を眺めた。わたしはあなたの膝にすわり、背後から胸を抱かれていた。

「よく頑張ったよな」あなたはささやいて、ゆっくりとわたしのにおいを吸いこんだ。鼻がうなじをくすぐった。わたしはうなずき、あなたのビールをひと口飲んだ。ハイチェアにすわったヴァイオレットは天使のようで、アイシングがくっついたその顔に誰もが夢中だった。うなじにまたあなたの鼻先を感じた。わたしはビールをもうひと飲みしてから、あなたを引っぱり起こした。

「家族写真を撮りましょ」

アパートメントの窓から差しこむ自然光を背景に並んで立ち、ヴァイオレットがふたりのあいだに来るようにわたしが腰に抱えた。あの子はいつになく素直で、わたしはその身体を引き寄せて砂糖でべたついた頰にキスをした。笑顔でポーズをとると、いっせいにシャッターが切られた。あなたはアヒルの鳴き真似であの子を笑わせた。わたしはあの子を高々と抱えあげ、みんなで大きな口をあけてガアガア鳴いた。家族三人、理想そのものの姿で。

22

一歳の誕生日を過ぎてすぐ、ヴァイオレットの夜泣きが再開した。

あなたはすぐに目覚めず、まったく起きないことさえあるのに、わたしのほうは廊下の奥で泣き声があがりはじめる数秒前に目があいてしまうほどだった。そのたびにあの子がまだ自分の身体の一部なのだと感じ、そのことに狼狽《ろうばい》した。ミルクの催促は二時間ごとだった。二週間が過ぎるころには、わたしはミルクで満杯の哺乳瓶を六本、ベビーベッドの手すりの内側に並べておくようになった。飲みたいときに自分で手にしてくれることを期待して。無駄だった。

こんなの無理、と起こされるたびにわたしは思った。今度はもう耐えられない。それで、赤ちゃん部屋のドアをあけてあの子に哺乳瓶を持たせ、すぐに立ち去るようにした。

「それじゃ不衛生じゃないかい、ミルクをそのままにしとくのは。危険はないのか？」わたしのやり方に気づいたあなたが訊いた。

「さあ」そうかもしれないが、気にしなかった。寝てくれさえすればよかった。

そんな状態が何カ月も続いてわたしはぼろぼろだった。朝起きると目の奥がずきずき痛み、頭が働かなかった。わけのわからないことを言いそうで、よその大人と話すのを避けるようになった。あなたたちふたりへの鬱憤《うっぷん》が溜まりに溜まっていた。ベッドに戻ったとき、深く安らかなあなたの寝息を聞くのが憎らしく、自分も行きたくてたまらない場所にいるあなたを引きもどそうと、シーツを引っぱってやることもあった。

週に数日、ヴァイオレットを保育所に預けてみようと思いついた。以前、ヴァイオレットが生まれてさえいないころ、あなたは保育所に通わせるのは反対だと言った。自分は五歳で学校に上がるまで母親と家にいたから、わが子にも同じことを望んでいると。そのときのわたしは一も二もなく賛成した。理想の母親ならこうするとあなたが考えることなら、なんでもやるつもりだった。

でも、それは昔の話だ。

三ブロック離れた場所に、秋から空きが出る保育所が見つかった。評判は上々で、保護者がリモートで見られるように室内カメラも設置されていた。正直に言うと、保育所の園児たちがパックの卵みたいに多人数用ベビーカーに詰めこまれ、疲れた顔の薄給のスタッフに散歩かどこかに連れだされるところを見ると、不憫《ふびん》に思うことがよくあった。でも、こんな調査結果も出ている――保育所児のほうが社交性を身につけやすく、多くの刺激を受け、発達も早く、うんぬん、かんぬん。そういったことが書かれた記事をせっせとあなたに見せた。夕食の席では、あなたの気に入るように内心の葛藤《かっとう》をさりげなく強調してみせた。そろそろヴァイオレットにも刺激が必要かしら。そんな時期なのかも。でも、家にいるほうがあの子にはいいでしょうけど。お昼寝やらなにやらがあるし。**あなたはどう思う？**　迷ったふりをしてみせたものの、わたしが望む答えはお互い承知していた。

「夜泣きがおさまるまで待ってみよう。いまきみは疲れてるだけさ。つらいのはわかるが、そのうちきっと終わるから」あなたはお気楽にそう言った。明るい顔色と、切りたての髪で。その朝、シャワーを浴びながら歌うのも聞こえた。

わたしは惨めだった。たぶん、わたしだけでなくあの子も。ヴァイオレットはわたししかいないとひどく不機嫌だった。抱かせようとさえしなくなった。そばにいるだけでいやがった。ふたりでいる昼間はほぼずっとむずかって暴れ、なにをしてもなだめられなかった。抱きあげると大声で泣き叫び、そのたびに近所の人たちがぎょっとして立ちすくむ姿が頭をよぎった。食料品店や公園といった人目に触れる場所に出ると、たまにほかの母親から同情混じりに手伝いを申しでられることがあった。それが屈辱だった。ヴァイオレットのような子を産んだことを憐《あわ》れまれているように感じた。もしくは、子育てに耐えられない弱い母親であることを。

そのうち、大半の時間を引きこもって過ごすようになり、仕事から帰宅したあなたがあの子を膝へよじのぼらせながらその日一日の行動を尋ねるたびに嘘をついた。アパートメントに閉じこめられたヴァイオレットはサソリのように家じゅうをうろつき、なにか見つけては口に入れた。植木鉢の土だとか、わたしのバッグに入った鍵だとか、ときには枕から引っぱりだした詰め物まで。喉を詰まらせて顔を青黒くさせることもあった。わたしが口のなかのものをかきだすと、あの子は釣りあげられた魚のように身をひくつかせ、やがてぐったりと動かなくなった。死んでしまったように。わたしの心臓が凍った。すると目が見開かれ、お腹の底から発するような叫び声があがり、あまりに耳ざわりなその声のせいで目に涙がにじむのだった。

ヴァイオレットがわが子だということに、わたしは失望しきっていた。

そういった行動のいくつかは、その時期特有のものだともわかっていた。じきにおさまるさ、ぐずり期なんだ、急速な成長期にはよくあることさ、とあなたは真剣に受けとらなかった。そうよねとわたしも自分を納得させようとした。けれどもヴァイオレットには、同じ年頃の子供が見せるあどけなさや愛らしさが欠けていた。甘えるような態度を示すこともほとんどなかった。幸せにも見えなかった。少しも。身の内に鋭く尖ったものがあり、そのせいで痛みを覚えているように見えることさえあった。顔にそれが表れていた。

わたしたちは幼児のいる生活をネタにして、よその子持ち夫婦と笑いあった。親なら誰でも、気休めを求めてそうする。レストランのべたついたスツールにすわって早めの夕食をかきこみながら、隣の席の客たちとぼやきあうこともあった。わたしはあなたの気持ちを汲んで、あの子のひどさを控え目に話した。嵐と嵐のあいだのひとときさえあればすべてが報われるわねと殊勝《しゅしょう》にうなずいてみせもした。でも、あの子はまるで台風だった。恐れすら感じはじめていた。

わたしはひたすら自分の時間を求めた。あの子から離れる時間を。そのくらい与えられてもいいはずなのに、あなたの様子を見ると、まだ信頼を取りもどせていないのがわかった。口にはしないもののあなたの不信は消えずに漂っていて、重苦しさのあまりそばにいるとたまに息が詰まった。

執筆はあの子のお昼寝中しかできず、ゆっくり眠ってはくれないので、きっぱり捨てたはずのパターンにこっそり戻ることになった。それでも週二、三回に留めるようにした。埋め合わせに午後の散歩でクッキーを買ってあげ、ゆっくりとやさしくお風呂に入れてあげることも忘れなかった。

そんな日々がいつまでも続かないのはわかっていた。じきにあの子はおしゃべりをはじめるから、昼間の出来事をあなたに告げ口できるようになり、わたしが情けなくしがみついているこの力もどのみち消えてしまう。それも言い訳のひとつにしていたのかもしれない。わたしの振る舞いは病的だった。それでもあの子がそこにいることを罰するのをやめられなかった。ヘッドホンをつけてあの子の存在を頭から締めだすのはたやすかった。

とりわけつらかったある日のこと。ヴァイオレットはわたしがそばに寄るたびに腹を立て、蹴ったり叩いたりした。頭を壁にぶつけてみせ、わたしがどうするかと様子を窺った。

そしてもう一度繰り返した。朝からなにも食べようとしなかった。空腹なはずなのに、わたしが食べさせようとするとひと口も受けつけなかった。あの子が寝ているあいだじゅう、わたしは泣きながらネットで行動障害の初期症状について調べ、ブラウザの検索履歴を削除した。あなたに見られたくはなかったし、そういう子を持つ母親になるのが恐かった。

あの子はあなたが帰宅するほんの数分前に暴れるのをやめた。エレベーターを降りるあなたの足音が聞こえたかのように。わたしはあの子を腰に抱えて居間を片づけた。あの子は身をこわばらせていた。無言のまま。少しむっとするにおいがした。腕に触れるスリーパーのコットン生地は洗濯のしすぎで毛玉ができ、ごわついていた。

仕事着のお洒落《しやれ》なセーターを着たままのあなたにあの子を預け、額の赤いみみず腫《ば》れができたわけを説明した。あなたが信じるかどうかは気にしなかった。

「へええ」あなたは非難の気持ちを笑いでごまかし、床の上であの子をくすぐった。「この子は本当にそんなにひどいのかい。ましになってきたと思ってたけど」

わたしはソファに倒れこんだ。「わからない。とにかく、もうくたくた」

本当のことは言えなかった。娘に病的な問題があると思っているなどとは。問題なのはわたしだとあなたは思っていたから。

「ほら」あの子が差しだされた。あなたが与えたチーズを齧《かじ》っている。「おとなしくしてるだろ。大丈夫。抱きしめてやればいい。愛情が伝わるように」

「フォックス、問題は愛情じゃないの。やさしさでもない。そんなのいつもやってる」

「いいから、抱いてやれって」

膝にのせて押しのけられるのを待ったけれど、あの子はおとなしくすわったまま、べたべたのチーズを齧りつづけていた。あなたがブリーフケースの中身を取りだすのをいっしょに眺めながら「ダーダ」と声をあげた。「バーバ」

あなたがコーヒーテーブルの哺乳瓶を渡すと、ヴァイオレットはわたしに身を預けた。

「あなたにはわからないのよ」あの子を刺激しないように、わたしは小声で言った。預けられた身の重みが心地よく、気持ちが落ち着きはじめた。久しぶりに人肌に触れた漂流者のように。あの子の額に触れ、まばらな前髪を撫でつけた。キスも拒否されなかった。あの子は哺乳瓶を口から離してため息をついた。お互い、争いあうのに疲れきっていた。

「この子のお昼寝中、きみも寝てるかい」わたしたちを観察しながら、あなたも小声で訊いた。

「寝てられないわよ」わたしは声を尖らせ、胸から安らぎが消えていくのを感じた。あの子が逃れようともがいた。「やることは山ほどあるの。洗濯とか。執筆も続けようとしてるし。頭がまわりっぱなしで止まらないの」

哺乳瓶をコーヒーテーブルにぽんと置くと、ミルクがこぼれてプリントアウトした原稿に飛び散った。その夜、それをあなたに見せるつもりだった。どんなことを書いているのかと訊かれなくなってもう長かった。見ていると、ゴムの乳首から滴ったミルクがわたしの書いたものの上に落ち、インクをにじませた。

あなたは着替えをすませて戻り、ソファのわたしの隣に身を沈めた。そしてわたしの膝を軽く叩いた。以前のわたしなら、どんな一日だったと尋ねていたと思う。悲しいことに、数カ月のあいだにふたりの距離はふたたび開き、そのことにはどちらも触れずにいた。わたしはわだかまりを心の奥に溜めこんだ。たぶん、あなたも。

「なんだい、それ」あなたが濡れた原稿を示した。

「なんでもない」

「保育所に申しこむといい、そうしたいなら。ただし週に三日だけだ、いいかい。予定外の出費なんだ」あなたは眉間《みけん》を揉んだ。

その週いっぱい、わたしは力を尽くした。けれどもいつもの争いに逆戻りだった。ヴァイオレットは翌週の月曜日に保育所に通いはじめた。初めて保育所の玄関マットの上にあの子を立たせたときに押し寄せた安堵《あんど》の大きさを、いまも思いだすことができる。保育士が迎えに来るまで、あの子は黄色い雨靴を見下ろしたままじっとしていた。じゃあねと声をかけてもこちらを見もせず、わたしも一度も振りむかずに濡れた芝生を突っ切って門を出た。

23

ヴァイオレットに初めての人形を与えたのはお義母さんだった。

「母性は幼いころに芽生えるのよ」市場で買った鮮魚の包みをあけながらお義母さんが言い、床にいるヴァイオレットを指差した。あの子はプラスチックの頭がついた赤ん坊の人形を手渡されてからというもの、それを腕に抱えてひとときも離そうとしなかった。「いいこ、いいこ」と何度も繰り返し、わたしよりも分厚い睫毛《まつげ》でまばたきする人形の大きな目を指でつついた。人形はベビーパウダーに似た人工的なにおいがして、ピンクのスリーパーを着せられていた。

わたしはワインを飲みながらお義母さんの夕食作りを見ていた。デリバリーを頼もうと思っていたのに、メープルソースがけのサーモンの杉板焼きを作るからと押しきられた。ヴァイオレットが人形を持ってきてわたしの膝に置いた。「ママ。いいこ、いいこ」

「ええ、そうね。かわいいわね」わたしが人形を抱えて揺らし、キスしてみせるところを、あの子はじっと見つめていた。「あなたの番よ」

ヴァイオレットは伸びあがり、大きな口をあけて赤ん坊のつるつるの頭に押しつけた。あなたのいないところでそんなふうにやさしげなしぐさを見せるのは初めてだった。でも、お義母さんにそう告げて満足げな顔を見せられるのはごめんだった。

「いい子ね。キスしてあげてるのね」

魚のにおいが室内に立ちこめた。その日はお義父さんがあなたをホッケーの試合に連れだしていた。ご両親は街に三泊する予定だった。ホテルに。引っ越したときにふたりのためにソファベッドを買ってはあったものの、泊まってもらうには狭すぎるとわたしが言ったからだ。ヴァイオレットの夜泣きはましになったとはいえ、わたしはまだ疲れきっていて、お義母さんとずっと家で過ごす緊張には耐えられそうになかった。あの人に対する感情は複雑だった。手を借りたいのは山々だけれど（借りられるなら誰の手でも借りたかった）、お義母さんの有能さがうらめしくもあった。いともやすやすとあなたを完璧に育てあげたから。

「うちのお姫さまは、保育所で機嫌よくしてる？」

「ええ、たぶん。保育士さんたちが大好きみたいで。ほんの二、三週間でたくさんのことを覚えたんですよ」

お義母さんがわたしのグラスになみなみとお代わりを注ぎ、身をかがめてヴァイオレットに口づけた。

「あなたはどう？」

「わたし？」

「自由な時間を楽しんでる？」

お義母さんは二十年近くのあいだ家を守り、あなたと妹の世話に身を捧げてきた。パイを焼いたり。PTAを運営したり。枕も、カーテンも、ナプキンも、ランチョンマットも、おまけにシャワーカーテンまで手作りした。わたしは料理をするお義母さんのブロンドのボブヘアが揺れるのを眺めた。あなたの実家の玄関に飾られた金縁の家族写真のどれを見ても、同じ長さで、同じ外はねのスタイルだった。

「書く時間を増やして、調子を取りもどしていきたくて」

「お迎えの時間を、いまかいまかと待つことになるわ。うちの子たちが学校へ上がってからは、わたしもいつもそうだった。少しばかり平穏と静けさを楽しんだら、あとは子供たちのことばかり考えて過ごすことになるの」お義母さんはディルを刻みながら笑みを漏らした。「フォックスは子育てが楽しいみたいね。すばらしいパパになるって思っていたわ、小さいころからずっと」

片手に人形の手を握ったままのヴァイオレットが、泡立て器でコンロを叩きはじめた。

「ええ、びっくりするほど。本当に……理想のパパなんです」求められているとおりの返事をしたが、ある程度は真実でもあった。

お義母さんはにっこりしてレモンを手にし、遊んでいるヴァイオレットに軽く目をやってから、皮をすりおろしはじめた。わたしはヴァイオレットをお風呂に入れようと、かがみこんで抱きあげようとした。そのとたんあの子はびくりと身をこわばらせた。刺激してしまった――そう気づいて胃がきゅっとした。あの子はタイルの床に転がって泣きだした。

「ほらほら、お風呂に入ろうね」お義母さんの前で争うのは避けたかった。足をばたつかせて泣き叫ぶあの子を抱えあげ、バスルームに運んだ。ドアを閉じてお湯を出した。数分後、ノックがあり、泣き声に負けない大声でお母さんが訊いた。

「手伝いましょうか」

「ご機嫌ななめなだけです、ヘレン。くたびれちゃったみたいで」そう答えてもお義母さんは入ってきた。わたしはすっかりびしょ濡れで、ヴァイオレットは怒りで顔を紫に染めていた。わたしはあの子の腋《わき》を片手でぎゅっとつかみ、髪に残った石鹼を洗い流した。バスタブの外へあの子を下ろしたときには、泣きすぎて息もできないほどだった。その様子を見ていたお義母さんがタオルを渡してよこした。

「預かりましょうか」

「大丈夫です」わたしはヴァイオレットをおとなしくさせようときつくつかんだ。と、避ける間もなく、あの子の歯が頬に食いこんだ。噛まれたのだ。わたしは食いしばった歯のあいだからうめき声を漏らした。あの子の頭を引き離そうとしても、びくともしない。仰天したお義母さんが指でヴァイオレットの顎をこじあけた。そしてひったくるようにあの子を抱きあげて、ぼそりと言った。「なんてこと」

わたしは鏡で噛み跡をたしかめてから流水で冷やした。そこに濡れタオルを押しあてた。惨めだった。唖然《あぜん》としたお義母さんの視線を背中に感じた。

ヴァイオレットは泣き叫ぶのをやめ、しゃくりあげながら、すがるような目で自分を抱いたお義母さんを見ていた。虐待の手から身を守ろうとしたのだと訴えるように。

「すみません」とわたしは言った。誰にともなく。

「パジャマは着せておくから、お魚をオーブンから出してきてくれない？」

「いえ、大丈夫です」恥ずかしさでむきになりながらあの子を抱きとったものの、ヴァイオレットはまた叫びだし、頭をのけぞらせた。お義母さんの顔が真っ赤に染まった。しかたなくヴァイオレットを渡して洗面台の前に立った。お義母さんがあなたもよくするようにヴァイオレットの耳にやさしくささやきかけながら奥の寝室へ連れていくあいだ、わたしは蛇口から流れる水音に隠れて泣いた。

「ごちそうさまでした、ヘレン。とてもおいしかった」

「どういたしまして」

「さっきはすみません。ひどいところをお見せしちゃって」

「あらあら、いいのよ」お義母さんはワイングラスを持ちあげたまま、飲まずに続けた。「ちょっとくたびれちゃったのね。お昼寝が足りなかったんじゃない？」

「ええ、たぶん」嘘だった。お互い、たいしたことではなく、ヴァイオレットの振る舞いは簡単に説明がつくものだと思っているふりをしていた。あなたの家族がよくやるように。わたしは料理の最後のひと欠片をつっきまわした。「あの子はいま、パパっ子期なのかも」

「まあ、無理もないわね」お義母さんはウィンクをしてお皿を下げた。「あなたたちはとても幸運ね、フォックスがいるから」

だったら彼は？　彼はわたしがいて幸運じゃないの？　キッチンに移ったお義母さんはもう一杯わたしにお代わりを注いだ。わたしは返事をしなかった。

「じきに楽になるわ」

わたしはうなずいた。涙がまたこみあげ、顔が紅潮するのがわかった。お義母さんはすぐには続けず、次に口を開いたときには、口調はずっとやわらいでいた。思いのほかことが深刻だとようやく気づいたように。わたしの手に両手が重ねられ、そこにぎゅっと力がこめられるのを、ふたりで見つめた。

「あのね、母親業が楽だなんて人はいないの。とくに、想像とは違っていたり、自分の経験とは――」そこで躊躇《ちゅうちょ》したように、ピンクの薄い唇が閉じられた。母のことに触れるのを避けたのだろう。「それでも、どうにかやるしかないのよ。みんなのために。それがあなたの務めなの」

帰宅するなり、あなたはヴァイオレットのことを尋ねた。うちの子は今夜どうしてた？見るからにご機嫌だった。お義母さんにヴァイオレットを会わせるのがうれしいのだ。

「とてもいい子だったわ、ほとんどずっと」あなたの両頰にキスをしてから、お義母さんはバッグを取りに行った。長々とわたしを抱きしめたあなたは酔っているようだった。ビールとスパイシーな加工肉と冷気のにおいがした。身を離したとき顔の傷のことを訊かれた。ヴァイオレットの赤い歯型に触れられ、びくっと身が震えた。

「なんでもない。ヴァイオレットがちょっとね」わたしはそう言ってお義母さんを見やった。

「そうなのよ、寝るときにご機嫌ななめでね。あの子、ちょっぴり癇癪持ちね」

あなたは眉をひそめただけで、コートをフックに掛けた。返事はないの、というようにお義母さんが両眉を吊りあげて引きつった笑みを浮かべた。味方してもらったことに感謝しつつも、それを必死に求める自分が恥ずかしく、わたしは目をそらした。

「頑張ってね」お義母さんは小声でわたしにそう言うと、出ていってお義父さんの待つタクシーに乗りこんだ。

24

子供のころの鮮明な記憶は八歳ではじまっている。自分の記憶以外にも頼るものがあればいいけれど、わたしは違う。色褪《あ》せた写真や、誰かから愛おしげに千回も聞かされた思い出話をもとに過去が構成されている人もいる。わたしにはそれがない。母にもなかった。それが問題のひとつだったのかもしれない。わたしたちには、真実がひとつとおりしかなかった。

ときどき脳裏《のうり》に浮かぶ情景がある。自分が乗ったベビーカーの白い布地、濃い青の小花模様、レースの縁飾り、籐《とう》が巻かれたクロムのハンドル。それを握る母のカナリア色の手袋。こちらを見下ろす母の顔は見えず、日差しを避けるために角を曲がるときだけ、黒っぽい影が頭上に見え隠れする。そんなに幼いころのことを覚えているはずがないのはわかっている。それでも、酸っぱくなった粉ミルクとタルカムパウダーと煙草のにおいをいまも思いだすことができるし、夕食に帰る人々を乗せたのろのろ運転の市バスの音も耳に残っている。

ときどき、サムになったつもりでこのゲームをしてみる。

あの子はなにを覚えているだろう。公園の丘のちくちくする芝生の感触、あの子を寝かせたオレンジ色のキルト、それとも、パラソルのように目の前で揺れる三つの顔？　ヴァイオレットがよく焼いたカボチャのマフィンのにおいだろうか。ヴァイオレットがいつも渡してあげていた赤い持ち手の大きなスプーンと、そこから垂れるマフィンの生地かもしれない。あなたが捨てたがっていた、ライトがちかちかするお風呂用のおもちゃ。あるいは、朝起きるといつも見ていた、赤ちゃん部屋の幼子《おさなご》の絵かもしれない。

でも、わたしはこれだと思っている——公営プールの更衣室の壁のタイル。なぜかそれが、サムの一部になっていたように思う。毎週そこへ行くたび、わたしはサムを隅の個室の木の長椅子に寝かせ、片手で身体を押さえながら、もう片方の手を伸ばしてスイングドアに施錠した。サムはいつも不思議そうな目で壁を見上げ、生き物だと思っているかのように、一面にちりばめられた色とりどりの小さな四角いタイルに手を触れた。マスタード、エメラルドグリーン、そしてきれいなダークブルー。セーラー服のような紺色だ。タイルを見るとサムはおとなしくなった。水遊び用のおむつを着せ、まだぶよぶよのわたしのお腹にタオルを巻くあいだも、なにやらつぶやきながら、目をまん丸くしていた。プールへ行くたびにサムにそのタイルを見せるのが楽しみだった。それが小さな世界のなかであの子の心をとらえたものだった。

いまもわたしは、あの更衣室をよく訪れる。あのタイルにサムが見つからないかと。

25

ヴァイオレットの髪は美しく生えそろい、通りすがりに足を止めた人たちに、かわいらしいお嬢さんねと声をかけられることが増えた。はにかんだ顔でありがとうと言うあの子は、お利口でお行儀のいい小さなレディで、そのときばかりは、正気を失いかけるほどわたしを追いつめそうにはとても見えなかった。そういった険悪な事態はしだいに減り、あの子の人格には別の面が現れはじめていた。赤ん坊の人形にひどくこだわり、どこへ行くにも手放そうとしなかった。生後十六カ月で好きな色が決まった。ズボンの下にクリスマスツリーの柄のタイツをほぼ一年じゅう穿《は》いていた。毎食のようにスクランブルエッグを食べ、それを黄色い雲と呼んだ。シマリスは怖いのに、普通のリスは喜んだ。土曜日の朝に花を一輪買いに行く角の花屋の女主人が大のお気に入りだった。その花をおまるの脇に置き、茎《くき》を握っておしっこをした。ひどくばかげて見えたけれど、本人は大真面目だった。

あの子はわたしが崖っぷちで持ちこたえ、ぎりぎり這いあがれるだけの余裕を与えた。しばらくのあいだは。でも結局のところ、決まりだらけの小さなあの子の世界に自分が縛りつけられていることを思い知らされるのだった。

ヴァイオレットが三歳のときのこと。あなたの友人の結婚式で留守にしていたある週末、帰宅したわたしはコートも脱がずにあの子の部屋に入った。

もう真夜中を過ぎていた。あの子のにおいを嗅ぎたかった。帰りの機内で、経験したことのない胸騒ぎに襲われたせいだ。あの子が寝ているあいだに息を詰まらせ、わたしなら気づくはずの音をお義母さんが聞き逃したら？　ガス漏れ警報器が故障していたら？　飛行機が着陸に失敗してふたりとも事故死したら？　あの子に会いたくてたまらなかった。そんな愛しさは、必要なときでさえめったに感じることはなかったのに、いざ実感すると、あの子をうとましく思っていた自分を思いだすことさえできなくなった。あの母親はどこの誰だろう？　わたしをさんざん情けない思いにさせたあの母親は。

あの子の寝顔。まばたきとともにその目が開き、のぞきこんだわたしの顔を見た。あの子はがっかりしたように瞼《まぶた》を閉じた。心底残念そうに。そして寝返りを打って背中を向け、青紫色の上掛けを首もとまで引っぱりあげて暗い窓の外に目をやった。わたしがキスをしようとかがみこんで身体に触れると、筋肉がこわばるのがわかった。

部屋を出ると廊下にあなたが立っていた。眠ってる、とわたしは伝えた。それでもあなたはなかへ入り、やがてあの子にキスされる音が聞こえた。お祖母ちゃんが人魚の映画を見せてくれたとあの子の声がした。パパとねんねしたい、とも。あの子が待っていたのはあなただった。

あなたのようにあの子に求められることはけっしてないだろうと思った。

「考えすぎだよ」わたしがその話を持ちだすと、きまってあなたは答えた。「うまくいかないと決めつけて、そこから離れられなくなってるんだ」

「あの子はわたしを求めるはずでしょ。母親なんだから。わたしが必要なはずなのに」

「あの子はどこも悪くないさ」

あの子は。あの子はどこも悪くないとあなたは言った。

翌日、朝食の席でお義母さんから楽しかった週末の話を聞かされた。あなたは娘の顔を見るのがうれしくてたまらないように、あの子を膝に抱えて揺すっていた。

「問題ありませんでした？」そのあと食洗機に食器を入れながら、わたしはこっそりお義母さんに訊いた。

「天使みたいにいい子にしてたわ。本当に」凝っているのがわかるように、お義母さんはわたしの首筋を軽く揉んだ。「恋しがっていたと思うわよ、あなたたち両方を」

26

三年生のとき、授業で一週間かけて母親に贈るお花つきのカードをこしらえた。ピンクや黄のマフィンカップの底にボタンを糊《のり》づけして花に見立て、その下に茎のモールをつけた。それを厚紙に貼りつけて、黒板の詩をできるだけきれいな筆記体で書き写した。〝バラは赤く、スミレは青い、母さんは最高、愛してる！〟わたしの作品が完成したのは誰よりも遅かった。母へのプレゼントにそんなに素敵なものを手作りしたことなど、それまでなかったと思う。先生はわたしの手から作品を受けとり、やさしく言った。「きれいにできたわね、ブライス。きっと気に入ってもらえるはずよ」

先生は児童全員にお茶会への招待状を持たせて家へ帰した。わたしはその日の帰りがけにそれをゴミ箱に捨てた。母を招待したくなかった。正確に言うと、招待して断られるのがいやだった。九歳にしてわたしは失望との付き合い方を心得ていた。お茶会の日の朝、いつものように母がまだ寝ているあいだにキッチンでひとり朝食をとりながら、頭のなかで学校のみんなに聞かせる台詞を練習した――母さんは食中毒で具合が悪くて。お茶会には来られないの。

午後は母親たちを迎えるために教室をティッシュの花で飾りつけた。椅子にのぼって掲示板に画鋲《がびょう》で花を留めようとしていたとき、声が聞こえた。

「早かったかしら」

わたしは椅子から落っこちそうになった。母だった。先生はにこやかに応対し、大丈夫ですよ、一番乗りですねと答えた。お具合がよくなられてよかった、と。母はわたしの嘘に気づかなかったらしい。それほど緊張しているようだった。そして教室の出入り口から小さくわたしに手を振った。初めて見るきれいなピンクのスーツと、模造にちがいない真珠のイヤリング。そんなふうに女性らしくやわらかい装いの母は見慣れなかった。わたしの胸は躍った。**来てくれた**。どこからかお茶会のことを知って、出席してくれたのだ。

会がはじまるのを待つあいだ、教室を案内してと母が言った。わたしはお天気ボードやそろばんや掛け算表を見せた。使い方をなるべく簡単に説明すると、母は初めて数字を目にしたかのように笑い声をあげた。ほかの母親たちが入ってきて子供がそちらへ駆け寄るたび、母は相手の母親をしげしげと眺めた。服装や髪やアクセサリーを。そのときようやく、自分がどう見えるかを母が気にしているのだと気づき、わたしは驚いた。ほかの母親たちになんと思われようと平気だと思っていたから。誰になんと思われようと。

ミセス・エリントンが教室に入ってきた。先生の私物のティーカップを注意深く並べていたトーマスが声をかけた。ミセス・エリントンは息子に手だけ振り、先に教室の奥にいるわたしと母のそばへやってきた。そして母に手を差しだした。

「セシリア、お久しぶり。その色、お似合いね」母が手を取ると、ミセス・エリントンは頬を寄せて軽くキスをした。ほかの女の人同士がするのは見たことがあったものの、自分の母のそんな姿は初めてだった。母のにおいをミセス・エリントンはどんなふうに感じるだろうとわたしは思った。

「あなたもね」母はにっこりした。「それに、どうもありがとう。今日のこと」そう言って、ナプキンとクランペットの皿をのせた小さなテーブルがぎっしり並んだ教室内を目で示した。ミセス・エリントンはいいのよと言うように手を振ってみせた。気の合う者同士のように。そんなに長くふたりが言葉を交わすのを見るのは初めてだった。

「あなたのママきれいね、ブライス」女の子のひとりが小声でわたしに言った。

「女優みたい」別の子も言った。わたしは母を見ながら、自分とは違って母のことをまるで知らない気楽な子たちの目にはどう映るのだろうかと想像した。母はそわそわと爪先を動かしていて、煙草が吸いたいのだとわかった。着ている服はどこから来たのだろう——クロゼットにあったものだろうか。それとも、今日のために買ったとか？ 平凡な見た目の母親の横にすわった級友たちが母をしきりに見ているのがわかった。生まれて初めて、わたしは母を自慢に思った。母は特別に見えた。努力もしてくれている。わたしのために。

わたしたちがこしらえた花のカードを先生が配り、母親たちはよく頑張ったわねと口々にわが子を褒《ほ》めた。わたしがカードを手渡すと、母は詩に目を通した。そんな言葉を母に贈ったことなどなかった。最高の母親ではないとお互いに承知していた。それにはほど遠いと。

「気に入った？」

「ええ。ありがとう」母は目をそらしてカードをテーブルに置いた。「お水が飲みたいの。ブライス、入れてくれる？」

母さんは自分が思うよりましな母親よと伝えたかった。ましな母親になってほしかった。それで、わたしはカードをもう一度手に取り、教室内の話し声に負けじと震える声を張りあげて詩を読んだ。

「バラは赤く、スミレは青い、母さんは最高」——そこでいったん息をつき——「愛してる」

母はカードから目を上げなかった。そしてわたしの手からそれを取った。

「あと五分ですよ、みなさん！」

「それじゃ、うちでね」母はわたしの頭のてっぺんに触れ、バッグを手にすると出ていった。ミセス・エリントンがその後ろ姿を目で追うのが見えた。

母は夕食にシェパーズパイを作り、わたしが帰宅したときにもピンクのスーツを着たままだった。父が食卓の椅子を引いて腹ぺこだと言った。

「それで、母の日のお茶会はどうだった？」

マッシュポテトをぼとんと父の皿によそった母は、返事をしなかった。父はわたしを見て両眉を吊りあげた。「どうだったんだい、ブライス」

「楽しかった」わたしはミルクに口をつけた。母はオーブンから出したばかりの熱々のキャセロール皿をじかにテーブルにのせ、その横に音を立ててスプーンを置いた。

「おいおい、テーブルが焦げる」父があわててキッチンタオルを取りに行き、指を火傷《やけど》しながら皿を傾けて下にすべりこませた。父ににらみつけられても、母は気づきもしないようだった。

「母さんに紙で作った花をあげたの」

「そりゃいい。どこにあるんだ、セシリア」父はマッシュポテトを口に詰めこみ、母に向かって言った。「見せてくれ」

流しの前にいる母が目を上げた。「なにを？」

「この子がこしらえたものを。母の日に」

母は怪訝《けげん》な顔で首を振った。もらった覚えはないけどという顔で。「さあ、どうしたんだったかしら」

「どこかにあるだろう。バッグのなかとか」

「いいえ、わからない」母がわたしを見てまた首を振った。「どこへやったのか」そう言って煙草に火を点け、皿を洗うためにシンクに水を溜めはじめた。食事はいつも別だった。

母が食べるのを見たことさえなかった。

気持ちが沈んだ。たまらなかった――わたしが余計なことを言ったから。

「もういいの、父さん」

「いや、だめだ。おまえが母さんのためにこしらえたものなら、見つけないと。冷蔵庫の上に飾ろう」

「セブ」

「探してくるんだ、セシリア」

母が父の顔に布巾《ふきん》を投げつけた。わたしはびっくりしてフォークを床に落とした。父は濡れた布巾をかぶったまま、目を閉じてじっとしていた。そしてナイフとフォークを置き、関節がポテトと同じくらい白くなるほど強く拳を握りしめた。たえず怒りをくすぶらせている母と同じように、父も怒鳴《どな》り声くらいあげればいいのにとわたしは思った。息をしているかと不安になるほど、父は身じろぎひとつしなかった。

「ちゃんと行ったでしょ。お茶会だかなんだかに。わざわざ出かけていったのよ。小さなテーブルでままごとにも付きあった。それ以上、どうしろと？」母は煙草の箱をつかんでポーチへ出ていった。父は頭の布巾を取り、たたんでテーブルに置いた。そしてフォークを手にしてわたしを見た。

「食べなさい」

27

ヴァイオレットが四歳の春、幼稚園の先生から金曜日の放課後に面談したいと告げられた。

「たいした問題ではないんです」先生は電話でたいしたという言葉を強調した。「でも、お話ししておくべきかと」

あなたは最初から納得がいかなげだった。**なんだよ、スティック糊を人に貸さないとか？** それでも心のどこかでは、なにを言われるかと不安にも思っていたはずだ。

並んで小さな椅子にかけると、あなたの膝は顎にくっつきそうだった。ピンクのプラスチックカップで先生が出してくれた水は洗剤みたいな味がした。

よくあるように、いいことから先に告げられた。

「ヴァイオレットは非常に利発なお子さんです。いろいろな意味で早熟で。とても……敏《さと》い子ですね」

ただ、クラスメートたちを動揺させるような振る舞いがいくつかあるという。泣くほど強く指をねじられるせいで、男の子のひとりがヴァイオレットの隣にすわるのを怖がっているとか。ある女の子がヴァイオレットに鉛筆で太腿《ふともも》を刺されたと訴えているとか。前日の午後の休憩時間にも、ヴァイオレットにズボンをずりおろされて下着にひと握りの小石を入れられたという訴えがあったという。わたしは赤面し、まだらに染まっているにちがいない首を手で隠した。そんなことをする人間を生みだしてしまったことが恥ずかしかった。窓の外に目をやり、砂まみれの小石だらけの園庭を眺めた。幼いころのあの子が見せた攻撃性のことを考えた。四歳になったあの子に人への思いやりがほとんど見られないことも。あの子ならたしかにやるだろうと思った。

「まあ、注意されれば、ごめんなさいは言えるんですよ」あなたに尋ねられた先生は、言葉を探すように答えた。「頭のいい子ですからね。自分の振る舞いが人を傷つけることはわかっています。ただ、なかなか直らないようで。いまの時点で、なにか手を打つ必要があると思います」

わたしたちは提案に同意し、時間を割いてもらったことに感謝した。

「たしかに、いいことじゃないが、子供なんてみんなそうだろ。どこまでならやってもいいか試してるんだ。幼稚園が退屈なのさ。床じゅうプラスチックのおもちゃだらけだったろ。赤ん坊の部屋みたいに。保育料にいくら払ってると思う？」

わたしはあなたのグラスの縁に立ちのぼる泡を見つめた。わたしの提案で飲みに行くことにしたのだ。気まずい空気をほぐすために。

「あの子と話そう」あなたは自分を納得させるように言った。「なにか原因があるんだ、でないとそんなことをするはずがない」

わたしはうなずいた。あなたの態度が腑《ふ》に落ちなかった。あなたはいたって常識的な人だ。なのに娘のことになると分別をなくしてしまう。あの子をむやみに庇《かば》おうとする。

「なにか言ったらどうだ」怒った声だった。

「え、ええ……ショックで。気落ちしてしまって。まずは、そうね、あの子と話さないと……」

「でも？」

「でも、意外だったわけでもない」

あなたはやれやれと首を振った――**またはじまった**。

「同じ年頃の子たちなら、噛んだり叩いたりするか、でなきゃ〝誕生パーティーに来ちゃだめ〟なんて言う程度でしょ。あの子の振る舞いは……なんだか冷酷な気がする。計算されたものみたいな」わたしは両手で頭を抱えた。

「まだ四歳だぞ、ブライス。靴紐だって結べないのに」

「あの子のことはもちろん愛してる、ただ――」

「本当に？」

さぞかしすっきりしたはずだ。口に出して訊くのはそれが初めてだったものの、あなたが何年もその疑いを抱いているのは知っていた。あなたは輪じみだらけのバーカウンターに目を落とした。

「本当に愛してる。問題なのはわたしじゃないの」先生が細心の注意を払って言葉を選んでいたことを思いだした。

わたしはひとりで歩いて帰り、ベビーシッターにタクシー代を渡した。ヴァイオレットはぐっすり眠っていた。隣にそっと身を横たえて上掛けを腰まで引きあげると、あの子が身じろぎしたので息を詰めた。わたしがベッドに入るのを喜ばないとわかっていても、そうすることがたびたびあった。静かに眠るあの子になにかを求めていた。なにかはわからない。もしかすると、寝ているあの子の発する生臭いような甘いにおいが、生まれてきた場所を思いださせるからかもしれない。あの子は完璧ではなく、扱いやすくもないけれど、わが子なのだから、もっと信じてあげるべきかもしれない。

それでも。暗がりで横たわったまま面談の様子を思い返すうち、自分が正しかったという思いが頭をもたげた。これまでずっと、娘に対する恐ろしい疑念とともにたえず暮らしてきた。ようやくほかの誰かがそれに気づいてくれたのだ。

28

数週間後のある日、わたしはヴァイオレットを幼稚園に送った帰りに街なかのギャラリーへ寄った。前日の新聞に、そこで開催中の展覧会が物議を醸《かも》しているとの記事が載っていて、あなたも朝のコーヒーを飲みながらそれを読んでいた。ごくかすかに首を振ると、あなたはページをめくった。

ギャラリーに足を踏み入れたわたしは室内を眺めまわした。マットホワイトの壁面には、銃犯罪を起こした子供たちの顔写真が展示されていた。メディアに掲載された写真で、どれも想像を絶する、ときには多くの犠牲者を出した事件のものばかりだった。なかにはニキビもまだなく、ジェットコースターにすら乗れないほど幼い子の写真もあった。この少年たちの性器はどんなに小さかっただろうとわたしは思った。未熟で、毛もなく、性的にも見えなかったにちがいない。

女の子もふたりいた。どちらも唇が内巻きになるほど歯を見せてにっこり笑っていた。ひとりは歯列矯正中《きょうせい》だった。きっと母親に連れられて毎月歯科へ調整に通い、金具にかけるゴムの色を選んでいたはずだ。診察後は、痛む口でも唯一食べられるストロベリーアイスをねだっただろう。

何時間ものあいだ、わたしは子供たちに見つめられていた。自分を産んだ人間とわたしが同類だと、この子たちは気づくだろうか。彼らの母親と同じだと。部屋の隅の重厚なオークのデスクには、短い髪をサイドに流した受付係がいるものの、目録からろくに目を上げようともしなかった。わたしは制服姿の少女の写真の額縁ガラスに手を触れた。完璧に編まれ、両肩に垂らされた髪の房。兆候が表れるのはいつなのか。周囲はいつ気づくのか。なにが彼らを駆りたてるのか。そして悪いのは誰？

家路を歩きながら、わたしは自分に言い聞かせた。写真を見ればヒントが見つかると思うなんてばかげている。あんなところへ出かけていって、完全にどうかしていた。

その日はヴァイオレットを早めに迎えに行き、お店でココアとクッキーを注文した。席につくとあの子はクッキーを半分分けてくれた。

「あなたはとってもやさしい子ね」とわたしは言った。あの子は半分に割ったクッキーのチョコチップを舐《な》めながら、なにか考えていた。

「ノアはわたしが意地悪だって。わたしもノアは嫌いだけど」

「それは、ノアがあなたのことをよく知らないからよ」

ヴァイオレットはうなずき、溶けかけたマシュマロを指でつついた。

クッキーのせいでお腹がもたれてしまい、夕食は抜くことにした。お風呂に浸かるとあの子は目を閉じて、泡のなかに手足を広げて身を横たえた。

「明日、ノアに痛いことをしてやる」

その言葉に心臓が止まった。タオルを絞って蛇口にかけ、どう返事しようかと思案した。あの子は答えを待っていた。

「そんなこと言わないの、ヴァイオレット」わたしは穏やかに言った。「痛いことなんてしちゃだめ。代わりに、ノアの好きなところをひとつ教えてあげたらどう？　気前がいいとか。自由時間に楽しく遊んでくれるとか」

「やだ」ヴァイオレットはそう言って頭までお湯にもぐった。

翌日、用事があるからとあの子のお迎えをあなたに頼んだ。実際は食料品店をうろついてなにも買わずに帰った。家に近づくにつれ動悸《どうき》が高まった。一日じゅう、先生からの連絡があるだろうと電話をチェックしてばかりいた。

「この子、どうだった？」わたしは息苦しさを覚えながら訊いた。

「すごくいい子だったって先生に言われたよ」あなたはスパゲッティをフォークで巻きとろうとするヴァイオレットの髪をくしゃっと撫でた。あの子はわたしを見上げ、前歯の隙間からスパゲッティを一本吸いこんだ。

そのあと、ベッドに入るまえにあの子の服を洗濯機に入れようとしたとき、その日幼稚園に着ていったワンピースのポケットから、ひとつかみほどもあるブロンドの巻き毛が見つかった。わたしは手のなかのものを呆然と見つめた。他人の髪の感触にぞわりとした。そのとき、その髪が誰のものか気づいた。小柄で内気な色白のノアの、くしゃくしゃの巻き毛だ。どうすべきかと迷いながらわたしは廊下に出た。

「フォックス？」

「プレゼントがあるんだ」あなたが居間から呼んだ。いつもよりワントーン高い声で。わたしは髪を握りこんで隠した。ソファにすわったあなたは小さな四角い箱を差しだした。それで思いだした。その日は年に一度の職場の査定日だった。あなたは昇進して、一気に昇給したのだ。

「いつも頑張ってくれてるだろ」あなたはわたしの額に鼻を押しつけた。箱をあけると、入っていたのは細い金のネックレスで、小さなVの文字のペンダントがついていた。わたしはそれを手に取って首もとにあてた。「いまはいろいろ大変だけど、きみを愛してる。

わかってくれてるよな」

あなたがわたしのシャツのボタンを外した。しようよ、と。

床に横たわっているあいだ、髪の房は床に脱ぎ捨てたジーンズのポケットに押しこんであった。終わったあとでその金髪の塊をトイレに流した。

翌朝、幼稚園に送っていくとき、ノアになにかあったのかとヴァイオレットに尋ねた。

「髪の毛をみんな切っちゃったの」

「自分で切ったの？」

「うん。トイレで」

「先生はなんて？」

「知らない」

「あなたは関係ないのね」

「うん」

「嘘ついてない？」

「うん。ほんとに」

無言で一ブロックを歩いたあと、ヴァイオレットは言った。

「片づけを手伝ったから、ポケットに髪の毛が入ってたの」

幼稚園の門を入ると、ヴァイオレットに気づいたノアが母親の背後に逃げこみ、脚のあいだに顔をうずめた。髪はクルーカットに整えられていた。ヴァイオレットはその横を素通りして正面玄関を入っていった。どうしたのと母親がかがみこんでノアに訊いた。なんでもないと涙声が聞こえた。母親はティッシュをノアの鼻にあてて、お洟をかみなさいと言った。わたしは同情をこめた視線を送り、微笑みかけた。母親は疲れて見えた。それでもつとめて笑みをこしらえ、汚れたティッシュを持った手をこちらに向けて振った。そばへ寄って、よくわかる、つらい日もあるわよねと声をかけてあげるべきだった。けれども脚が前へ進まず、逃げだすことしかできなかった。

帰り道、二日前にギャラリーで見た写真のことを考えた。子供の母親のことを。**お母さんはまともだったのに。わたしたちとなにも変わらなかったのに。**

その日の夕方、洗濯を終えてキッチンへ行くと、ヴァイオレットがカウンターの椅子の端に立ち、小さな指をピクルス瓶の漬け汁に突っこんで泳がせていた。

「なにしてるの？」

「クジラを釣ってるの」肩ごしにのぞきこむと、あの子はいぼいぼのピクルスの最後の残りをつまみあげようとしていた。ディルの葉が浸かった瓶のなかでゆったりと上下するピクルスは、たしかにクジラそっくりだった。あの子の頭のなかには優れた美しいものがあって、ときどきそこへ入ってみたいと思うことがあった。なにが見つかるか恐れながらも。

29

あなたはイライジャの名前を覚えていないかもしれない。葬儀は十一月初旬の土曜日だった。二日のあいだ雨が降りどおしで、骨身に沁《し》みる湿っぽい寒さのときはよくあるように、家には重苦しい空気が漂っていた。ヴァイオレットをベビーシッターに預けてわたしたちは家を出た。留守番のあいだ、あの子はふたりの子供の絵を描いていた。ひとりは笑顔で、もうひとりは泣き顔。泣いている子の胸には血のように見える赤い色が塗られていた。わたしがそれを見せてもあなたはなにも言わず、絵をカウンターに置いてベビーシッターのためにタクシーを呼んだ。ヴァイオレットはじきに五歳になろうとしていた。

その夜ベッドに入ったとき、わたしはあなたのほうを向いて話がしたいと声をかけた。あなたは眉間を揉んだ。長く落ち着かない一日のあとではあったけれど、自分を抑えられなかった。用件はあなたにもわかっていたはずだ。

「かんべんしてくれよ、昼間教会でなにを学んだんだ?」あなたは嚙みしめた歯のあいだからそう言い返し、「ただの絵だろ」と続けた。

いいえ、そんな単純なことじゃない。わたしは仰向けになって天井を見上げ、首のペンダントに触れた。

「ありのままのあの子を受け入れるんだ。きみは母親なんだから。そうすべきだろ」

「わかってる。ちゃんと受け入れてる」あの子の言い訳。嘘。「そうしてる」

あなたが求めるのは完璧な娘のための完璧な母親で、ほかのものが入る余地はなかった。

翌朝、ヴァイオレットの絵はカウンターからなくなっていた。ゴミのなかにも見あたらなかった。キッチンのゴミ箱にも、バスルームのゴミ箱にも、わたしの机の脇のゴミ箱にも。どこにやったのかとあなたには訊かなかった。

神にはわたしたちすべてのためのご計画があり、イライジャの魂《たましい》は年老いることのない定めだったのです。イライジャの葬儀で牧師がそう説教した。まえの週に公園の遊び場で起きたのではとわたしが恐れていることは、そんなふうに片づけられるものではなかった。

すべり台の上から気の毒な少年が落ちたとき、わたしはあることを目撃したと思う。

そのときはとても疲れていた。ヴァイオレットの寝つきがまた悪くなり、お水がほしい、明かりは消さないでと注文をつけてばかりだった。何週間ものあいだ朝まで続けて寝られずにいた。だから頭がまともに働かなくなっていたのかもしれない。

十秒ほどだっただろうか。大型遊具の反対の端から、自分の立っている長いすべり台のてっぺんめがけて走ってくるイライジャをヴァイオレットが見ていたのは。あの子は両手を後ろで組み、少年に目を据えていた。イライジャはぐらつく橋を勢いよく渡ってきた。大きく口をあけて歓声をあげ、さわやかな秋の風に長い髪をなびかせていた。

地面に叩きつけられたとき、鋭い音がした。ダン。そんな感じの。

ストライプのシャツにウエスト紐つきのジーンズを穿いたイライジャは、砂利の地面に倒れたままぴくりとも動かなかった。それを見下ろしたヴァイオレットは、わたしと目が合っても素知らぬ顔だった。イライジャの子守りが助けを求めて耳をつんざくような金切り声をあげても、眉ひとつ動かさなかった。やがて救急車が到着してイライジャを子供用のストレッチャーで運び去った。母親や子守りたちが震えながらそれを見守り、怯えた子供たちは小さな頭をその首もとにしっかりとうずめていたが、ヴァイオレットだけは平然としていた。

わたしはすべり台を見上げながら、ついさっき起きたことを思い返した。

イライジャがあの子のほうへ駆け寄る少しまえ、ヴァイオレットはすべり台のてっぺんから真下の地面をのぞきこんだ。するりと水に潜るところをイメージするプロのダイバーのように。「気をつけてね！」とわたしは声をかけた。「そんな高いところにいたら危ないでしょ！」心配性の母親らしく。正直に言えば、そのとき頭をよぎりはした。危険が。死が。ただし、わが子の。母親の頭にはつねにそれしかない。ヴァイオレットは後ろに下がり、遊具の木の柱にもたれた。そこでなにを待っていたのだろう。

あの子が片脚を上げた。ぴったりのタイミングで。

イライジャは頭から地面に叩きつけられたと思う。

遠ざかるサイレンのなか、ヴァイオレットは落ち着き払った声でおやつを食べに行きたいと言った。こちらの反応を窺うように両眉を上げて。たしかめるつもりだったのだろうか。わたしがなにを見たかを。どう出るかを。あの子がイライジャをつまずかせた——それはあまりに荒唐無稽《むけい》な考えに思え、わたしはすぐに打ち消した。いいえ、そんなことは起きていない。灰色の空を見上げ、口に出してそう言った。「そんなことは起きていない」**見たはずよ、ブライス。**

「ママ？　おやつ食べに行かないの」

わたしは首を振ってコートのポケットに震える手を突っこみ、帰りましょうと言った。

「行くわよ。ほら早く。早く！」

アパートメントまでの七ブロックをふたりとも無言で歩いた。

あの子をテレビの前に残し、わたしは一時間トイレにこもって、動くこともできないいま、自分が見たかもしれない光景を反芻しつづけた。これは髪の毛の束や、園庭でのからかいとはわけがちがう。すべり台の高さは四メートル近くあった。わたしはあなたのプレゼントのVの字がついたネックレスを外した。首もとが赤くなっているのがわかった。熱を帯びて。

不穏な想像が押し寄せた。小さなピンクの手錠、子供専門のソーシャルワーカー、家のドアを叩くトレンチコートの記者たち、転校の手続き、ばか高い離婚費用、気の毒なイライジャの電動車椅子。シャワータイルの目地の黴をぼんやり眺めながら、あの子の反応を何度も何度も思い返した。そして結論を下した。違う。あの子はイライジャをつまずかせたりしていない。そんなに近くにはいなかったはず。違う。わたしはそんなことをする子供の母親なんかじゃない。

心身ともに疲れはてていた。

ヴァイオレットにはピーナッツバターサンドを食べさせた。コーヒーテーブルに皿を置いたときあの子が腕に触れ、その指の感覚にぞくりとした。目の前にあるあの子の手はひどく小さく、無垢《むく》そのもので、ぽっちゃりした手の甲にはまだ赤ん坊のころのえくぼが残っていた。

違う。この子はなにもしていない。その夜、イライジャに起きた恐ろしい出来事をあなたに告げた。事故だった、とわたしは言った。

ヴァイオレットはキッチンの反対側でパズルをしていた。カウンターの上のわたしの携帯電話が鳴ったとき、あの子は目を上げてこちらを見た。電話に応答しながら、わたしもあの子を見つめていた。かけてきたのは公園でいっしょだった母親のひとりで、イライジャが病院で死んだと告げた。

「死んだ？　そんな。死んでしまったなんて」息が詰まった。なんてことを、とあなたがにらんだ。そのような言葉を子供の耳に入れるなんて、母親なのに配慮が足りないと言いたげに。そしてヴァイオレットを慰めようとそばへ行った。でもあの子は平然としていた。肩をすくめて、角のピースをいっしょに探してと言っただけだった。

理解するのに時間がかかるんだ。

ええ、そうでしょうね。

もっと気をつけてやらないと、ブライス。死んだなんて聞かせる必要はないだろ。落ちたところに居合わせただけでもショックなんだ。

それから何時間もたってベッドに入ったとき、ようやくあなたは言った。**きみは大丈夫かい。おいで。怖い思いをしただろ。かわいそうに、ブライス。**あなたはわたしを引き寄せ、片脚をわたしの脚に絡めて眠りに落ちた。わたしは真っ暗な天井を見上げたまま、ヴァイオレットが目を覚ますのを待った。

翌日、わたしは冷凍のキッシュと高価なプロテインスムージーを保冷ケースに入れて、イライジャの家族が住むアパートメントのドアの外に置いた。お悔《く》やみの言葉を書いたカードも添えた。葬儀場には大きな白ユリの花束も送った。

〝愛をこめて、コナー〟

事故の捜査は型通りの短いものだった。わたしも聴き取りを受けた。あなたに話したのと同じ内容を告げた――なにも見ていません。イライジャが地面に落ちた音がしたとき、ヴァイオレットは遊具からすべりおりたあとでした。床板が古くてすべらせやすくなっているんです。まえから危ない遊び場だと思っていました。お母さんがお気の毒で。

30

小児集中治療室は十一階だった。わたしはコートとバッグを車に残し、パジャマのズボンのままそこまで来た。エレベーターに乗りこむまえに買ったマクドナルドのハッピーセットの効き目もあってか、ナースステーションの看護師には見とがめられずにすんだ。命の危機に瀕《ひん》した子供の親が身元を確認されることは少ない。

廊下の奥の金属のベンチに腰を下ろし、そばにある窓から職員用駐車場を見下ろした。頭上の換気口から、ぐうぐう鳴るお腹のような音が聞こえていた。わたしはハッピーセットの箱を傍《かたわ》らに置いた。

そこへ行ったことにわれながら呆《あき》れていた。イライジャが亡くなった場所に。

二週間のあいだ、毎日、毎分、遊び場での事故のことを考えつづけた。目を閉じるたび、事故の直前にすべり台の上にいるあの子に大声で呼びかける瞬間に戻った。ふたりの小さな脚が目に浮かんだ。ぱたぱたと駆けてくるイライジャの脚、柱にもたれて動かないヴァイオレットの脚。そして、イライジャが正面に来た瞬間、片脚が持ちあげられた。

でも、わからない――断言はできない。

わたしは耳を澄ました。採血される幼児が漏らす力ない泣き声と、えらいわねとやさしく励ます母親の声。廊下の向かいでは、疲れた顔の男性が病室から少女を抱いて出てきた。その子はテディベアを抱えていて、泥んこのスノーブーツの足を男性の腰のあたりでぶらつかせながら、すれちがう相手全員に手を振った。同じ病室から看護師が出てきて静かにドアを閉じた。室内で女性の泣き声があがり、それが慟哭《どうこく》に変わった。怒りに満ちた響きだった。

ふたつ隣の病室の家族は、ヴァイオレットが幼稚園で教わった歌を歌っていた。歌声はくぐもり、ときおりそれをさえぎるように、かわいらしくあどけない歓声とボードゲームのベルの音が響いた。カーニバルのざわめきのように。ふと、わたしもそこに加わりたくなった。

看護師がせわしなく行き来し、各病室の前に置かれた消毒液のポンプを手の付け根で押してから入室した。コーヒーを買いに行く人たち。タオルを交換する母親たち。チュチュを着たピエロがおもちゃを積んだカートを押しながら病室をノックしてまわり、入ってもいいかと尋ねている。ささやき声。くすくす笑い。手を叩く音。**かわいいお嬢さんね。なんて大きな坊やなんでしょう。**その合間に続く静寂。スピーカーの音声が、西側ホールのエレベーターが二十分間停止しますと告げた。ピンクとグレーのマーブル模様の床と壁との境目に溜まった汚れを、わたしはぼんやり眺めた。廊下の突き当たりの重たい両開きドアが音を立てて閉まっては、また開いた。何度も何度も何度も。

「なにかお困りですか」薄緑の看護服を着た女性がそばに来たことに気づかずにいた。ロを開くまえに唾を飲みこもうとして、わたしは顔をしかめた。喉はガーゼでも詰められたようにカラカラだった。空気がよどんでいた。わたしは首を振ってお礼を言った。そのまま四時間のあいだすわっていた。

冷めきったハッピーセットの箱を手にそこを去ろうとして、来たときに女性の泣き声がした病室の前で立ちどまった。ブロックガラスごしにのぞくと、彼女はベッドの小さな膨らみに寄り添うように横たわっていた。毛布の下からは幾本ものチューブが突きだし、嵐のまえの雲のように周囲に吊るされた点滴パックへと伸びていた。滴り落ちる雨粒。ぽたり、ぽたり。ベッド脇のホワイトボードには〝ぼくの名前は○○で、好きなことは○○〟と書かれていた。誰かの手で空欄が埋めてあった。オリヴァー。友達とサッカーをすること。

母親は苦しませるためにわが子を産むわけじゃない。死なせるためにわが子を産むわけじゃない。

邪悪な人間に育てるために産むわけでもない。

ドアの前に立ったまま、ほんの少しのあいだ、わたしはすべり台から落とされたのがヴァイオレットだったならと願った。

病院の駐車場にとめた車に乗りこんだあと、あの瞬間の記憶を頭で修正した。あのことばかり振り返るのはやめなければ。娘がイライジャをつまずかせてはいないと信じなければ。

その日の晩、エビをフライパンで焼いていたとき、あなたがわたしの肩に手を置いて首を採んだ。わたしが身を引くと、どうかしたのかとあなたは訊いた。その日行った場所のことを打ち明けたかった。**わたしはモンスターなの、恐ろしいことを考えてるの、**そう告げたかった。けれども、頭痛がしてとごまかし、音を立てて跳ねる油から目を上げなかった。あなたは首を振ってキッチンを出ていった。

31

「今日は都合が悪いんだ、すまないね」戸口に出てきたミスター・エリントンは濡れたタオルを手にしていた。ドアがあくまで、わたしは五分もノックしつづけていた。トーマスとダニエルはおばさんの家へ行っていると聞かされた。ミセス・エリントンの具合がよくないのだという。落胆が顔に出ていたのだろう、背を向けて帰ろうとすると、ミスター・

エリントンの手が肩に置かれた。

「ちょっと待って、ブライス。少しくらいおしゃべりしたい気分かもしれないから、様子を見てくるよ」玄関ホールで待っていると、ミスター・エリントンが戻ってきた。「上へどうぞ。ベッドで休んでいるから」

夫妻の寝室へ入ったことはなかったけれど、廊下の奥の部屋なのは知っていた。そんなにプライベートな場所へ立ち入るのは気が引けたものの、特別扱いされた気もした。ドアは細くあいていたので、静かになかへ入ると、ミセス・エリントンがベッドに身を起こした。

「いらっしゃい、ブライス。今日来てくれるなんてうれしいわ」ミセス・エリントンはノーメイクで、髪に絹のスカーフを巻いていた。いつもより目が小さく、眉も細く見え、それでも変わらずきれいだった。いらっしゃい、とベッドがぽんと叩かれたが、そんなにそばへ行っていいのか、迷惑ではないかとわたしはためらった。もう一度合図されたので、そこに腰を下ろして、行儀よく両手を膝に置いた。

「今日はあまりぱっとしないでしょ」

答えが見つからなかった。だから黙ったまま部屋を見まわした。タッセルで片側にまとめられた金色のカーテン。型押し加工されたリーフ柄の壁紙は母の寝室のものとそっくりだが、好きになれない病院の壁のような緑ではなく、濃い黄色だった。わたしはカーテンと同色のベッドカバーを手で撫でた。なにもかもが上質で温かみに満ちていた。整えられたためしがなく、シーツもろくに洗われない母のベッドが頭をよぎった。

「大丈夫ですか」

「ええ、大丈夫。病気ってわけじゃないのよ、正確には」

「それじゃ、どうして？」不躾《ぶしつけ》だとは知りながら、訊かずにはいられなかった。甘いような、つんとするような不思議なにおいがしていた。学校で昼食に同級生たちが持ってくるヨーグルトみたいな。ベッド脇のテーブルに置かれた小さなピルケースを見て、なかの錠剤は母の部屋にあるのと同じものだろうかと思った。

「性のことを教えるのはわたしの役目じゃないでしょうけど、あなたももう十歳だものね」わたしは赤面したと思う。母とはセックスのことや赤ちゃんがどこから来るかといった話は一度もしたことがなかったけれど、学校の友達から聞いて仕組みはなんとなく知っていた。ミセス・エリントンは羽毛布団を持ちあげ、白い寝間着を引っぱってお腹の膨らみがわかるようにした。母とは違って、サイズの合わないぴたぴたの服を着てはいないので、お腹の大きさにはまるで気づかずにいた。

「赤ちゃんが生まれるの？」

「そのはずだった。妊娠していたのよ。でも、赤ちゃんがね、頑張れなかったの」

意味がわからなかった。頑張れなかったとはどういうことなのか、お腹の赤ちゃんはどうなったのか。どこへ行ったの？　なにがあったの？　当惑が顔に出たらしい。ミセス・エリントンはつらそうにゆっくりと羽毛布団をお腹にかけなおし、痛みをこらえるように笑みを浮かべた。腕には病院のリストバンドが巻かれていた。一年前にひどいインフルエンザで入院した母が退院のときにしていたものと同じだった。なにを言えばいいのかと迷いながら、わたしはベッドサイドテーブルのピルケースを指差した。

「もっと飲まなくても大丈夫？」

笑い声が返された。「ええ、そうね、でも六時間は空けないと」

「トーマスとダニエルは悲しむかな」

「お兄ちゃんになることはまだ言ってなかったの。じきに伝えるつもりだったんだけど」

「悲しい？」

「ええ、とても悲しいわ。でもね、知ってる？　どんなときも神様が導いてくださるはずよ」さも理解したようにわたしはうなずいた。自分も神様を信じているかのように。

「女の子だったの。娘が生まれるはずだった」ミセス・エリントンは指先でわたしの鼻に触れ、目を潤《うる》ませた。「あなたみたいな」

32

古いテラスハウスの並ぶその通りにはどこか特別なものがあった。車を降りたとき、あたりにはフユザキニオイカズラの香りが漂っていた。裏庭にたくさん茂っていることをあとで知った。すぐそこの袋小路にはバスケットボールのゴールが並び、通りの先には地区で最上位にランクされた小学校があった。家の手入れもおおかた自力でできそうだった。

購入申し込みの期限は翌週だったにもかかわらず、わたしたちは言い値で即決した。不動産屋は夕食時までに契約をまとめた。じきに行きつけになるピザ屋でそわそわしながら待っているところへその知らせが入った。

寝室は三つ。オートロック。これでうまくいくかもしれない、ようやくわたしにもそう思えた。必死にそう願っていた。

わたしたちには変化が必要だった。ただし、新しい家を買うのが変化のためだと口にはしなかった。変化が必要だということ自体、口にしなかった。事故から三カ月が過ぎ、遊び場の夢を見ることはなくなった。シリアルをボウルに入れたり車のドアを閉じたりするときに、男の子が地面に叩きつけられる音がふと甦《よみがえ》ることもなくなった。時の経過によって。時と、忘れようとする意志によって。遊び場へは行くのをやめた。近くを通ることさえしなくなった。男の子の名も一切口にしなかった。ヴァイオレットはまた朝まで寝てくれるようになり、わたしの頭を濁らせていた霧もようやく晴れたようだった。

ある日帰宅したあなたがノートパソコンを開き、不動産屋のウェブサイトに掲載されたあの家を表示させた。家を探していることさえわたしは知らなかった。

それから二ヵ月、週末ごとに三人で新しい家へ通っては、レンタルした工具であちこちを解体した。手に負えない箇所は業者に頼んだ。全面的なリフォームはあきらめることにしたものの、急を要する部分もいくつかあった。たとえばフローリングやバスルーム。建築家のあなたの意向で、修繕箇所はさらに増えた。引っ越し前後の一週間、あなたの両親が来て、わたしたちが荷造りや荷解きをするあいだヴァイオレットの面倒を見てくれた。アパートメントの鍵を返すまえに、さよならを言えるようにとふたりがヴァイオレットを連れてきた。儀式めいたことをしたがったのはわたしではなくお義母さんだった。家族の出発の場所に対する思い入れはとっくに消えていた。あなたも同じだったはず――アパートメントを最後に出るときのほっとした顔でわかった。鍵を茶封筒に入れて管理人の机にぽんと置いたときのしぐさで。

街なかのホテルに泊まっているご両親にヴァイオレットを預け、わたしたちは午前二時まで片づけに励んだ。わたしは赤ちゃん用品をダストボックスに詰めて、二階の二番目に広い寝室に運んだ。

「地下へしまったほうがいいんじゃないか」

「じきにまた必要になるでしょ」

あなたは深々と息を吸いこんだ。「今夜はもう休もう」

新しい主寝室の中央にマットレスを敷いてそこで寝た。暖房をつけるのを忘れたので、パーカーとスウェットパンツを着こみ、毛布にくるまった。

「ここなら幸せになれる」わたしはささやき、靴下を履いたままの足をあなたの足にこすりつけた。

「これまでも幸せだと思ってたけどな」

33

月明かりに照らされたわたしの裸のシルエットをあの子は見たにちがいない。つながった腰や、猫のように反《そ》らしたわたしの背中や、あなたの顔の上で小さな砂袋のように揺れる乳房をかろうじて覆っていたのは、薄いナイトシャツ一枚だった。

わたしはヘッドボードに両手をついて低く長くあえぎながら、部屋の様子を頭から締めだした。クロゼットにはドアがついていないので、まだ洗えていない洗濯物の山も、まだ袋から出していないクリーニングずみの服も、まだ寄付できていない衣類の箱も、すべてが丸見えだった。〝まだ〟の山に埋もれていた。片づけは終わらず、リフォームも遅々として進まずにいた。

それでもいま振り返れば、あのころのごたごたはごくありふれたもので、懐かしくすら思える。

ドアのきしみも、前週に張り替えたばかりの床板の上をぺたぺたと歩くあの子の足音も、耳には入らなかった。あの子がそこにいると気づいたのは、あなたが悪態をついてわたしを押しのけ、シーツをかぶったときだった。突き飛ばされたわたしはベッドの端で胎児のように身を丸めた。ベッドに戻りなさい。なんでもないのよ。平静を装ってそう声をかけると、なにをしていたのとあの子が訊いた。なんでもないのとわたしは答えた。なんてことだ、ブライス——みんなわたしのせいみたいにあなたが言った。

ある意味、そのとおりだった。わたしは排卵日だった。あなたはお疲れだった。わたしは枕に顔を押しつけて泣いていた。それであなたはわたしの背中をさすり、首筋にキスをはじめた。愛しているとは言いながら、抱く気はないときのキスを。チャンスはいくらでもあるさとあなたは言った。

もう子供はほしくないのねとわたしは責めた。どうして？　そのまま無言で横たわっていたあと、あなたはわたしの髪を撫で、ほしいさとささやいた。

嘘だとわかっていたけれど、かまわなかった。

わたしは向きなおり、あなたが反応するまで手を動かした。そしてわたしのなかに導き入れ、なにもかも本当はこうじゃないと――あなたも、部屋も、自分の母親ぶりも――自分に言い聞かせながら、やめないでとあなたにせがんだ。


二度目に子供のことを思いついたのは、三週間前にふたりで歯を磨いていたときだった。あなたはシンクに泡を吐きだし、ふたり分のデンタルフロスを切りとった。**そうだね。そのうち。いつかは。**

めずらしくそっけないあなたの声を聞いて、別の日なら疑いを抱いたはずだ。でもそのときは違った。あなたのことより、自分のことで頭がいっぱいだった。家族が前に進むためにはふたり目の子供を持つしかないと思っていた。すべての失敗を挽回《ばんかい》したかったのかもしれない。考えてみれば、ひとり目を作ることにした理由は、あなたが家族をほしがり、そんなあなたを喜ばせたかったからだった。でもそれだけではなく、自分の疑念が誤りだと証明したくもあった。母の言葉が誤りだと。

いつかあなたもわかるはずよ、ブライス。この家の女はみんな……普通じゃないの。

もう一度、母親になるチャンスがほしかった。

自分に問題があるのだと認めたくはなかった。

ヴァイオレットを幼稚園まで送る途中、たびたび赤ちゃんを指差して言うようにした。いいと思わない、弟か妹ができたら。返事はたいていなかった。あの子はどんどん自分の世界に閉じこもるようになり、ある意味、その距離のおかげでそばにいるのが楽にもなった。幼稚園の門の前で毎朝いっしょになる赤ちゃんを抱いた母親は、いつも注意深くかがみこんで上の子供にキスして送りだしていた。

「ふたりだと大変でしょ」一度、わたしは微笑みながらそう声をかけた。

「くたくたよ、でもやりがいはあるし」やりがい。またその言葉だ。母親は赤ちゃんを揺すり、頭を撫でた。「この子は上の子とは全然違うの。ふたり目はなにもかも違うって感じ」

違う。

ヴァイオレットは夫婦の寝室の入り口に突っ立っていた。なにをしていたのか答えるまで部屋に戻ろうとしなかった。しかたなくわたしは説明した。愛しあうふたりは特別な方法で仲良くするのだと。三人とも暗がりのなかで黙っていた。ややあって、あの子は部屋に帰っていった。ついてってあげなきゃとわたしは言った。あの子が大丈夫かたしかめなきゃ。

「なら、行けよ」そう言われたけれど、わたしは行かなかった。気まずさにとまどいながら、背を向けあって寝た。

朝も言葉を交わさなかった。わたしはあなたのコーヒーを用意せずにシャワーを浴びた。キッチンへ行こうと階段を下りていたとき、朝食中のあなたとヴァイオレットの話し声が聞こえて足を止めた。あの子はママなんて嫌いと言った。死んじゃえばパパとふたりで暮らせるのに。ママなんて好きじゃない。どんな母親の心も張り裂けさせる言葉だった。

あなたはこう言った。「ヴァイオレット、ママはママなんだよ」

ほかにいくらでも言いようはあったのに、あなたが選んだ言葉はそれだった。

その夜、わたしはもう一度したいと恥ずかしげもなくせがんだ。もう一度だけ。あなたは受け入れた。

34

幼稚園の前でよく会う母親は、いつもと同じように、洗濯かごから出してそのまま着たような少し皺の寄ったヨガウェア姿だった。髪は前夜整えたきりに見えた。そばに立った息子が野球帽を脱いだ。園庭は朝のエネルギーに満ちあふれていた。シリアルで膨れたお腹、たっぷり寝たあとの丸々とした頬。母親はしゃがみこんだ。息子がその首に顔をうずめた。離れて立っているわたしにも、男の子のつらそうな表情が見てとれた。母親は両手を花びらのようにしてその子の頭を包み、耳もとにゆっくりとささやきかけた。その子は母親にしがみついた。行かないで、と。背後では、園児たちの大声やアスファルトに打ちつけられるバスケットボールの音が騒がしさを増していた。

か細い肩に両手を置かれると、その子は小さな胸を突きだして母親を押しやった。と、もう一度抱き寄せられた。今度は母親のほうが息子と離れがたくなったらしく、そのまま三、四秒ほど子供の首に顔をうずめていた。そしてまたなにか言った。その子がぎゅっと目を閉じる。それからうなずいて帽子をかぶり、つばをぐっと下げると歩きだした。ゆっくりとためらいがちにではなく、内股気味の両脚に力をこめて、速足で。その朝、母親はそれを最後まで見ていられなかった。くるりと背を向けると携帯電話に目を落として歩きだし、息子のように胸を苦しくさせることのないなにかに注意を移した。

その朝初めて、網のなかでばたつく蝶《ちょう》のような動きをわたしはお腹に感じた。赤ちゃんがわたしのなかで目覚めかけていた。ヴァイオレットが門のところで輪切りのオレンジの袋を受けとらなかったので、わたしは生ぬるくなった果肉にかぶりつき、残った皮を公共のゴミ箱に捨ててから、母親のあとについて通りを歩きだし、交差点をふたつ渡った。角のスーパーマーケットで塩を買う彼女を、わたしはトマトの山に隠れて見守った。顔を見たかった。息子への思いがそこに表れているかを。ほかの誰かとそれほどの絆で結ばれている人間がどんな表情をするのか、どんなふうに感じるのかを知りたかった。その答えをたしかめるまえに、混みあった歩道をさらに一ブロック歩いたところで見失ってしまった。

そういった絆は、ヴァイオレットとわたし以外の人たちには存在している。わたしたちが使わない言語に従って。だからそれを学ぼうと必死だった。二度目はうまくやるために。

帰り道、道端で小さな露店を開く準備をしている女性の前を通りかかった。街灯の柱に古い絵を何枚か立てかけ、裏側に値段を示すカラーシールを貼っているところだった。やがて優美な金の額縁入りの一枚を手に取り、いくらにしようか思案するようにしげしげと見入った。背後に立ったわたしは、その絵を目にしたとたん思わず胸を押さえた。それは母親が男の赤ちゃんを膝に抱いた絵だった。バラ色の頬をした白い服のその子は、自分を見下ろす母親の顎をてのひらでそっと包むようにしていた。母親の片腕は子供のお腹にまわされ、もう片方の手は小さな太腿に添えられていた。ぴたりと寄せられた頭と頭。その姿は、平穏と、温かみと、安らぎに満ちていた。母親の長くゆったりしたドレスは美しいピンクで、赤紫の小花が散っていた。値段を訊こうとしてもまともに声が出なかった。でも、いくらでもかまわなかった。どのみち買うのだから。

「それ、ください」相手がその絵を戻そうとしたとき、わたしは声をかけた。

「この油絵を？」女性は眼鏡を外してわたしを見上げた。

「ええ、それです。母と子の――」

「メアリー・カサットの複製画ですよ。もちろん、原画じゃなく」メアリー・カサットの原画がここにあるわけないというように相手は笑った。

「描かれているのは画家本人ですか」

女性は首を振った。「彼女は子供を持たなかったの。だからこそ、母子像を好んで描いたのかもしれないわね」

わたしはその絵を腋に抱えて帰り、赤ちゃん部屋に飾った。その夜、帰宅したあなたは、額縁の歪みを直しているわたしを見て部屋の入り口で足を止め、鼻を鳴らした。ふん、と。

「なに？　気に入らない？」

「これまで子供部屋に飾ってたのとは毛色が違うから。ヴァイオレットの部屋は動物の赤ん坊の写真だろ」

「だって、気に入ったから」

その絵の赤ちゃんがほしかった。てのひらに包まれた母親の顔が。わたしに触れるぽちゃぽちゃの手が。揺るぎない愛が。

35

ヴァイオレットはわたしのお腹が内側から押されて形を変えるところを静かに見つめていた。赤ちゃんは一日じゅうじっとしていないほどで、信じられないくらい小さなかかとをわたしのお腹に押しつけて右へ左へと動かした。わたしはソファに横になってシャツをまくりあげ、赤ちゃんの存在をあなたたちとたしかめるのが好きだった。じきに四人家族になることを確認したかった。

「また動いてる?」皿洗い中のあなたがキッチンから訊いた。

「また動いてる」ヴァイオレットが大声で返し、みんなで笑った。

赤ちゃんの存在が、いつのまにか夫婦の関係に漠然《ばくぜん》とした変化をもたらしていた。わたしたちは互いにやさしくなった。ただし、それは距離が開いたということでもあり、あなたは忙しい仕事でそれを埋めているようだった。わたしは自分の内側に集中することで埋めた。赤ちゃんに。そんなに早くから、わたしたちにはお互いがすべてだった。母と息子として。

検査技師が白っぽい影の塊のあたりでプローブを動かしながら男の子ですよと言ったとき、わたしは目を閉じ、生まれて初めて神に感謝した。そしてその知らせを二日のあいだ黙っていた。超音波検査の結果はどうだったか、あなたが訊くのにそれだけかかったということだ。あなたらしくなかった。一度目の妊娠のときは毎回の検診に付き添うほど熱心だったのに。あのころ、夜はすれちがいが続いていた。あなたは大きなプロジェクトを数件と、新規の大口顧客を抱えていたし、わたしも当時はあなたをほとんど必要としていなかった。赤ちゃんがいたから。

ヴァイオレットは自分のお古のベビー服を弟用に選ぶのを手伝いたがった。洗濯室にふたりで腰かけ、乾燥機から出した小さなスリーパーをいっしょにたたんだ。あの子はそれを着ていたときや場所を思いだそうとするように、一枚ずつ手に取ってにおいを嗅いだ。お人形用にしたらとセーターを渡すと、それを着せて人形にミルクを飲ませる真似をした。いつになく慎重にものを扱い、やさしい声を出すあの子に、わたしは目をみはった。

「こうしてたでしょ」そう言って、あの子は人形を二回右に揺らし、それから二回左に揺らし、また右に揺らした。

最初のうち、なんのことかわからなかった。あの子にそんなことをした覚えはない。それでも人形を受けとって立ちあがり、あの子がしてみせたように人形を揺すった。とたんに、その動きに覚えがあることに気づいた。あの子の言うとおりだ。そのまま人形を揺らしつづけると、あの子はくすくす笑ってうなずいた。

「ほらね！」

「ほんとね、あなたの言うとおり」

あの子が覚えているなんて信じられなかった。そんなに昔の記憶が残っているなんて。ヴァイオレットはわたしの山のようなお腹を小さな両手ではさみ、なかにいる赤ちゃんをあやそうとするように揺らした。じきにわたしたち三人は踊りだした。まわりつづける洗濯機のリズムに合わせて。

36

熱い産道から現れた赤ちゃんの頭をわたしは手でたしかめた。解放とともに至福が訪れた。あなたに見守られながら、わたしは出てきたばかりの息子を静かにやさしく持ちあげ、二百八十三日を過ごした場所の上に置いた。**ようこそ。**息子はこちらを見上げると背中を反らし、お腹の上を這いのぼりはじめた。胎脂と血にまみれた尺取虫《しゃくとりむし》のように。開いた口、ぼんやりとした、まだ黒っぽい目。小刻みに動くしわしわの手は皮がだぶついて見えた。その手がわたしの乳房を見つけ、小さな顎が震えた。わたしの奇跡。オキシトシンの作用でまだ震える腕でわたしは息子を抱き寄せ、下唇に乳首をあてがった。**さあどうぞ、坊や。**そんなに美しい生き物を見るのは初めてだった。

「ヴァイオレットにそっくりだ」わたしの肩ごしにのぞきこんだあなたが言った。

いいえ、あの子とはどこも似ていない。三キロと少しのその身体は、あまりに清らかで幸福に満ち、どこかへ飛んでいってしまいそうな、夢のような、この世ではけっして手が届かないもののような気がした。何時間もぴったりと寄り添って抱いていると、しまいに起きてトイレへ行くよう促された。あふれた血が便器のなかに滴り、その塊を見下ろしたとき、なぜか娘のことを思いだした。それから、そろそろとトイレを出てガラス張りの新生児ベッドで待つ息子のもとへ戻った。

息子がこの世に生まれたときのことは、ほかにほとんど覚えていない。

ここを去ったときのことはすべて覚えている。

一九六九年

セシリアは十二歳で初潮を迎えた。すでに胸はクラスメートの誰よりも膨らんでいた。大人のきざしを隠そうと、歩くときは猫背になった。エッタからは話しかけられるのさえまれになり、思春期について教わることなど皆無だった。出血のことは女の子たちから聞いてはいたものの、それでも赤く濡れた下着を見て心臓が止まりかけた。母の部屋の戸棚をあさっても生理用ナプキンは見つからなかった。痛みのあまりバスルームの床にしゃがみこむとショーツから血がしみだすのが見え、母に言うしかないと心を決めた。

母の部屋のドアをノックしても返事はなかったが、いつものことだった。そのときは午後三時で、エッタはたいていの午後は寝てすごしていた。セシリアがベッドに近づいて小さく呼びかけつづけると、ようやくエッタは目を覚ました。話を聞いたエッタはため息をついた。同情とも嫌悪ともつかない色を浮かべて。

「どうしろっていうの」

セシリアにもわからないので、答えられなかった。喉が詰まりそうだった。エッタがベッドサイドテーブルの抽斗をあけて、ヘンリーの目に触れないようにしている小さな赤い化粧ポーチから薬を二錠取りだした。それをセシリアに渡すと、もう片方の手で枕を抱えて目を閉じた。

セシリアは小さな白い錠剤をしばらく見つめていたあと、それをテーブルに残して寝室を出た。玄関に母の財布が見つかったので、そこから適当に小銭を取って薬局へ行った。生理用ナプキンを買うときは顔が火照り、レジの若者から目をそらした。家に帰ってバスタブに湯を張り、浸かったとたんにエッタがトイレを使いに入ってきた。そして目を閉じたままおしっこをした。

その日の夜、セシリアはまたエッタの寝室の前に立った。言いようのない怒りが胸にこみあげていた。いきなりなかへ入り、明かりを点けた。拳を握りしめてベッドの足もとに立ったとき、気づいた。母に傷つけられたい。力まかせに叩かれることで、せめてエッタのちっぽけで惨めな世界に自分が存在していることをたしかめたかった。もう何カ月も、母のなかでは死んだものにされた気がしていた。エッタが目を覚ましてセシリアを見た。

「ぶってよ、エッタ」身体が震えた。「ほら、ぶってってば！」

母を名前で呼んだのは初めてだった。

エッタの顔は虚《うつ》ろだった。ぶるぶる震えるセシリアから明かりのスイッチに目を移し、またため息をついた。そして頭を枕に沈めて目を閉じた。一階の玄関からキッチンへ入るヘンリーの足音が聞こえた。夕食は用意されていなかった。その日は。エッタから渡された二錠の薬はベッドサイドテーブルに残ったままだった。なぜだかセシリアはそれをヘンリーに見せまいと思った。それで手に取ってトイレに流した。

「母さんはまた具合が悪いのかい」セシリアがキッチンへ入ると、ヘンリーはやかんに水を入れていた。

「頭痛だって」嘘をつき、実際よりもましなふりをしてみせることが、互いにすっかりうまくなっていた。ヘンリーはうなずいて冷蔵庫の残り物をあさりはじめた。セシリアはラジオをつけた。その場を音で満たして、それ以上言葉を交わさなくてすむように。

37

サムのどんなところをわたしが愛おしんでいたか、あなたは知ってる？　たとえば、ティーンエイジャーみたいに両腕を上げた寝姿。夕方お風呂に入れるまえの足のにおい。毎朝ドアがあく音を聞きつけ、うつぶせになって首を伸ばしては、ベビーベッドの柵《さく》のあいだからしきりにわたしを探す姿。だからきしむ蝶番《ちょうつがい》に油を差してとあなたに頼まなかった。

今日はサムのことが心に重くのしかかっている。とりわけそう感じる日がある。濃密で心疼《うず》かせるかけがえのないあの日々が、まわりのすべてを灰色に見せる。ほしいのはサムだけなのに、現実の世界が息子の声やにおいを遠ざけようとする。

サムを胸いっぱいに吸い、永遠に吐きださずにいたい。

あなたもこんな思いをすることがある？

産後すぐの日々。酸っぱくなった母乳と身体のにおい。シーツについた乳頭ケアクリーム。ベッドサイドテーブルにはいつもカップの輪じみ。ひとりでに理由もなく泣けてくるけれど、その涙はあふれた愛だった。お乳の出がよく、乳房はぱんぱんに張っていて、わたしはほとんどベッドを出ずに過ごした。はだけた胸の上でサムを揺すって寝かしつけた。たまに目を覚ますと、サムはか細い両腕を突きあげ、それからまたわたしの胸で身を丸めた。同じことの繰り返し。昼も夜も。次の授乳のことを考えただけで乳首がずきずきした。

それでも、息子とふたりきりの時間が終わるのが惜しかった。サムはわたしが求めていたものすべてだった。感じられるのはふたりの絆だけだった。胸に抱いたときの重みを求めずにはいられなかった。**これだったんだ**と何度も思った。**これでよかったんだ**。わたしは水のようにサムで渇《かわ》きを癒《いや》した。

サムはいつも乳房のあいだから首をもたげ、なにかを探すようにあたりを見まわした。ママはどこ、大好きな人はどこというように。わたしが首を伸ばして頬を重ねると、あの子はまた身を休めるのだった。安心と幸せと満足を覚えて。お乳に、わたしに。

ようやくベッドを出たわたしは、日々の生活と向きあった。ヴァイオレットの朝食を片づけ、おもちゃのお城を組み立て、洗濯物の山をせっせと乾燥機に放りこんだ。けれども離れているときでさえ、わたしの心は赤ちゃん部屋のサムのそばにいた。

ヴァイオレットははじめのうちサムにあまり興味を示さなかったが、授乳のために乳首をくわえさせるときは毎回しげしげと見守った。サムがお乳を飲むのを見ながら、女性の乳房の働きにとまどったように、平らな自分の胸に触れてみるのだった。授乳がすむと部屋を出ていき、たいていの時間はひとりで過ごしたがった。

数カ月もすると、サムはヴァイオレットに夢中になった。学校の正面玄関前でいっしょに待っていて、ヴァイオレットの声が聞こえると顔を輝かせた。「お姉ちゃんよ！」と声をかけると、サムは脚をばたつかせてしきりにそちらへ行きたがり、間近で姉の顔を見ようとした。ヴァイオレットがその足を軽く揺さぶってから、わたしたちは家へと歩きだした。そこからが不安な数時間のはじまりだった。三人だけで地雷原さながらの夕方を過ごし、あなたの帰宅をひたすら待った。地雷の無力化が得意なあなたを。

あなたとわたし。わたしたちはパートナーであり、同志であり、ふたりの人間の造り手でもある。けれども、ほとんどの両親がそうであるように、ふたりの生活はどんどんかけ離れたものになっていた。あなたは知的で創造的な仕事に携《たずさ》わり、空間や視界やパースについて考え、照明や立面図や内装を日々扱う。食事は一日三回。大人向けの文章を読み、とびきり洒落たマフラーを巻いていた。シャワーを浴びる理由もあった。

わたしははてしなく繰り返される任務を遂行する兵士だった。おむつを替える。ミルクを作る。哺乳瓶を温める。シリアルをボウルに盛る。汚れを拭く。言い聞かせる。なだめすかす。スリーパーを替える。娘の服を用意する。ランチボックスはどこ？　ふたりに服を着せる。歩く。急いで。遅れそうよ。ハグして娘と別れる。ブランコを押す。なくなった手袋を探す。どこかにはさんだ指をさする。息子におやつを食べさせる。哺乳瓶をもう一本。キス、キス、キス。ベビーベッドに寝かせる。掃除。片づけ。探し物。ベッドメイク。チキンの解凍。ベッドの息子を起こしに。キス、キス、キス。おむつを替える。息子をハイチェアへ。顔を拭く。皿洗い。くすぐる。おむつを替える。くすぐる。おやつを袋に詰める。洗濯機をまわす。息子に服を着せる。おむつを買う。食器洗剤も。急いでお迎えに。お帰り、お帰り！　急いで、急いで。服を着替えさせる。洗濯物を乾燥機へ。テレビをつける。小休止。お願い。言うことを聞いて。だめ！　しみ抜き剤。おむつ。夕食。皿洗い。質問に何度も何度も答える。お風呂にお湯を張る。服を脱がせる。床拭き。聞いてるの？　歯磨き。ウサギのベニーを探す。パジャマを着せる。授乳。読み聞かせ。もう一冊。もっと、もっと、もっと。

　ある日、家族にとってわたしの身体がどれだけ重要かに気づいたことを覚えている。わたしの知性でも、作家になる夢でもなく、三十五年かけて形成された人格でもない。身体だけ。サムが吐いた豆のピューレだらけのセーターを脱いで、裸で鏡の前に立ったときのことだ。水やりをすっかり忘れたキッチンの鉢植えみたいにしなびた乳房。生ぬるいラテのカップからあふれた泡そっくりの、ショーツのゴムからはみだしたお腹。串で穴をあけられたマシュマロみたいな太腿。ひどいものだ。けれども必要とされているのは、家事をまわす体力だけだった。わたしの身体はわが家の動力。鏡に映る、見る影もなく変わりはてた女のすべてをわたしは許した。そのときは、自分の身体がそれほど役立つものでなくなるとは想像もしなかった。必要とされ、頼りにされ、大事にされなくなるときが来るとは。

あのころ、ふたりのセックスにもさらに変化があった。手抜き。マンネリ。わたしがまたがっているあいだ、あなたはうわの空だった。わたしも別のことを考えていた。ウェットティシュを買わなきゃとか。診察の予約を入れ忘れちゃったとか。カレー風味のニンジンサラダのレシピはどこで見たっけ？ 夏服。図書館の本。このシーツも洗わないと。

38

「今朝は手がまわらないのよ、フォックス。サムは水泳教室のあとで遊びの約束もあるんだけど、相手のママの誘いを二度もキャンセルしちゃってるの。先週、ヴァイオレットの歯医者の予約を入れたとき伝えたでしょ」

「ヴァイオレットのときはそんなに予定がぎっしりじゃなかったろ」

わたしはマザーズバッグを詰めているところだった。床にすわって丁寧に靴紐を結んでいたヴァイオレットがわたしを見上げた。いまはやめて、とわたしは目であなたを制した。あなたは不満ばかりだった。ヴァイオレットがかわいそうだとしきりに訴えたけれど、本人は生まれたばかりの弟に母親がかかりきりなのを気にする様子もなかった。あまりにあっさり適応して周囲を驚かせたほどだった。赤ちゃんの誕生によって娘とのあいだの緊張はいくらか緩み、互いに少し息苦しさがましになったようだった。そんな変化のなかで、ヴァイオレットはごく控えめにわたしに甘えるようになった。寝るまえの読み聞かせの時間には以前よりもわたしの近くにすわり、校舎に入るときにはじゃあねと手を上げた。娘とはうまくいきはじめていた。

厄介なのはあなただった。サムがわが家に加わって、わたしがようやく母親らしくなれたことを、あなたは喜んでくれるべきだったのに。

まえの週にお義母さんが数日滞在した。最終日の夕食後、わたしが居間でおもちゃを片づけているとき、あなたたちはキッチンでお茶を飲んでいた。ふたりともわたしが二階だと思っていたのだろう。来てくれてありがとうとあなたは言った。いつでも言ってとお義母さんが答えた。そのまま聞いていると、続いてわたしの名前が出た。サムが生まれてから、ブライスはずいぶん〝明るくなった〟みたいねと。

「息子に夢中だからね。ヴァイオレットにもそうならいいんだが」

「フォックス」お義母さんがやさしくたしなめた。ややあって、こう続けた。「ふたり目のほうが楽だという母親もいるものよ。慣れもあるし」

「わかってるよ、母さん。でもヴァイオレットが心配なんだ。あの子は――」

つかつかとキッチンへ入っていったわたしは、プラスチックの動物のおもちゃでいっぱいの缶をあなたの足もとにどさっと置いた。あなたはぎょっとした顔でそれを見つめた。

「おやすみなさい、ヘレン」あなたの顔は見られなかった。

翌朝、空港へ発つまえにお義母さんは前夜のあなたの言葉を詫《わ》びた。いまだにあなたの言動に責任を負っているかのように。

「あなたたち、大丈夫なの」

心配されたくはなかった。

「ちょっと寝不足なだけです」

「だから、悪いけど、今朝はあなたがヴァイオレットを連れていってあげて。いい?」わたしはかがみこんでヴァイオレットの靴紐の結び目を締めた。

「十時に来客があるんだ。街の反対側まで行って戻る時間はない」

「だったら、家に連れて帰らずに、そのまま職場に連れていったら？　来客中は紙と鉛筆を渡しておいて、そのあと学校に送ってあげて。きっと楽しいわよ、ね、ヴァイオレット」

あなたは瞼を揉みながらため息をついた。サムの夜泣きでふたりとも寝られずにいた。歯ぐずりの時期が来ていた。ヴァイオレットの夜泣きでは起きなかったあなたも、サムが生まれてからは寝不足でつらそうだった。「わかったよ。行こう、おちびさん。出発だ」

夕食時、ヴァイオレットはその日の出来事を残らず話してくれた。歯科で見た宝箱のことも、あなたの机で穴あけパンチで遊んだことも。

「それからパパとお友達といっしょにランチに行ったの」

「まあ、素敵。お友達って？」

「ジェニー」

「ジェマだ」あなたが訂正した。

「ジェマ」

「職場の人？」聞き覚えのない名前だった。

「新しいアシスタントだよ。来客中にヴァイオレットと遊んでくれたから、ランチに誘ったんだ」

「それはよかった。新しいアシスタントが来たのね。それで、ランチはどこへ?」

「チキンフィンガーのお店! あとでジェマにアイスを買ってもらったの。ユニコーンの鉛筆と消しゴムも」

「ラッキーね」

「わたしの髪が好きだって」

「わたしも好きよ。とってもきれいな髪だから」

「ジェマの髪は長くてカールしてて、あと、爪がピンクだった」

サムがハイチェアでむずかりだし、拳を口に突っこんだ。ヴァイオレットはそれをやめさせようとテーブルを叩いた。「サミー、だめ! ほら見て、太鼓よ。ダン、ダン、ダン。ダン、ダン、ダン、**ダン!**」

「片づけを頼める?」わたしはあなたの答えを待たずにサムをお風呂に入れに行った。

ベッドでヴァイオレットに読み聞かせをしていたときのこと。ふたりのあいだでは、ウサギのぬいぐるみのベニーを持ったサムがもぞもぞ身を動かしていた。

「もう一冊!」わたしが本を読み終えると、ヴァイオレットが言った。いつもそうなる。

わたしはため息をついて降参した。サムが空《から》になりかけた哺乳瓶を手で叩いた。**もっと、もっと。**あなたはベッドの足もとでジーンズに穿き替えはじめた。

「ママ、サミーがミルクをほしがってる」

「出かけるの?」

「職場に戻る。今夜じゅうに提案書を仕上げないと」

「今夜はパパがお布団をかけてくれる番なのに!」

あなたは身をかがめてわたしたち三人にキスをした。ひとりずつ。順番に。サムが空っぽの哺乳瓶を突きあげた。

「ママがしてくれるよ。もう行かないと。ママのためにいい子でいるんだぞ」

「サミーがミルクだって!」ヴァイオレットがまた言った。

「愛してるよ」あなたはわたしたちみんなに言った。

わたしはおやすみを言うためにヴァイオレットのベッドの端にすわった。最近はすっかりいい子になったなと思いながら、それをあの子に伝えたことはなかった。互いのあいだに生まれた平穏を当然のように感じはじめていた。サムが生まれるまえのことはもう思いだしもしなかった。以前のわたしがどんな母親だったかも。子育てとはそういうもので、つねにいましかない。いまの絶望と、いまの安堵だけ。

ヴァイオレットの顔立ちは大人び、十代になった姿が想像できるようだった。ふっくらと丸みを帯びた唇を見ると、誰かにキスするところが浮かんだ。誰かを愛するところが。

サムが生まれてからの数カ月であの子は変わった。それとも変わったのはわたしだろうか。ようやくわたしもあの子を理解しはじめたのかもしれない。

「ヴァイオレット？ このごろのあなた、とってもいい子ね。サムにやさしくしてくれるし。お手伝いもしてくれる。学校でもみんなと仲良しで。えらい子ね」

あの子はなにか考えるように黙っていた。わたしがベッドサイドランプを消し、身をかがめてキスしようとしても、それを拒まなかった。

「おやすみ。ぐっすり寝てね」

「わたしよりサムのことが好き？」そう言われ、わたしは凍りついた。あなたのことが頭をよぎった。あなたが言ったことをあの子も耳にしたのだろうか。

「そんなはずないでしょ。ふたりとも同じように好きよ」

ヴァイオレットは目を閉じて眠ったふりをし、その震える瞼をわたしは見つめた。

39

声がするまで、あの子がサムの部屋にいるのに気づかなかった。

何カ月ものあいだ、夜はわたしとサムだけの時間だった。育児書の勧めより長い期間をそうやって過ごしていた。わたしはサムのベビーベッドでかすかな音がするだけで、耳もとでロケットでも発射されたかのように飛び起きた。そして暗がりに立って、肌のにおいやお乳の味と同じように、わたしだけのリズムでサムを左右に揺らした。**おやすみ、かわいい坊や。**それから起こさないように気をつけながら、髪の生えかけた頭に唇を押しつけるのだった。忘れもしないあの晩、サムはほとんどお乳を飲まず、わたしの乳首をただ口に含んでいたがった。安らぎを求めて。ホワイトノイズマシンが波音を模したノイズを発していた。

「サムを下ろして」あの子の声がした。わたしが息を呑んだので、腕のなかのサムも目を覚ました。

「ヴァイオレット！　なぜここにいるの」

「サムを下ろして」

冷静な、有無を言わさない口調だった。脅すような。ヴァイオレットはクロゼットのそばにいるようだった。ドアの下の隙間から漏れるかすかな光だけでは姿は見えなかった。わたしはそろそろと身体の向きを変え、違う角度から部屋を見まわしながら、暗さに目が慣れて室内にあるものが見えてくるのを待った。さっきとは反対側からまた声がした。

「サムを下ろして」

「ベッドに戻りなさい、いい子だから。もう三時よ。すぐに行って背中をさすってあげる」

「いや」あの子は低い声でゆっくりと答えた。「サムを下ろすまで行かない」

心臓がぎゅっと締めつけられた。まただ。不安がしのび寄る。あの子が指を鳴らして呪文を解いたみたいに、つきまとって離れなかったあの感じがたちまち甦った。口のなかが干からびるのを感じながら、あのころに戻るのは耐えられないと心でつぶやいた。なぜこの子はここに？　なにをしていたの？

駄々をこねないでと叱ることもできたのに、わたしは言われたとおりにした。サムをベビーベッドに寝かせ、ベニーはどこかとマットレスの上を手で探った。いつも枕もとに置いてあるはずだ。なのに見つからなかった。

「ヴァイオレット、ベニーを知らない？」

ヴァイオレットはベニーをこちらに放り、部屋を出ていった。ベッドから拾いあげて手にしていたのだ。眠るサムを見つめながら。

すぐそばで。

わたしはドアを閉じてヴァイオレットの部屋へ入った。

あの子のベッドの端にそっと腰かけた。イチゴ柄のパジャマの裾から手を差し入れ、絹のようになめらかな肌に触れた。あの子は背中をさすられるのが好きだから。あなたに。

「触らないで。あっちへ行って」

「ヴァイオレット」わたしはパジャマから手を抜いた。「これまでも、サムが寝てるところを見に行っていたの？　ときどきそうしてるの？」

答えはなかった。

わたしは動悸を覚えながら廊下を引き返し、サムの部屋の前で異常がないのをたしかめてからベッドに戻った。自分の頭をよぎった考えを恥じていた。それでも、こう思わずにいられなかった——**サムをわたしのベッドに連れてこようか。安全のために。今夜だけ。一晩だけでも。**

終わったはずだった。とっくに終わったはずだったのに。

ベッドサイドテーブルの抽斗から携帯電話を出してヴァイオレットの写真を見ていると、ブルーライトのせいで横にいるあなたが小さく身じろぎした。わたしはあの子の顔になににかを探していた。それがなにかもわからないまま。それから隣の部屋へ行って自分のベッドにサムを運んだ。

40

「このごろヴァイオレットはすごくいい子だったじゃないか。たまたまさ」

翌朝早く、わたしたちはまだベッドにいて、サムは床で厚紙の絵本を見ていた。ヴァイオレットが部屋に入ったせいでサムが起きてしまい、それで連れてきたのだとわたしは嘘をついた。温もりを求めてわたしはあなたのほうへ寝返りを打った。そして電話に手を伸ばしたあなたをしげしげと眺めた。胸板と、グレーがかってきた胸毛と、メールを読みながらそれをもてあそぶ指先とを。

「ありもしないことを想像してるんだろ。まえみたいに」

あなたはわかっていなかった。わたしの想像力に限界などないということを。自分でも気づかないうちに、思いもよらないところにまで踏みこんでいくということを。ブランコを押しながら、サツマイモの皮を剝《む》きながら。考えるのは悲惨で恐ろしいことばかりだったが、思いのままに想像を膨らませることにどこか満足も覚えた。あの子はどこまでやる気だろう。なにが起きるだろう。最悪の恐れが現実となったとき、わたしはどう感じるだろうか。わたしはどうするのか。そう、どうすべきか。

そこまで。わたしはわれに返り、頭のなかを洗い清めるのだった。子供たち。はずんだ声。目の輝き。なにも問題はない。

子供たちをベビーシッターに預けて、わたしはグレイスとペディキュアの店に出かけた。そのころは週に一度ベビーシッターに来てもらっていて、その時間が貴重な息抜きだった。肌寒さに合わせてチャコール・ドリームスという色を選び、ほったらかしの甘皮を剝《は》がされるときには息を呑みそうになるのをこらえた。わたしの足を膝にのせたネイリストは、これは大仕事だという顔をした。かかとの角質がチーズおろし器でおろせそうなほどだったから。夜はワセリンを塗って分厚い靴下を履いて寝てくださいねと勧められた。かかとにそんな手間をかける気はなく、そう答えようかと思ったけれど、相手はそれが――足の手入れが――仕事なわけだから、素直にアドバイスに感謝した。

グレイスは行ってきたばかりの旅行の話をした。母親の七十歳の誕生祝いに、メキシコのカボ・サン・ルーカスを選んだこと。プールサイドバーのバーテンがウチワサボテンの実のマルガリータをこしらえてくれたこと。新製品の日焼け剤とやらのことも。途中から耳に入らなくなった。家で待つ子供たちのことを考え、ベビーシッターがやると言っていた子供部屋の片づけのことを考えた。ヴァイオレットは地下室で遊びたがり、サムもいっしょに行きたいと駄々をこねるはずだ。サムはひたすらヴァイオレットのそばにいたがるようになり、近くを通りかかるたびに両手を差しのべ、毎朝目覚めると、「バイ……エット、バイ……エット」とベビーベッドからしきりに呼んだ。たどたどしい赤ちゃん言葉を思いだし、つい口もとがほころんだ。グレイスは旅行中に知りあった兄弟の話に移った。アイオワかどこかの牧場主だそうだ。わたしは子供たちがいるはずの地下室を思い浮かべた。コンクリートがむきだしで、やや湿っぽいものの、這い這いをはじめたサムが動きまわっても汚くはないはず。それでもカーペットは新調しないと。汚れが落ちやすい、毛足の短いものに。おもちゃの箱もあったほうがいい。あなたがそこにスポーツ用品をしまっていて、階段が狭いせいでゴルフバッグを運びおろすのに苦労したことも思いだした。そういえば、あなたは昨日クラブをそこへしまいに下りた。ヴァイオレットはそれを引っぱりだして、ゴルフの練習場みたいだと喜んでいた。シッターは必要ないと言っても子供部屋を片づけようとする。ヴァイオレットの一挙一動に夢中のサム。ヴァイオレットが手にしたドライバーの重さ。それを振りまわすところが浮かんだ。武器のように。サムの小さくもろい頭。その気になればわけもない。ものの一秒。ガツン。血は出るだろうか。脳が傷つくだろうか、出血だけですむだろうか。

　グレイスは牧場へ招待されたと語りはじめた。三月に行くつもりらしい。リムーバーで胸が苦しくなり、わたしは半分塗っただけの足をネイリストの手から引っこめた。顔をそむけて刺激のない空気を吸おうとしたものの、部屋全体に有害ガスが充満しているように息が詰まった。行かないと。わたしはバッグをつかむと、ネイルブラシを手に呆気《あっけ》にとられたネイリストを残して席を立った。靴も履かずにどこへ行くのというグレイスの声を背中で聞きながら、駆けだした。ゴルフクラブ。あの子ならやるかもしれない。きっとやる。シッターが目を離した隙に。わたしは通りを走り、二度も信号を無視した。手で合図して通行車にスピードを緩めさせ、感覚のない足で家へ急いだ。

「死ぬ気か！」バイクの男性に怒鳴りつけられた。

違う、と叫び返したかった。**あの子がサムを死なせるかもしれない。それほどわたしを憎んでるの。なにも知らないくせに！**

「ヴァイオレット！」わたしは力まかせにドアをあけた。地下室への階段へ急ぎ、娘の名前をもう一度呼んだ。返事はない。「サム！　サムはどこ？」

　ベビーシッターが廊下の奥からあわててやってきて、人差し指を口にあてた。

　サムは眠っていた。ヴァイオレットは自分の部屋で本を読んでいた。

わたしは倒れこむように壁にもたれた。なにごともなかったのだ。なにごともなかった。

41

「不安発作はよくあることです。とくに赤ちゃんのいるお母さんには。正常なことなんですよ」

もっと詳しく話すべきだろうかとわたしは思った。女性医師は熱いものを冷まそうとするようにペン先を吹いた。そして処方箋《しょほうせん》を書き、用法を説明した。クリニックを出ながら、母のベッドサイドテーブルに置かれた半透明のオレンジのピルケースを思いだした。そこに入った小さな白い錠剤が毎月少しずつ減っていったことを。

なにかがおかしいのはわかっていた。最初に気づいたのは、サムの部屋にいるところを見つかってからのヴァイオレットの目の虚ろさ、サムといるわたしに注がれる、後ろが透けて見えているかのようなまなざしだった。以前は癇癪の爆発に泣かされ、疲労困憊させられた。新たな反抗の形は、こちらを操ろうとするような、計算された冷淡さに変わった。ひややかに頑《がん》としてわたしを拒絶する姿は、七歳にもならない子供のものとはとても思えなかった。氷のような目。ばかにしきった態度。わたしの言いつけに対する消極的抵抗。残さないで食べなさい。おもちゃを片づけてね——あの子は無言でいなくなるだけだった。歩み寄りの余地も与えず。お仕置きや脅しも無駄。罰を与えることはなんの効果もなかった。サムが生まれてからわたしに示すようになっていた興味らしきものは跡形もなく消えた。あの子はわたしに触れられるのさえ拒んだ。冷戦状態に逆戻りだった。そしてあなたは、あの子の世界に必要な唯一の相手の座を取りもどした。

やがて、あの子とわたしは互いに譲歩して共存するすべを学んだ。わたしはほとんど必要とされなくなり、だんだんあの子のことが、ハート形のランチョンマットにプラスチックのお皿で食事を出すだけの間借り人のように思えてくるほどだった。わたしはサムに集中し、あとは決まりきった家事と、下校後のヴァイオレットに必要な最小限の世話だけをこなした。そして夜にあなたが帰ってくると、あの子は生気を取りもどすのだった。サムはわたしの光だった。ヴァイオレットにそれを曇らせまいと、わたしは手を尽くした。ヴァイオレットを学校へ送ったあと、必要なもの一式——哺乳瓶、紅茶、本、ベニー

――を用意して、サムとふたりで乱れたままのベッドに戻る朝もあった。キッチンの片づけも洗濯も後まわしで、サムと見つめあって過ごした。アヒルや恐竜やお臍の話をしながら。そのあと晩冬の陽光のなかでお昼寝をした。乳離れがすんで、わたしからお乳のにおいがしなくなったあとも、サムはあいかわらず胸の上で眠った。どれほどわたしに必要とされているかを知っているようだった。

それからしばらくのあいだ、不安は遠ざかっていた。使わないままの処方箋はバッグに入れっぱなしで、なにかを取ろうと手を入れてその紙が目に入るたびに母が脳裏をよぎった。薬局へ行く気にはなれなかった。自分が信用できなかったから。

42

「セシリアはいない」けわしい父の声には、かすかな動揺が聞きとれた。「居場所も知らない」震える手で受話器が下ろされた。わたしは廊下で立ち聞きしていた。父が電話の相手に言ったのは嘘だった。母は家にいて、しばらくベッドを出ていなかった。それがなぜかも、たびたびかけてくる相手に父が嘘をつかないといけない理由もわからなかった。一度、わたしが先に受話器に手を伸ばしたとき、父は耳にあてると火傷でもするかのようにそれをひったくった。

父は母にスープと水とクラッカーを用意した。お腹の風邪にでもかかったのとわたしは訊いた。

「まあ、そんなところだ」

わたしが邪魔そうだった。父は前かがみになって注意深くトレイを運び、階段の途中にいるわたしの横を通りすぎた。着飾って夜の街へ出かけたある晩以来、何日も母の姿を見ていなかった。そのころ母の夜遊びはますます頻繁《ひんぱん》になり、ときには二晩帰らないこともあった。蒸発の前触れのように。自分の寝室で聞き耳を立ててみたけれど、その晩ふたりの話は聞きとれなかった。母は弱々しく涙に暮れ、父は感情を抑えたような静かな声だった。わたしはしのび足で両親の寝室の前に立った。

「助けを借りたほうがいい」

すると、ガシャンと音がした。お皿の割れる音。母がスープ皿を投げたのだ。ドアが開き、父がタオルを取りに飛びだしてきたので、わたしはあわてて避《よ》けた。部屋のなかを見ると、母は目を閉じてベッドにまっすぐ身を起こしていた。両腕で胸を抱くようにして。まえの年にミセス・エリントンがお腹の赤ちゃんを亡くしたときにしていたプラスチックのリストバンドと同じものを着けていた。もとから痩せてはいるものの、母のお腹まわりは十一歳のわたしと同じほどしかなく、それにもうひとり子供を望んでいるとも思えなかった。部屋に戻って寝る支度をしながら、言い争いが続いてくれればヒントがつかめるのにと思った。やがて母の泣き声を聞きながらわたしは眠りに落ちた。

翌朝、おしっこをしにバスルームへ行った。家のなかは静かで、父もまだソファで寝ていた。わたしはトイレの蓋をあけた。便器のなかは血だらけで、近所の猫がときどき玄関ポーチに置いていくネズミのはらわたのようなものが混じっていた。傍らには母の下着が脱いであった。それを拾いあげると、乾いた血が赤褐色の大きなしみになっていた。

「父さん、母さんはどこが悪いの」

父は前夜の服のままでコーヒーポットの前に立っていた。返事はなかった。そして玄関の外から新聞を取ってきてテーブルに置いた。

「父さん？」

「処置を受けたんだ」

わたしはシリアルをボウルに入れ、黙って食べた。父が新聞をめくりながらコーヒーを飲んでいると電話が鳴った。わたしは出ようと立ちあがった。

「ほっておきなさい、ブライス」

「セブ！」

父はため息をついて椅子を引いた。そして母のためにコーヒーを注いでキッチンを出ていった。電話がまた鳴り、わたしはとっさにそれを受けた。

「彼女と話したい」

「もしもし？」聞きとれはしたものの、ほかに返事を思いつかなかった。

「失礼。間違いました」相手の男は電話を切った。父が階段を下りてくる足音が聞こえたので、急いでシリアルの前に戻った。

「電話に出たのか」

「ううん」

長々と視線が注がれた。嘘だとばれていた。

わたしは学校へ行くまえに母の寝室へ行って、静かにドアをノックした。大丈夫かどうか、自分の目でたしかめたかった。

「お入り」母はコーヒーを飲みながら窓の外を眺めていた。「遅刻するんじゃない？」

ドアのところに立ったわたしは、ミセス・エリントンに膨らんだお腹を見せてもらったときのことを思いだした。母からも同じ奇妙なにおいがした。ベッドサイドテーブルには新しいピルケースがふたつ。母の顔はやつれ、むくんでいた。前日に見た病院のリストバンドは外され、手の甲にはひどいあざがついていた。

「大丈夫？」

母は窓の外を見たままだった。

「ええ、ブライス」

「バスルームに血があったけど」

母は驚いた顔をした。わたしも同じ家に住んでいることを忘れていたように。

「気にしないで」

「あれ、赤ちゃんの血？」

母の目が窓から離れて天井の一点に据えられた。唾をごくりと飲んだのがわかった。

「なぜそんなことを？」

「ミセス・エリントンから聞いたの。赤ちゃんが頑張れなかったんだって」

ようやく母の目がわたしに向けられた。焦点は合わなかった。母は歯のあいだから息を吐き、首を振って目を窓に戻した。「わかりもしないくせに」

とたんに、ミセス・エリントンの話をしたのを後悔した。口から出た言葉を押しもどしたくなった。ミセス・エリントンとのつながりに母を少しでも関わらせたくはなかった。それが自分の生活のなかで唯一の宝物だったから。わたしは部屋を出て登校し、帰宅したときにはすべてが元通りに見えた。母はキッチンのコンロで焦げかけた夕食を作り、父はお酒を注いでいた。壁の電話が鳴ると、父は受話器を持ちあげてがしゃんと切り、コードを垂らしたままにした。かすかな発信音を聞きながら、三人で食事をした。

43

サムが亡くなる前日、みんなで動物園へ行った。めずらしいほど温かい日で、晴れの予報が出ていた。車内ではラフィの歌をかけた。動物園へ行くよ、行くよ、行くよ。いっしょにどう、どう、どう？　お弁当を詰めてちゃんとしたカメラも用意したけれど、写真を撮るのはすっかり忘れていた。

ヴァイオレットは一日じゅうあなたの腕を引っぱって駆けだそうとしていた。そうやっていつも先へ行こうとした。この世で味方はあなただけだというように。ふたりがあまりにそっくりで、後ろ姿から目を離せなかった。ふたりが寄り添う姿から。あなたはあの子の側に少し身を傾け、あの子はあなたの肘の内側に触れようとしきりに手を伸ばした。

ホッキョクグマ舎の外でサムにミルクを飲ませていると、家から持ってきた紙パックのジュースが変な味だとヴァイオレットが言いだしたので、あなたが自動販売機に飲み物を買いに行った。ベビーカーに積んであったクッキーの残りをリスがくすねた。ヴァイオレットは泣きだした。わたしが持参した帽子をかぶるのも拒否した。ウェットティッシュを忘れたので、トイレの茶色いペーパータオルでサムが吐きもどしたミルクを拭いた。わたしはサムのてのひらを丸くなぞり、指でとことこ腕をのぼって顎をくすぐった。サムはけたたましく笑い、のびのびとした弾《はじ》けるようなその声がわたしは愛しかった。手袋をした小さな男の子の手を引いた年配の女性に声をかけられた。「なんてかわいらしい赤ちゃんなの。とってもご機嫌ね」ありがとうございます、わたしの坊やなんです、わたしが産んだんです。ちょうど一年前に。サムはわたしの一部そのもので、泣きだす数秒前になると身体の奥が圧迫されるのを感じるほどだった。胸郭《きょうかく》の内側で誰かが風船でも膨らましたみたいに。

「さあ、すごいのを見に行こう！」あなたがヴァイオレットに言い、みんなでスロープをくだって音の響く薄暗い地下へ入った。あなたたちはガラス張りの水槽の前に立った。緑色の照明に照らされてふたりの姿は陰になり、その向こうでタンポポの綿毛のように塵《ちり》やウロコが漂っていた。サムを抱いて後ろに立ったわたしは、よその家族を見ているような気がした。そこにいるあなたたちがわたしのものだとはとても思えなかった。寄り添うふたりがあまりに美しかったから。ホッキョクグマがヴァイオレットの目の前のガラスに前足を押しあてた。あの子は息を呑み、興奮と恐れと驚嘆の色を浮かべてあなたの腰に抱きついた。わが子のそんな反応を見られる機会は何度もない。子供にとってこの世はまだ新鮮で、安全かどうかの判断もつかないことを思いださせてくれる貴重な瞬間だった。

売店で小さなつがいのライオンのフィギュアを買い与えると、ヴァイオレットは帰りの高速道路で雌ライオンを車窓から捨てた。わたしは怒って後ろを振り返り、プラスチックのフィギュアがよその車のフロントガラスにあたりはしなかったかとたしかめた。あなたも大声をあげ、危ないじゃないかとあの子を叱りつけた。

「だってママライオンはいらないもん。ママは嫌い」

わたしはあなたの顔を見やり、深呼吸をひとつして顔をそむけた。**聞き流そう**。やがてサムが泣きだし、ヴァイオレットがチャイルドシートから落ちたベニーを拾って手に持たせた。上手にサムを泣きやませたあの子をあなたは褒めた。「いい子だ、ヴァイオレット」

ヴァイオレットの鼻は日焼けしていた。二月なので日焼け止めの用意はなく、使いかけのチューブのアロエジェルをあの子の鼻にすりこんだ。顔に散ったそばかすを声に出して数えていると、めずらしく触れることができたからか、ふとあの子を抱きしめたくなった。あの子は数を数える人間など初めてだという顔でわたしを凝視していた。抱きついてくるだろうか。その感触を想像すると身がこわばった。長いあいだそうすることもなかったから。けれどもあの子は目をそらした。

寝るまえのサムのお風呂をずっと見ていたヴァイオレットは、そのあと床にすわってサムのお腹を撫でながら言った。「サムはいい子、ね？」そしてベニーを手に持たせ、その耳をおしゃぶりするサムを静かに眺めた。めずらしくパジャマも着せてあげると言うので、わたしは任せた。二本目の脚にズボンを穿かせながら、あの子は口をひらいた。「サミーはもういらない」わたしは舌を鳴らしてたしなめ、サムのお腹をくすぐった。サムがヴァイオレットを見てにっこりし、むちむちの脚をばたつかせた。あの子はおざなりにキスをしてから、蓋を下ろした便座にすわって、サムの目やにをタオルで拭うわたしを見ていた。「また歯が生えてきてる。あっという間にサムの歯のほうが多くなりそうね、あなたは抜け替わりの最中だから」

ヴァイオレットは肩をすくめ、軽やかな足取りであなたを探しに行った。

あの夜のあなたはやさしかった。愛情が感じられた。寝るまえにふたりで子供たちの部屋にそっと入り、やわらかな美しい頭を眺めた。

44

家を出るのは、たまたま予定よりも早くなった。めずらしく朝食のときに誰も服を汚さず、ヴァイオレットは髪をとかされるあいだ抵抗しなかった。おかげで張りあげたくもない声を張りあげずにすんだ。**急いで！　いいかげんにしなさい！**　ひどく平和な朝だった。

平日に三人でいることはめったになかったけれど、あの日はヴァイオレットの学校がお休みだった。公園へ行く途中に紅茶を買うことにした。店主のジョーがいつものようにヴァイオレットに話しかけているあいだ、わたしは紅茶にハチミツを加えた。ジョーは高い二段の階段の上からベビーカーを運びおろすのを手伝ってくれ、手を振ってわたしたちを見送った。すがすがしい冬の風を顔に浴びながら、わたしたちは通りの角へと歩きだした。

毎日のように渡る交差点の前で足を止めた。歩道のひび割れまで残らず覚えている場所だ。北西にある赤レンガのビルの落書きも、目を閉じたままでも思い浮かべられた。

信号が変わるのを待つあいだ、ベビーカーのサムはバスを眺め、ヴァイオレットとわたしは黙ったままでいた。いつものようにいやがられるだろうと思いながらヴァイオレットの手を取ると、その日はとくに抵抗されなかった。

「車道に近いから気をつけて」わたしは片手をベビーカーに置いてそう声をかけた。サムがなかからヴァイオレットに手を伸ばした。降りたがっている。わたしはカップホルダーの紅茶を持ちあげて口をつけた。飲むには熱すぎ、湯気で顔を温めた。待っているヴァイオレットがこちらを見上げたので、なにか訊くつもりだと思った。いつ渡れるの？　ドーナッツを買いに戻らない？　顔を見られたまま、わたしはまた紅茶を持ちあげて息で冷ました。カップをホルダーに戻したあと、ベビーカーのサムの頭に触れた。ちゃんと後ろにいるからね、降りたいのよねと伝えるために。それからヴァイオレットを見下ろし、またカップを口に運んだ。

そのとき、あの子のピンクの手袋がポケットから出てわたしのほうへ伸ばされた。肘のあたりをつかまれ、引っぱられる。勢いよく力まかせに引かれたせいで熱い液体が顔にかかった。カップが手から落ち、わたしははっとして足もとを見下ろした。それから叱りつけた。「ヴァイオレット！　なにするの！」

その言葉を発し、火傷した顔を両手で押さえたとたん、サムのベビーカーが車道に飛びだした。

そのときのヴァイオレットの目を忘れることはないだろう――そこから目を離すことが

できなかった。それでもあの音を聞いて、なにが起きたかはわかった。

ベビーカーは衝撃でひしゃげていた。

サムはストラップで固定されたまま死んだ。

わたしのことを思う間も、ママはどこだろうと訝《いぶか》しむ間もなく。

真っ先に考えたのは、あの日の朝着せた紺のストライプのオーバーオールのことだった。それから、ベビーカーに乗っているベニーのことを考えた。ベニーだけでも家に持って帰らないと。ぐちゃぐちゃのベビーカーからどうやってベニーを拾えばいい？　ベニーがないと今夜サムが眠れないのに。

混乱のまっただなかで、わたしは呆然と縁石を見つめていた。そこはコンクリートで緩やかな傾斜がつけられ、歩道とアスファルトが接する部分には浅い溝が刻まれている。なぜそこで止まらなかったのだろう？　前日の陽気で氷は溶けていた。歩道は乾いていた。なぜ車輪が溝に引っかからなかったのか。いつもは力をこめて押さないと縁石を横切れないのに。そうでしょう？　いつも力いっぱい押していたでしょう？

息ができなかった。ヴァイオレットの顔に目を移した。わたしが手を放したとき、あの子のピンクの手袋がベビーカーに近づくのが見えた。ベビーカーが車道に飛びだすまえに、その手袋がハンドルに触れたのも見えた。わたしは目を閉じた。ピンクのウール、黒いゴムのハンドル。頭に浮かんだものを追い払おうと、思いきり首を振った。

それからなにが起きたか、どうやって病院へ行ったか、まるで覚えていない。サムの姿を見たかも、身体に触れたかも。ベルトを外して冷たいアスファルトの上で抱きしめてあげていたらと思う。何度も何度もキスしてあげていたら。

けれども、おそらくは立ちつくしていただけだった。縁石の上で、溝を見つめながら。

ひとりの母親が、うちの子たちと同じ年頃の子供ふたりを後部座席に乗せてSUVを運転していた。青信号で直進したのはいたって当然で、それまでも三千回は繰り返してきたことにちがいない。反対車線の二台はベビーカーに気づいて急ブレーキをかけたが、SUVの母親は間にあわなかった。ブレーキを踏む間さえなかった。あの瞬間、その頭をどんな考えが占めていたのだろうと想像せずにはいられない。子供たちと歌っていたか、それとも絶え間ない質問に答えていたのだろうか。バックミラーごしに赤ちゃんに微笑みかけていたのかもしれない。子供たちの金切り声を聞きながら、この車内以外のどこかへ行けたらと夢想にふけっていたのかもしれない。

もっと苦しめたならどんなにいいか。あの事故を今日のことのように感じられたなら。痛みを感じられないときがあると、そのたびにこう思う。**そうだ、わたしの心は死んだ。サムといっしょに死んだんだ。**かつては毎日一分も欠かさずサムの持ち物を見つめ、痛みが押し寄せるようにと願った。苦しみが足りないことがつらくて泣いた。何日かして痛みがぶり返すと、そのせいで少し現実が戻り、今度はそのことに苦しんだ。隣家からバナナブレッドの香りがすると途方に暮れた。においを感じ、唾液が分泌されることに、壁の向こうでは誰かが子供にバナナブレッドを焼いてあげられる朝を過ごしていることに。わたしの心は麻痺していた――残酷にも痛みを感じられないのは麻痺のせいだった。あとになって、その麻痺を取りもどしたいと祈るようになった。痛みに満足を覚えながらも、そのつらさに耐えかねて。

病院に駆けつけたあなたは、ヴァイオレットを抱き寄せてその頭を胸にうずめさせた。それからわたしを見上げてなにか言おうと口をひらいたが、言葉は出てこなかった。呆然と見つめあっていたあと、ふたりとも泣きだした。腕のなかのヴァイオレットがもがいて逃げだしたので、あなたはわたしに近寄った。わたしは床にくずおれ、あなたの脚にしがみついた。

あの子は黙ってそれを見ていた。そして近づいてきてわたしの頭に手を置いた。

「サミーのベビーカーがママの手から離れて、車にはねられたの」

「わかってるよ、ヴァイオレット。わかってる」

わたしはどちらの顔も見られなかった。

警官が戻ってきてあなたと話をしたいと言った。すでに聞かされた説明が一から繰り返された。相手の車のドライバーは罪に問われないこと、サムの遺体の扱いについて判断する必要があること。サムの臓器についても。よその赤ん坊への移植に使えそうなものが三つはあるという。そうすれば、わたしのように子供を死なせたりしない、ましな母親を喜ばせることができる。取り乱すわたしに看護師が鎮静剤をのませた。

わたしはヴァイオレットを廊下の先の冷水器のところへ連れていった。あの子が紙コップの水をあふれさせた瞬間、わたしは使用ずみのラテックスの手袋や医薬品の空袋でいっぱいのゴミ箱に吐いた。重たいガラス扉の向こうであなたのむせび泣きが聞こえた。わたしたちのいる場所はその扉で待合室と区切られていた。ヴァイオレットはわたしの顔を見ながら、そわそわと足を踏み替えていた。口にはしないものの、おしっこを我慢しているのがわかった。でも、漏らせばいいと思った。濡れた黒っぽいしみがジーンズに広がっていくのをわたしはただ見ていた。どちらも、ひとことも口をきかなかった。

ドライブスルーの窓口でバーガーでも注文するような調子で、わたしは警察に供述した。娘に腕を引っぱられました。熱いお茶で火傷をしたんです。ベビーカーを放しました。それを娘が車道へ押したんです。

「ほかになにか伺《うかが》っておくことは？」

「いえ、それだけです」

嘘をついて娘を守る気力さえなかった。同じ供述を何度も繰り返すように求められた。ショック状態ではないか、辻褄《つじつま》の合わないところはないかをたしかめるためだろう。少しはあったのかもしれない。よくわからない。わたしがいないあいだに警官があなたになんと言ったのかも知らない。ただ、戻ったとき、その警官はしゃがみこんでヴァイオレットの細い肩に手を置き、こう言った。「偶然の事故だったんだ、いいかい、ヴァイオレット。偶然だから、誰のせいでもない。ママはなにも悪くないんだよ」

「そうさ、ブライス。きみはなにも悪くない」あなたもそう言ってわたしを抱きしめた。

「あの子がサムを押したと思う」火傷した皮膚に軟膏《なんこう》を塗られながら、わたしは小声で言った。なにも感じなかった。「あの子が車道へ押したんだと思う。警察にも伝えた」

「シーッ」赤ん坊をなだめるような調子だった。「そんなこと言うんじゃない。いいかい？　そんなこと言っちゃだめだ」

「あの子のピンクの手袋がベビーカーのハンドルをつかんだのよ」

「ブライス。やめるんだ。これは事故だ。恐ろしい事故なんだ」

「押されたのよ。あの溝を越えるはずがない」

あなたは警官を見て首を振り、頬の涙を拭った。そして咳払いをした。警官はひび割れた青白い唇をすぼめ、わかりますというようにあなたにうなずきかけた。取り乱した母親。だめな女。**ほら、軟膏も塗ってやらないと。なんとかなだめないと。**

ヴァイオレットはわたしの言葉が聞こえなかったふりで、ホワイトボードに花を描いていた。その隣にはわたしがいないあいだに誰かが描いた人体の略図があった。息子の臓器のうちのどれを提供してほしいか、あなたに説明するためだろう。人体図は五大湖の地図に似ていた。警官はしばらくご家族だけでどうぞと言って部屋を出た。

警官がいなくなると、あなたはかすれた声でゆっくりと繰り返した。「ブライス、これは事故だ。恐ろしい事故なんだ」

わたしの味方はいなかった。

そのまえの週に公園へ行く途中、ヴァイオレットが同じ交差点で質問をした。とっくに答えを知っているはずの質問を。

「車は赤信号のときだけとまるの？」

「知ってるでしょ、七歳になったんだから！　赤信号のときはかならずとまるの。黄信号は、じきに赤になるから注意。だから、赤信号で車が完全にとまって、こっちの信号が青になってからじゃないと、危ないから渡っちゃだめ」あの子はうなずいた。

周囲の世界に興味が出てきたんだなとそのときは思った。そろそろ地図の読み方を教えたほうがいいかもしれない。近所を歩いて通りの名前や標識を探してみるのもいい。いっしょにやればきっと楽しい。

救命救急センターの待合室にすわったわたしは、その質問のことを繰り返し考えた。あなたはヴァイオレットを連れて帰宅したけれど、わたしはそこを離れられなかった。息子のなきがらが病院内にまだあるのに。

シーツに覆われているのだろうか。地下室で？　オーブン皿みたいにスライドさせて格納するトレイにのせられて？　わたしの坊やはオーブン皿の上で寒い思いをしているの？　遺体がどこかは告げられず、対面も許されなかった。膝の上のビニール袋には、白い尻尾《しっぽ》にしみがついたベニーが入っていた。

45

十一日のあいだ、わたしは食べたものをすべて吐いた。夢のなかで泣き、目を覚まして暗闇でまた泣いた。何時間も震えが止まらなかった。

土曜日の朝に私服姿の医師が家に来た。あなたが自宅を設計した人で、そのよしみで往診に来たという。悲しみのせいだけでなく、お腹の風邪でしょうと言われた。こういったつらい経験をされたときには免疫が低下することもあるのでと。あなたはうなずいて、お礼のワインを渡して医師を送りだした。出てってと言う気力もわたしには残っていなかった。

しばらく泊まりに来たお義母さんが、わたしの部屋にものを運んできた。紅茶やティッシュ、睡眠薬、顔を拭く濡れタオル。わたしは早く出ていってもらえるような返事をした。**大丈夫です、本当に。ただ、しばらくひとりになりたくて。**お義母さんはとてもよくしてくれたけれど、そこにいられるだけで頭の一部を占領され、唯一考えていたいことに集中できなかった。サムのことに。怒りで息をするのもやっとだった。悲しみで目もあけられず、光を浴びるのも耐えがたかった。わたしがいるべき場所、与えられるべき場所は暗闇だった。

お義母さんが気分転換にとヴァイオレットを数日間ホテルに泊まらせた。病院で別れたあと、あの子とは顔を合わせていなかった。あなたがヴァイオレットを迎えに行った朝、わたしはあなたの机にあった建築模型キット用のカッターナイフを持って寝室の窓辺にすわった。シャツの裾をめくり、肋骨からお臍のあたりまで、皮膚を浅く切り裂いた。そして声が涸《か》れるまでサムを呼びつづけた。点々と滴る血は腐ったような味がした。サムが死んだ瞬間に、身体が内側から腐敗をはじめたかのように。血を舐めるのをやめられなかった。お腹や胸全体にもなすりつけ、それでもまだ足りなかった。誰かに殺されたように、襲われて息絶えるのをただ待っているように感じたかった。

階下でヴァイオレットの声がしたので、両手をきつく握りしめて震えを止めようとした。寝室の鍵をかけてシャワーを浴び、シャツを身に着けた。それはサムが亡くなるまえの週のみぞれが降る日に、いっしょに買いに行ったものだった。着るものがなにもなくなってしまったからだ。そんなことを気にしていたときがあったなんて。あのとき、わたしはサムのおやつを忘れた。レジ待ちの長い列に並んでいるあいだ、お腹がすいたとぐずるサムをいらいらとなだめ、お昼寝させるのも遅くなってしまった。

「マミーは二階だよ」あなたがヴァイオレットに言うのが聞こえた。あなたもあの子もめったにマミーなんて呼ばないのに。

あなたは黒いスウェットパンツと赤いフランネルシャツを着ていた。サムの死後、あなたは何週間も同じ服を着たきりだった。以前と変わったように見えるのはそこだけだったけれど、あなたも深く苦しんでいるのは知っていた。書斎から寝室、ヴァイオレットの部屋、そしてキッチンへと歩きまわるあなたの足音がたびたび聞こえた。サムの部屋には一度も足を踏み入れなかった。あなたは家じゅうを歩きまわっては、いつも同じ床板をきしませ、同じ物音を立てた。トイレを流す音、廊下の窓をあける音、冷蔵庫のドアを閉じる音。もしかするとあなたは、誰かが言ってくれるのを神妙に待っていたのだろうか。そろそろ前へ進んでいいのだと、大好きな仕事へ行くために目覚ましをかけてもいいのだと、火曜日には仲間とバスケットをやりに行ってもいいのだと、そして以前と同じように大声でヴァイオレットと笑いあってもいいのだと。それとも、そんなふうにまた人生を楽しめるなどとは思いもよらずにいたのだろうか。

わたしに四回しか話しかけなかったことを覚えてる？　二週間近くのあいだに四回。お互いに顔を見るだけでつらかったから。

1　葬儀はしたくないとあなたは言った。だからやめた。

2　ヴァイオレットの水筒はどこにしまってあるかとあなたが訊いた。

3　サムが恋しいとあなたは言い、シャワーを浴びたまま身体も拭かずにベッドのわたしの横に倒れこんで、一時間近く泣いていた。わたしが毛布の端を持ちあげると、あなたはそばへもぐりこんだ。それはサムが死んでからわたしが示した一度きりの受け入れのしるしだった。あなたの頭を胸に抱いたとき、自分のなかにあなたのための場所がなくなったことに気づいた。その日だけでなく、永遠に（サムが恋しいという言葉をあなたが自分から口にしたのはそれが最後だった。それ以降は、何カ月も過ぎてから思いきってわたしが尋ねたときに「もちろん恋しいさ」と答えるだけだった）。

4　ヴァイオレットが戻った日、用事があって夕方五時に家を出るから、あの子の夕食を作れないかとあなたは訊いた。作れないと答えると、あなたは部屋を出ていった。

日常に戻ろうとするあなたが憎らしかった。サムの家で、わたしをヴァイオレットとふたりにしたことが。

ヴァイオレットは二階に上がってこなかった。わたしも下へは行かなかった。

翌朝起きると、サムの部屋の絵があなたの手で外され、わたしたちのベッドの足もとの壁に立てかけられていた。それを見た瞬間、身体がふわりと軽くなった。骨を疼かせる痛みもやんだ。その母子像を、わたしは一年近く見つづけてきた。サムを抱っこして揺らすときも、お乳を飲ませるときも、げっぷをさせるときも、小さな耳にやさしく子守唄を聞かせるときも。その絵を見たとき、なぜかはわからないけれど、自分は生きつづけると気づいた。いまのぼろぼろの状態から這いだすことになると。そんなふうにしむけたあなたが憎かった。日常になど二度と戻りたくはなかったのに。

わたしは下着姿のまま、ひどく重たい脚でヴァイオレットの部屋へ向かった。ドアをあけると、そこにいるあの子はシーツの下で身じろぎした。睫毛をしばたたかせ、廊下の明かりがまぶしいのか、目を細めた。

「起きて」

わたしはヴァイオレットのボウルにシリアルを入れ、キッチンを見まわした。サムのハイチェアも、哺乳瓶も、青いシリコンのスプーンも、好物のクラッカーも、すべて片づけられていた。バスルームで髭剃《そ》り中のあなたのもとへ飛んでいくヴァイオレットの足音が頭上で響いた。

あなたはなぜ絵を寝室に置いたのだろう。話題にしたこともなかったのに。絵はいまもその寝室にある。わたしとともに、空っぽのこの家に。いまはしげしげと眺めることはなくなった。蛇口の塗装だとか、逆開きになった洗濯室のドアと同じように。それでもときどき、絵のなかの女性に、あの母親に見られている気がすることがある。朝の数時間は光が注ぎ、ドレスの色をあざやかに照らしだす。

46

家にいるのに耐えられなくなった日は、地下鉄の路線を端から端まで乗って過ごした。車外の暗さと乗客の無言が心地よかった。列車の揺れも心を落ち着かせてくれた。

プラットホームの掲示板に貼られたポスターに目が留まり、携帯電話で写真を撮った。二日後、そこに書かれた所番地を頼りに教会の地下室を訪れた。部屋の隅のラックには、集まった人たちのコートが針金ハンガーでぎっしり掛けられていたが、室内は寒く、上着は着たままにした。自分とコンクリートの白壁から漂う湿っぽい冷気を隔てるものが必要だった。自分とほかの人たちを隔てるものも必要だった。母親たちとを。わたし以外に十一人がそこにいた。ジンジャースナップクッキーとポットのコーヒー、コーヒーフレッシュがかごのなかに用意され、四月だというのにクリスマスの柄の紙ナプキンが敷かれていた。オレンジ色のプラスチック椅子は、高校の講堂で集会のときに並べられるものと同じだった。わたしが選んだ椅子には罰当たりな言葉が刻まれていた。わたしと母親たちとの集会がはじまった。

グループリーダーは金のバングルをいくつも重ねづけした驚くほど細身の女性で、その人の音頭で自己紹介がはじまった。五十歳のジーナは三人の子持ちのシングルマザーで、長男が二カ月前にナイトクラブで人を殺したのだと語った。拳銃で。裁判はこれからで、有罪を認める見込みだという。ジーナが泣きだすと、かさかさの頬に黒くくっきりとした涙の筋がついた。隣の席のリサが、初対面のジーナの手をやさしく撫でた。リサはグループの古顔だった。娘が女友達に対する殺人未遂の罪で十五年の実刑判決を受け、刑に服してまだ二年だった。リサは専業主婦に生まれついたような人だった。ものやわらかで、一文一文を区切るように話をした。目の下には赤黒い隈《くま》がハンモックのようにぶらさがっていた。

次がわたしの番だった。話しだそうとした瞬間に蛍光灯がちらつき、停電なら助かるのにと思った。モーリーンと名乗って、窃盗《せっとう》で刑務所に入っている娘がいると告げた。思いつく悪事のなかでいちばん軽いものがそれだった。盗みなら誰もがやっていて、たまたま捕まらずにいるといった程度の、ちょっとした過ちに聞こえるだろうと思った。自分がまだ善良で愛すべき人間の母親であるかのように。

ほかの人たちの話を詳しく覚えてはいないけれど、レイプやなにかの不法所持のほか、息子が妻を雪掻《か》きスコップで殴り殺したといった話も出た。スターリング・ホックでの殺人事件だとその人は言った。誰もが新聞で読んだはずだといった口ぶりだったが、わたしは聞き覚えがなかった。グループリーダーが、名字や詳細には触れないようにと注意した。身元を明かしてはいけないことになっていた。

見覚えのある人はいないかと、わたしは全員の顔を盗み見た。

「まるで自分が罪を犯したように思えるんです」母親のひとりが語った。「刑務所の看守にもそんな扱いをされて。弁護士にも。わたしが悪いことをしたみたいな目でみんなが見るの。そうじゃないのに」そこで間があった。「わたしたちは悪いことなんてしていない」

「そうかしら」少しの逡巡《しゅんじゅん》のあと、別の母親が口を開いた。肩をすくめる人、うなずく人、そしてなんの反応も示さない人。グループリーダーは頭のなかで十まで数えているような顔で一同を見まわした。ソーシャルワーカーの養成講座で習ったテクニックなのかもしれない。それから、おやつにしましょうと提案した。

「来週も来るつもり？」小さな発泡スチロールのカップにコーヒーを注ごうとしてうっかり手にこぼすと、ハンモックのような隈をぶらさげたリサが紙ナプキンを渡してくれた。

「まだわからなくて」額から汗が噴きだした。これ以上、この人たちとはいられない。わたしが会いたかったのは自分と同じような母親たち、わたしの子と同じくらい邪悪な子供を持つ母親たちだった。地下室の壁が迫ってくるようないたたまれなさを覚えた。使わずにいた処方箋を探してバッグをあさると、やわらかいサムのおむつが手に触れた。予備の一枚をいつもバッグに入れてあった。

「このグループはふたつ目なの。もうひとつのは月曜日にあるんだけど、月曜の夜はたいてい仕事だから、シフトを代わってもらわないと行けないのよ」

わたしはうなずいて、ぬるいコーヒーに口をつけた。

「娘さんは車で行ける場所に？」

「ええ」わたしは出口の案内板を目で探した。

「わたしもよ。そのほうがなにかと便利よね。面会にはよく行ってる？」

「すみません——お手洗いは？」

階段を手で示され、お礼を言って、そそくさと地下室を出ようとした。

「ここ、そんなに悪くないわよ」と声をかけられ、部屋の出口で足を止めた。「ぜひたしかめてみて、お手洗いから戻る気があるなら」

「まえから知っていました？」顎から歯をもぎとられそうに感じながらその言葉を発した。

訊かずにはいられなかった。

「なにを？」

「娘さんに問題があることをまえから知っていましたか。小さいころから」

両眉を吊りあげたリサを見て、さっきのわたしの話が嘘だとばれたのがわかった。

「娘は間違いを犯しただけ。あなたは間違ったことはないの、モーリーン？　だって、みんな人間なんだから」

47

街は息が詰まった。外へ出たかった。車で。二十二週が過ぎても、わたしはまだ通りを歩くのがつらかった。考えるのもつらかった。あなたとふたりで車に乗り、少しでもこの場所から離れて、しばらくのあいだどこかへ行きたかった。海へ。砂漠へ。**どこでもいいから、とにかく出かけたいの**。とわたしは言った。あなたは街を離れようとしなかった。

ヴァイオレットを置いていくのはよくない、わが家が変わらずにいることがいまのあの子には必要なんだと言った。

サムが死んでから、ヴァイオレットとは目を合わせていなかった。わたしは寝室にこもりきりの日々に戻っていた。たまにベッドを出てキッチンに立ってはみても、シンクの皿の山をぼんやり眺めたまま、洗い物をする気にもなれなかった。なにをする気にもなれなかった。

サムの名残《なご》りがそこらじゅうに見つかった。なによりも、ヴァイオレットのなかに息づいていた。前歯の小さな隙間。朝起きたときのシーツのにおい。いつでも着ている、サムが亡くなったときの服と同じストライプ柄のセーター。朝の登校。お風呂のお湯。あの手。

どんなにつらくても、あの子のなかにサムを探さずにはいられなかった。そのせいであの子が憎かった。

誰もサムのことには触れなかった。友達も。隣人も。あなたの両親も妹も。同情のこもったまなざしでどうしているかと尋ねるばかりで、サムの名前を出そうとはしなかった。聞きたいのはそれだけだったのに。

「サム」家にひとりでいるときに、口に出して呼んでみることもあった。「サム」

サムの死の数ヵ月後、二年前に遊び場で亡くなった男の子の母親からメッセージが来た。キャロラインというその名前を見たとたん、心臓が跳ねあがった。

〝わたしと同じように、あなたにも前へ進む道が見つかるようにと祈っています。いつのまにか、悲しみのなかにも心の平穏を得ることができました〟

そこに書かれた平穏は、わたしにはふさわしくないものだった。そのメッセージは削除した。

「家を離れたほうがいいんじゃないか。きみひとりで」あなたがバスルームのドアごしに声をかけた。わたしはバスタブのお湯に耳まで浸かった。

その夜遅く、さっきのはどういう意味だったのとあなたに尋ねた。離れるってどこへ？

離れる。あなたはわたしに離れてほしがっている。

「きみの助けになる場所がある。悲しみを癒すための、カウンセリング施設が」

「リハビリセンターってこと？」わたしはあなたをにらみつけた。

「ウェルネスセンターみたいなものだよ。田舎のほうにひとつ見つけたんだ。二、三時間で行ける」あなたは光沢紙に印刷された資料を差しだした。「いまなら空きがある。電話してみたんだ」

「なぜ行かせたいの」

あなたはベッドの足もとに腰を下ろして両手で頭を抱えた。背中が震え、涙がぽたりぽたりとパンツにこぼれた。キッチンの蛇口の水漏れのように。あなたは告白しようとしていた。身の内を責めさいなむ重大ななにか、まだ口にされたことのないなにかを。**やめて**とわたしは心のなかで懇願した。**言わないで。知りたくない**。

あなたは顎の涙を拭い、サムの部屋から移して壁に立てかけた絵をぼんやりと見つめた。

「行くわ」

48

そこには音浴やエネルギーヒーリングのサークル、ミツバチのパワーについての講座まであり、改装された家畜小屋の梁《はり》には絹のハンモックが吊るされていた。わたしのコテージの洗面台にはエッセンシャルオイルがずらりと並び、ベッドサイドテーブルの抽斗には自然療法の小冊子が入っていた。セラピーは朝九時と午後三時。最初が個人、二度目がグループでのセラピーだった。フロントにチェックインしたとき、権利放棄事項の確認書を渡された。〝一週間分の滞在料金に含まれるセラピー・セッション〟への参加を辞退します〟と書かれた項目にチェックを入れた。滞在中に娘の名前を口にしたくはなかった。あの子から逃げるために来たのだから。あの子のことも、あなたのことも、いかれた実母のことも話したくなどなかった。わたしは子供を失った。ただただ、ひとりになりたかった。

夕食は午後五時ちょうどに食堂で出された。ひとり席は埋まっていたので、細長い木のテーブルにつき、まわりの裕福な人々を見まわした。スウェットスーツ姿のわたしはみすぼらしかった。パーカーのファスナーを首もとまで上げ、ブラックビーンズをボウルに取った。

「来たばかり?」わたしはスプーンを落としそうになりながら左を向いた。その声は母にそっくりだった。相手の女性はわたしのボウルをのぞきこんで、その料理はあなたのエネルギーフィールドに合っていないと言った。その日の夜には暖炉の前で一枚のブランケットを分けあい、ジンジャーティーを飲みながら、彼女のおしゃべりに耳を傾けることになった。アイリスはそれまで会ったことのない、ひどく張りつめた感じのする人だった。でも、すぐに好きになった。

朝の散歩にも誘われ、日の出の時刻きっかりに緑のなかを毎日歩いた。アイリスはジルコンのクリスタルを持ってわたしのコテージのポーチにやってきた。それなしには一日をはじめられないのだそうだ。滞在客用のコテージ群と本館のあいだの草地を横切り、敷地の北を流れる小川まで行って、ラベンダー畑のなかをのびる小道にまわるのがお決まりのコースだった。いつも一時間半ほどで、わたしはアイリスの一歩後ろを歩いた。アイリスはこちらを振り返りながら、立て板に水のように話を続けた。まえもって一から十まで練習してきたかのような、独特な抑揚《よくよう》のある口調で。鼻はつんとしたシャープな形をしていた。さらにシャープなボブの黒髪は、きびきびとした足取りにもほとんど揺れず、わたしの髪と違って湿気でうねりもしなかった。

話の内容はおもにアイリスの人生や、自分の癌《がん》のことや、医師として目にしてきた奇跡の数々や、失った人々のことだった。外科医だった夫は執刀中に心臓発作で亡くなったという。最悪だったのは夫が手術を完了させられなかったことだというような口ぶりでアイリスはその出来事を語った。その日の分の打ち明け話がすべてすむと――講義録でも用意されているように、いつも内容が決められていた――足を止めてふくらはぎを伸ばし、帰りはわたしに前を歩かせた。

そこからがサムのことを訊かれる時間だった。あれこれ質問されると、手術台の照明の下で胸骨を切り開かれているような気分になった。一本、また一本と。

サムのことは最初に食堂で会ったときに打ち明けた。ずばりとこう訊かれたからだ。

「お子さんは何人で、みんなまだ生きてる？」

取り乱すことなく答えた。子供はひとりいたの。亡くなってしまって。アイリスは慰めようとはしなかった。淡々とこう言った。だったら、新しい生き方を見つけないとね。それを聞いて相手をひどく嫌いになり、ひどく好きになった。

毎朝起床は五時だった。歯磨きをすませると、露《つゆ》に濡れたすがすがしい草の上に出ていって、赤の他人のアイリスと話をした。サムのことを語ると両脚が疼き、心の重みで地面に倒れそうになった。散歩後にコテージに戻ったときには靴下もレギンスも汗びっしょりなので、屋外シャワーで湯気のあがるお湯を浴び、その朝話したことも、アイリスに訊かれたことも、すべて頭から洗い流した。**坊やが生きてたら、いまごろどんなふうになっていると思う？　坊やのどんなところが好きだった？　抱っこしたらどんな感じだった？　お産のときはどうだった？　亡くなった日の天気は？**　なにもかも、残らずこすり落とした。よその男との浮気のように、誰にも言えない禁断のセックスのように。

あなたに送り届けられてから二週間後、帰宅日の前日に、わたしは敷地内の小川の冷たい水に浸かっているところを管理人たちに発見された。全裸で取り乱し、生きたまま食われようとする獣《けもの》のようにのたうちまわっているところを。

あの子に触らせて。わたしが母親なの。あの子がいないとだめなの。連れて帰らなきゃだめなの。

何時間も声が涸れたままだった。

ふたりがかりで小川から引きあげられたとき、わたしは立つことさえできなかった。常駐の医師が駆けつけ、引きあげていった。胸もとを両手で押さえてひそひそ話す見物人たちの前でわたしはようやく立ちあがり、売店で買った、腰に施設のロゴが入ったスウェットパンツを穿いた。肩にかけられた毛布が落ち、しなびた胸が周囲の人々の目にさらされても平気だった。羞恥心などひと欠片も残っていなかった。

アイリスが紅茶を持ってコテージを訪ねてきた。ノックの音がしても、あなたがそんなにすぐ壊れるなんて知らなかったのと杉板ごしに大声で謝られても、ドアはあけなかった。壊れる。わたしはその言葉をドアの内側に指で書いた。

グリーフケア専門のセラピストに――最初にはっきりと辞退したはずなのに――本格的な検査が必要なので滞在を延ばしてはと勧められた。ひとりきりになると危険かもしれないから、わたしからご家族に相談しましょうかとも言われた。

「いえ、けっこうです」とだけ答えた。ほかに言うべきことも見つからなかった。

翌朝、コテージのポーチにスーツケースを出して、そこであなたを待った。敷地の奥の、風に吹かれて一様に西へ傾いた木立をぼんやり眺めていた。

「それで」あなたは高速道路に目を据えたまま黙っていた。わたしはシフトノブを握るあなたの手に自分の手を重ねた。ギアが五速から六速へ切り替えられた。次になにを言うべきか、わかっていた。

「あの子は？　ヴァイオレットはどうしてる？」

49

「大丈夫よ。行ってきて。ごゆっくり」わたしは床に広げたパズルのピースを表向きに並べながら、無理やりヴァイオレットに目を向けた。あの子は顔を上げなかった。あなたは仕事で出てくると言った。以前より外出が増えたようで、身なりも変わった。おしゃれな重ね着をし、ジーンズにベルトも締めるようになった。ずいぶん素敵になったので、寝室にいたときにそう伝えた。

「べつに変わってないよ、結婚したときのままの男さ」とあなたは言った。

わたしもそうだとは言えず、互いに同じことを考えながら、わたしたちはドア裏の鏡ごしに目を合わせた。

パズルは太陽系の絵柄で千ピースもあり、わたしが家を空けるまえにはなかったものだった。留守のあいだ、あなたの両親が泊まりに来ていた。サムが死んでから数ヵ月のあいだ、どうしてるとか、泊まりに行きましょうかとか、あなたを思っているわと二日に一度はお義母さんから電話があったものの、ちゃんと話したことはほとんどなかった。わたしを心配しながらも、接し方がわからないようで、わたしはわたしで誰とも接したくはなかった。施設から戻ったときには、お義母さんお手製のクッキーがまだ温かいままカウンターに残されていただけで、ふたりの姿はなかった。家にはベビーシッターが来ていた。会うのはサムが死んだとき以来だった。泣き腫らした真っ赤な目のシッターと抱きあうと、サムをその腕から受けとるたびに感じた甘い香りを思いだした。

三日。家に戻ったわたしにヴァイオレットが話しかけるまでにそれだけの時間がかかった。サムの死後、七カ月が過ぎようとしていた。ヴァイオレットは海王星のあたりに取りかかり、わたしは木星を選んだ。やがて太陽の近くでふたりが接近した。

「なんでいなくなったの」

「休まなきゃならなかったの」

わたしはあの子が探しているピースを渡した。

「留守にしていたあいだ、あなたに会えなくて寂しかったのよ」

ヴァイオレットはピースをはめるとわたしを見上げた。大人びた子だといつも人から言われていたけれど、そのとき初めてそれを実感した。目の色が濃くなったようだった。家じゅうのすべてが違って見えた。どこもかしこも変わっていた。先に目をそらしたのはわたしだった。舌の下に苦い汁が溜まった。ヴァイオレットに見つめられたままそれを飲みくだした。さらにもう一度。たまらずバスルームに駆けこんだ。

戻るとパズルは片づけられ、あの子は部屋で本を読んでいた。便器にかがみこんで吐く音が聞こえたにちがいない。

「読んであげようか」

あの子は首を振った。

「ちょっと胃の調子が悪いみたい。夕食のせいね。あなたは平気？」

うなずきが返された。わたしはベッドの足もとに腰かけた。

「なにか話したいことはある？」

「出ていって」

「部屋から？」

「うちから。わたしとパパだけがいい」

「ヴァイオレット」

あの子はページをめくった。

わたしの目に涙がこみあげた。あの子が憎かった。サムに会いたくてたまらなかった。

50

母が家を出ていったあと、父はなにごともなかったかのように暮らしていた。実際のところ、それで困りはしなかった。何年ものあいだ母はわが家の日常から遠ざかる一方で、父とわたしを気まぐれに傍観するだけになっていた。途中で見るのをやめてしまえる映画のように。

唯一の変化は、父がわたしの歯ブラシとヘアブラシをバスルームの最上段の抽斗に移したことだった。そこには母の化粧品や安物のヘアケア製品が長年入れられていて、スプレー缶からこぼれたもののしみがこびりついていた。自分が使うものを洗面台の下にしまわずにすむようになって、なんとなく新たな責任を負ったような気がした。

父は金曜の夜に仲間を呼んでポーカーをするようになった。わたしはトーマスの家へ行って映画を見たりポップコーンを食べたりして過ごし、ミセス・エリントンがテレビを消して送っていくわと言うまでそこにいたあと、家に帰ってすぐに寝るようにした。けれどもある晩、キッチンの外の廊下でふと立ちどまって耳を澄ましてみた。ムスクっぽいコロンとビールのにおいがした。

お客たちとそのにおいで家があふれかえるそんな夜が、いやだとは思わなかった。そのときだけは父が人間らしく見えたから。当時の父は仕事のあとにウィスキーを一杯飲むくらいで、お酒好きというわけではなかったが、ほかの人たちは違った。その日も呂律《ろれつ》のあやしい舌で悪態をつきあっていて、そのうち誰かがバーンとテーブルを叩いた。ポーカーチップが床になだれ落ちる音がした。

「おまえはいかさま野郎《チーター》だ」父がそう言ったせいだった。吐き捨てるようなそんな口調を聞くのは初めてだった。そのあと誰かが、「おまえの女房こそ浮気女《チーター》だろ、情けない弱虫野郎。捨てられて当然さ」と答えた。

廊下の床から目を上げると、キッチンの入り口に立った父が怒りに震えながらにらみつけていた。近づいてくる足音は聞こえたものの、脚がしびれて動けなかったのだ。部屋に行けと父が怒鳴った。叩きつけるように酒瓶をテーブルに置く音がした。「すまん、セブ、いまのはひどかったな。こいつも飲みすぎたんだ」

翌朝、あんな話を聞かせて悪かったと父に言われ、わたしは肩をすくめて「なんのこと?」と返した。

「いいかいブライス、誰かに根も葉もない悪口を言われることがあるかもしれない。だが大事なのは、おまえが自分をどう思うかだ」

わたしがオレンジジュースを、父はコーヒーを飲むあいだ、父さんはあの人たちより立派だと考えた。でも、前夜に聞いた言葉が耳のなかで響いていた――弱虫。**情けない弱虫野郎**。父が一度も自分の意見を押しとおさず、母の夜遊びをきっぱり禁じなかったことを思いだした。頭に引っかかったままの濡れた布巾。電話してきた男の人、トイレにあった血まみれの塊。父が母の薬を取りあげなかったことも、割れた皿をいつも片づけていたことも思いだした。文句ひとつ言わずソファで寝ていたことも。父を捨てた母は憎い。けれども、父は父で、一度でも本気で母を止めようとしたのだろうか。

51

サムが亡くなるまえに書きためたものはすべて削除し、わたしは一から執筆を再開した。周波数が切り替わったみたいに脳に変化が起きていた。以前と以後とで。以後のものは書き殴りに等しくなり、文体も細切れで刺々《とげとげ》しく、段落ごとに誰かを傷つけそうだった。ページの一枚一枚が怒りに満ち、それをどうしようもなかった。書くのはまるで知りもしない事柄ばかりだった。戦争。開拓。自動車整備工場。最初に書きあげた短篇を、子供ができるまえにわたしの作品を掲載してくれた文芸誌に送った。返信はわたしの添え書きと同じくらいそっけない文面で、そのことに満足を覚えた。サムが死んだ翌週、胸やお腹に血を塗りたくったときと同じ満足を。**どうだっていい。どっちみちあんたたちのために書いたわけじゃない。**なにひとつ意味のあるものは書けなかったものの、無為な時間は埋められた。

やがて、歩いていける場所にあるコーヒーショップに通うようになった。BGMはなし、マグはボウルサイズ。そこでよく見かける男性がいた。まだ若く、わたしの七、八歳年下だったと思う。ノートパソコンで作業をし、お代わりは頼まなかった。わたしと同じように風が吹きこまない奥の席にいつもすわっていた。すわり心地がいいようにジャケットの分厚いフードを背もたれにしていて、いいなと思ったのでわたしもコートの掛け方を真似した。

ある日、その彼は年配の男女ふたりと店に来た。ひとりは特大の鼻が、もうひとりは黒々とした目が彼とよく似ていた。ふたりを席につかせると、彼はカウンターから人数分のコーヒーと、クロワッサンを一個だけ運んできた。そして高級レストランで得意客にサーヴするように、ふたりの前にうやうやしく紙ナプキンを置いた。

彼は初めての家を買ったのだそうだ！　そのニュースにわたしは興奮した。携帯電話の写真を見せながら説明する声に聞き耳を立てずにはいられなかった。キッチンの入り口はここ、この先はパウダールーム、それにほら、ここを子供部屋にするつもりなんだ。子供が生まれる！　わたしのサムのように。彼がこちらを見てくれたらいいのに、そうしたら笑いかけて、幸せを願っていること、感じのいいこの青年と人生をともにし、愛を注いでくれる人がいるのか気にかけていたことを伝えられるのにと思った。

話題は固定資産税や屋根の葺《ふ》き替えや、彼の新しい通勤路のことに移った。それから母親が、来月赤ちゃんが生まれたらどうするつもりかと尋ねた。

「一週間ぐらいこちらへ出てきて、必要ならなんでも手伝うわよ。皿洗いでも、洗濯でも。遠慮しないで、暇なんだから。うちの客間の簡易ベッドを運んでもいいし」その声はあまりに期待に満ちていて、息子が返事をするまえから、母親がこのうえなくつらい答えを聞くことになるのがわかった。サラのお母さんが来てくれるんだと彼は事情を説明した。サラのためにはそのほうがいいと思う。落ち着いたら母さんも来てよ、しばらく三人で過ごしたあとで。それとサラのお母さんと。来てもらえるようになったら言うよ。二、三週間後くらいかな。しばらく様子を見ないとね。

母親はゆっくりと首を突きだし、やがてそれを引っこめると、絞りだすように「ええ、そうよね」と答えた。ほんの一瞬だけ息子の手に重ねられた手が、テーブルの下の腿と座面のあいだにはさみこまれた。

母親の胸は一生のあいだに百万通りにも張り裂ける。

わたしは席を立った。それ以上は聞いていられなかった。そして家への長い道のりを歩きだした。

52

帰宅中の車内でこんなことがあった。どこからの帰りだったかはどうでもいい。前の席にすわったわたしたちは、笑いをこらえながら目と目を見交わした。昔、ヴァイオレットが滑稽《こっけい》なことを言ったときにふたりでよくやったように。重要なのはそのこと、目と目で通じあう親密さがそこに存在したことだった。ふたりで育てた娘がそこにいて、八歳のあどけない声で、わたしたちから聞き覚えたらしいこましゃくれた言葉を連発する――そんな絵に描いたように幸せな瞬間を、どうしてあなたと、ヴァイオレットと分かちあうことなどできたのだろう。あの交差点で起きたことを思い返さない日は一日もないのに。

それでも人生は進んでいく。否応なく。あなたから目をそらしながらそう気づいた。わたしたちは三人でサムのいない車に乗り、以前のように目を合わせるようになった。サムがいなくなって一年が過ぎていた。

どうしようもなくサムが恋しかった。車のなかでその名前を口にして、無理やりふたりに聞かせたかった。本当はサムもそこにいたはずなのに。

わたしは足もとに置いたバッグに手を伸ばして、ポケットティッシュを取りだした。あなたの後ろの席にいるヴァイオレットを振り返り、ティッシュを一枚引き抜いてふわりと後ろに放り投げた。ヴァイオレットは宙を舞ったティッシュが自分の膝に落ちるのを黙って見ていた。わたしはもう一枚放った。もう一枚、さらにもう一枚。あなたは進路から目を離してわたしを一瞥《いちべつ》し、もう一度見てからバックミラーでヴァイオレットに目を向けた。あの子はあなたと目を合わせ、後部座席を漂うティッシュを無視してウィンドウの外を見やった。

サムが車内で泣くと、ときどきこれをやっていた。サムのまわりに何枚ものティッシュが舞うと、長々とした悲しげなすすり泣きが、やがて弾けるような笑い声に変わる。サムはこれが大好きだった。ときにはそろってばか笑いしながら、大箱を使いきってしまうこともあった。車内を舞う白いやわらかなパラシュート、張りあげられる子供たちの金切り声。ほっとして脱力したあなたとわたしは、ぼんやり前を見ながら笑みを浮かべていた。

あの日の午後、わたしがサムのためにそうしても、あなたたちは黙りこくったままだった。ティッシュがなくなるとわたしは前を向き、空のパッケージをダッシュボードに置いた。運転するあなたの目に入るように。ウィンドウの外にはたしか野原が広がっていた。外を眺めながら、そこへ駆けだして、追いかけてきたあなたにパーカーのフードをつかんで引きとめられたいと思ったのを覚えている。追いかけてくるかはわからないが。

その夜、わたしはヴァイオレットを専門家に診《み》せるべきではとあなたに訊いた。悲しみの受けとめ方を教えてくれる臨床心理士に。ヴァイオレットはサムのことを口にしようとしなかった。

「ヴァイオレットはうまくやっていると思うよ。そんな必要はないんじゃないか」

「それじゃ、わたしたちは？　いっしょに夫婦カウンセリングを受けるのはどう？」わたしたちもサムのことをうまく話せずにいた。わたしが車でティッシュを放ったときも、あなたはなんの反応も見せなかった。

「ぼくらもうまくやれてるさ」あなたはわたしの額にキスした。「でも、きみは診てもらったほうがいい。ひとりで。もう一度試してみるんだ」

わたしはしんとした家のなかをあてもなく歩きまわった。

書斎にはあなたが製作中の建築模型が置かれ、机のアームランプの下にその材料が広げられていた。瞬間接着剤とカッティングマットと替え刃式のカッターナイフ一式。その脇には小さな発泡スチロールのボードが何枚か。ヴァイオレットはあなたの模型作りを見るのが好きだった。

わたしは替え刃を一枚ずつ缶にしまった。出しっぱなしはいけない。まえにも気をつけるように言ったのに。最後の一枚をつまみあげ、それを指にあててすべらせた。鋭い痛みに身がすくんだ。触れただけで切れそうだ。そう、たやすく切れるのは知っている。シャツの下の傷跡に手をやった。胃のあたりの皮膚が筋状に盛りあがっている。あの血がどんなに快かったか。わたしは目を閉じた。

「なにしてるんだ」あなたの声ではっとした。

「あなたの机を片づけてるの。出しっぱなしはだめよ、あの子が見つけるでしょ」

「ぼくがやるよ。もう寝なさい」

「あなたは？」

「すぐに行く」あなたはスツールにすわってランプを点けた。わたしはあなたの肩に触れ、うなじを揉んだ。耳の後ろにキスする。あなたは替え刃をカッターに挿し、金属の定規に手を伸ばした。その作業のときはいつも息を止める。わたしはあなたの背中に耳をあて、深く息を吸いこむ音に耳を澄ました。「悪い、今夜は無理だ。これを仕上げないと」

数時間後、物音で目が覚めた。一枚ずつゆっくりと替え刃が缶に落とされる音。カン。カン。カン。止まる。またカン、カン。止まる。わたしは目をあけて、ガラスのシーリングライトがぼんやりと灯った室内で身をこわばらせた。カン、カン。顔を横に向けると、缶に落ちる替え刃の音は戸外の排水管を打つ霰《あられ》の音に変わった。風が強くなっていた。カン、カン、カン。目を閉じると、夢には腕のなかにいる息子が現れた。温かな首のにおい、わたしの口に突っこまれる指の感触。蛇口の水漏れのようにぽたりぽたりと身体に血が滴り、そのたびに息子は身をよじらせた。つややかな皮膚に落ちた血がジグザグに流れ、小さな身体の襞《ひだ》という襞に溜まる。わたしは溶けかけたアイスクリームのように息子を舐めた。亡くなるまえの夏に食べさせていた温かいアップルソースのような甘い味がした。

あなたはあの晩ベッドに入らなかった。翌朝ヴァイオレットの寝室へ行くと、あなたが居間のソファから持ってきたブランケットをかぶって床で寝ていた。

「霰の音でこの子が怖がってね」あなたは朝食のときに言った。「夢でうなされていたんだ」

あなたはヴァイオレットの頭を撫で、あの子のグラスにオレンジジュースを注ぎ足した。わたしは二階へ戻ってベッドに入った。

53

「外は凍える寒さよ、ブライス、手袋なしで学校へ行かせてるの？」お義母さんは眉をひそめてしゃがみこみ、ヴァイオレットの濡れたブーツを脱がせた。孫娘の様子を見に数日滞在中で、学校へ迎えに行ってくれたところだった。ヴァイオレットは溶けた雪の水たまりのなかにすわってズボンの雪を払っていた。

「リュックに入れてあるんですけど、着けようとしなくて」

ヴァイオレットはわたしの横をすり抜けてキッチンに入った。

廊下の鏡をのぞいて薄くなりかけた髪を膨らませるお義母さんの様子を見て、気がかりがあるのがわかった。わたしは壁にもたれて次の言葉を待った。

「あのね、今日のヴァイオレットはつらそうだったと先生に言われたの。怒っているみたいだったって。学級活動にはまったく参加しようとしなかったそうよ」

心臓がきゅっと締めつけられた。「フォックスは学校が退屈なんだろうって」

「わたしが行ったときには、校庭の隅にひとりですわっていたの。誰とも遊ばずに」お義母さんは眉を上げてみせ、キッチンに目をやってヴァイオレットに聞かれていないかたしかめた。「まだ二年もたっていないものね。あの子もサムのことが大好きだったのを忘れないようにしなきゃ、わたしたちと同じように。なにがあったとしても」

なにがあったとしても——その言葉に驚いた。お義母さんがサムの死に触れたのは初めてだった。あのことをお義母さんは知っているのだろうか。ずっと訊いてみたかった。誰よりも味方に近い存在だから。

「ヘレン」わたしは声をひそめて言った。「フォックスはサムが亡くなった日のことを話しました？　わたしが彼に伝えたことを」

お義母さんは目をそらし、玄関に掛けたコートの皺を伸ばした。「いいえ。それに、正直に言って、そのことを話していいのかどうかもわからない。本当にごめんなさい。あなたはあの場にいて、あんなつらい思いをした。それはわかっているの、でも——話せない」

「〝なにがあったとしても〟と言われたから、てっきり——」

「あの子があまり気にしていないように見えるという意味よ」口調が鋭くなった。「あなたがいないあいだも、家では変わりなくやっていたから」わたしがキッチンに目をやったので、お義母さんは声をひそめた。「責めているんじゃないのよ、ブライス、本当に。あなたは大変な思いをしたんだから」

気まずくなった空気をもとに戻そうと、わたしはうなずいた。そのときのお義母さんはとても弱々しく見えた。六十七歳という年齢よりもずっと老《ふ》けこんでいて、孫を失ったことで同じようにつらい思いをしたのだと気づいた。あなたがわたしの言い分をお義母さんに話していなくても当然だ。チョコチップクッキーを作ってとヴァイオレットの声がし、食器棚からボウルを出そうとする音が聞こえた。その日の朝、お義母さんは雪のなかを店まで出かけ、材料をすべて買ってきていた。わたしはお義母さんの手をぎゅっと握った。

「あなたは強い人よ」お義母さんが静かに言った。わたしには無意味な言葉だった——事実ではないから。愛情を注いではくれたけれど、お義母さんはわたしのことをなにも知らなかった。

その晩あなたが帰宅したとき、お義母さんがあなたを暗い居間に引っぱりこむのが見えた。小声で話をしたあと、あなたがお義母さんの背中をぽんぽんと叩く音が聞こえた。そのあとあなたがお義母さんのバラの香水のにおいをぷんぷんさせていたので、わたしはその抱擁《ほうよう》の意味を一晩じゅう考えていた。

54

ときどきわたしとヴァイオレットの物語を頭に描くことがある。

こんな物語を――

ヴァイオレットは一歳になるまでわたしのお乳を飲んで育つ。温かい肌に触れるとわたしは胸が熱くなる。幸せを覚える。感謝を覚える。そばにいても泣きたくなることはない。お互いにいろいろなことを教えあう。忍耐。愛。あの子と過ごすなにげない幸せのひときに生を実感する。お昼寝のあとは積み木でタワーをこしらえ、毎晩同じ本を読み聞かせるせいで、あの子はどのページもすっかり覚えてしまう。寝るまえにはかならず抱っこで揺らしてあげる。あなたの帰りが遅くてあの子を任せられなくても、恨《うら》めしく思ったりしない。夜中に目を覚ましたときにヴァイオレットが呼ぶのはわたし。わたしが部屋に入るとあの子はおはようと声をはずませ、あなたが起きるまでの一時間をふたりで静かに過ごす。あの子はわたしを必要とするほどにはあなたを必要としていない。

幼稚園へ送っていくとヴァイオレットは門の向こうでわたしに手を振る。わたしは心の奥で一日じゅうあの子を思う。母の日にはあの子のメッセージ入りのカードをもらう。先生が印刷してくれたもので、それを開いてわたしはほろりとする。放課後に迎えに行くとき気が重くもならない。

あの子はわたしに笑いかける。脚にしがみつく。ママにキスして、とわたしは言う。あの子はサムのことを人形のようにかわいがる。抱っこして頭を撫でる。わたしがサムにお乳をあげていると、温もりを分かちあおうとすり寄ってくる。わたしはあの子抜きでサムとふたりきりになりたいなどと思わない。サムがいないときも、ヴァイオレットは弟の話ばかりする。知らない人にもサムの話を聞かせる。でも、たまにはふたりだけで公園に行きたいとせがむ。ママとふたりの時間も恋しいからと。だから公園へ行って並んでブランコを漕《こ》ぎ、バニラアイスを食べる。家に帰ると、あなたがサムのお守りをしながら待っている。サムだけがわが子だと思いこもうとすることもない。

わたしが着替えるあいだ、ヴァイオレットはわたしのベッドにすわり、ふたりで母娘《おやこ》らしいおしゃべりをする。わたしはやさしくて、温かい。ヴァイオレットは知りたがり屋で、わたしのそばにいたがる。穏やかな目をしている。わたしはあの子を信頼している。あの子といる自分自身も信頼している。あの子が上品で親切な娘に成長する姿を見守る。わが子だと心から思う。わたしたちには息子がいて、あの子には弟がいる。あなたもわたしもふたりを平等に愛している。わたしたちは四人家族で、日曜日にはお決まりのディナーを食べ、金曜日にはチャンネル争いをし、春休みには車で旅行に出かける。

どんな家族になれていただろうかと夢想しながら日々を過ごすことはない。

サムの代わりにヴァイオレットが死んでいたらと考えることもない。

わたしはモンスターではないし、あの子も違う。

55

あなたは日焼け止めを買い足すためにホテルのロビーの売店に行った。わたしたちはビーチリゾートが苦手だった。ひどく日焼けしてしまうから。それでも、家族らしいことをしようと努力していた。家を離れれば気分転換になるでしょうとお義母さんに勧められたので、あなたがホテルを予約した。ヴァイオレットは砂遊びばかりしていた。もう九歳なのに。わたしはストライプ柄のパラソルの下で小説を読みながら、ときどき帽子のつばを上げてはヴァイオレットの様子を確認した。あの子は入り組んだ水路をこしらえて、そこに水を流そうとしていた。三歳ほどの痩せっぽちの男の子が、親指の端をいじりながら、ヴァイオレットと波打ち際のあいだをうろついていた。

ヴァイオレットがそっと近づき、その子の足もとにしゃがんだ。声は風にかき消されて聞こえなかった。男の子はくすくす笑っているようだった。ヴァイオレットがへんてこな顔をして尻餅《しりもち》をつくと、男の子は上を向いて大笑いした。ついてきた男の子にヴァイオレットはバケツを渡し、ふたりで水路に水を注ぎはじめた。

その子の母親は見とれるような優美な人で、その日にプールのそばで会ったばかりだった。

「なんてやさしいお嬢さんなのかしら、あんなふうにうちの子と遊んでくださって。もうベビーシッターができるの？」

娘は大人びて見えるのだとわたしは答えた。ふたりが遊んでいるあいだ、あなたの分の空いたラウンジチェアをその人に勧めた。子供たちを見守りながら、あなたがほかの母親たちとするような当たりさわりのないおしゃべりをした。男の子が顔を上げて母親を呼び、手にしたバケツを振った。

「ええ、見てるわ！　よかったわね、ジェイキー」そこには一週間滞在すると母親は言った。子供はほかにふたり、今日は夫がボートに乗せているんだけど、わたしとあの子は船酔いしてしまうのと。ヴァイオレットが男の子を砂に埋めはじめた。まずは両脚。それから胴。砂山の表面を叩いてなめらかにするあいだ、男の子はひたすらじっとしていた。

「ちょっとごめんなさい」母親はそう言って携帯電話を手にした。

仕事の電話をかけるにはビーチは風が強すぎた。彼女は背後の遊歩道まで駆けていき、その長い脚にまとわりつく白いカフタンドレスの裾《すそ》にわたしは気を取られた。

気づけば男の子は顎まで砂に埋まっていた。火照った丸い顔が、砂の上に落ちたチェリーみたいだった。ヴァイオレットが波打ち際まで走っていって、いちばん大きなバケツいっぱいに水を汲み、腕を震わせながらゆっくりと男の子のほうへ運びはじめた。あんな重いバケツをよく持ちあげられるものだ。わたしは椅子の上に身を起こした。あの子はバケツを男の子の頭上に掲げ、ふかぶかと息を吸った。そこで動きを止め、わたしが見ているかたしかめるように顔を上げた。動悸を覚えながらわたしも見返した。男の子は目を閉じている。わたしはあわてて立ちあがった。ヴァイオレットが片手をバケツの底に添えたので、その動きで水が少しこぼれた。バケツをひっくり返そうとしている。四リットルは入っているはずだ。たちまち気道がふさがってしまうにちがいない。ヴァイオレットはバケツを掲げたまま男の子を見つめた。わたしは足もとがふらついた。叫ぼうとしたが、言葉が出ない。胸を叩いて絞りだすと、ようやく声が出た。名前を呼んだものの、喉を焼かれたようなかすれ声になった。

「サム!」

「どうしたんだ」腕にあなたの手が置かれ、驚いて払いのけた。ヴァイオレットはバケツを下ろしてわたしたちを見ていた。男の子が首を曲げたので、そのまわりの砂がかき氷のように崩れた。

「だめになっちゃったじゃない!」

「ごめんなさい」男の子は泣きだした。

ヴァイオレットは膝をついてその子を立たせ、背中とブロンドの髪にくっついた砂を払った。「泣かないで。またやればいいし。大丈夫?」小さな肩に手をまわされ、男の子はうなずいた。ヴァイオレットはちらっとこちらを見やり、わたしがまだ見ているかたしかめた。

「なんでもない」わたしはようやくそう答えて水着のお尻のラインを直した。心臓が早鐘を打っていた。ヴァイオレットはまだ男の子を慰めている。わたしの過剰反応だったらしい。ピンクの手袋がベビーカーを押す光景がまた頭をよぎり、あわててそれを追い払った。あなたは気にするふうもなくわたしにレジ袋を渡した。サムの名前を呼んだのは聞こえなかったようだ。少なくとも、聞こえなかったふりをしていた。

さらに二時間をそこで過ごした。本は読み終えた。あなたは子供たちと凧《たこ》をあげた。夜は男の子の家族と食事をともにした。優美な母親とおめかしをした三人の息子たちと。ヴァイオレットが串で焼いたマシュマロでスモアを作る方法を男の子たちに教えた。その様子を見守っていると、あなたの視線を感じた。目を合わせるとあなたは微笑み、ワインのグラスを空けた。わたしは立ちあがって板チョコを小さな四角に割り、子供たちに与えた。それからデッキチェアにすわったあなたのところへ行って、子供がいないころによくやったように膝に乗ってくつろぎ、シャツの下に両手をすべりこませて温めた。あなたが唇にキスをした。たき火の向こうで男の子たちの母親がこちらを見ていた。うまくやっていくのはたやすい。そう望みさえすれば。

56

ちょっとした問いに答えるまえに、長くいらだたしげな間を置く。いつもあけっぱなしだったバスルームのドアを閉じる。買って帰るコーヒーが二杯から一杯になる。レストランで相手が注文するものを尋ねない。隣に寝る相手が目覚める気配を感じて窓のほうへ寝返りを打つ。相手を置いてさっさと先を歩く。

そういったあからさまな態度の変化が、かつてあったものを蝕《むしば》んでいく。失われ方はゆっくりで、たいして重要なことには思えない。聴きたい曲が同じだとか、朝日が完璧なタイミングで寝室に差しこむとか、そういったなんでもないことだ。

あなたの三十九歳の誕生日の朝、わたしはキッチンに下りて朝食を用意した。前夜、あなたは通りの先のブラッスリーで卵料理を食べたいと（二度も）言っていた。

でもわたしは、ベーグルが焼けるにおいとともに目を覚ましてほしかった。あなたはベーグルが大嫌いだから。わたしがブラッスリーに行くつもりがないとあなたは気づく。そうやって傷つけたかった。彼女はもうぼくを愛していないらしい、そう思わせたかった。がっかりして寝返りを打ち、もう一度寝なおそうとしながら、特別な日の朝にさえ妻に喜ばせてもらえない夫なのだと感じさせたかった。

二十分後に下りてきたあなたは、わたしが嫌いなセーターを着ていた。毛玉だらけのみすぼらしいウールの。わたしはクリームチーズのついたナイフを洗っていた。時刻は九時で、あなたは新聞を買いに行くと言った。配達された《タイムズ》をわたしがカウンターの上にぽんと置くと、あなたは《ジャーナル》がほしいのだと言った。《ジャーナル》は読まなくなったと思っていたのに。一時間半後に帰ってきたとき、あなたはなにも言わなかった。昼食の時間をかなり過ぎてから残り物のスパゲッティを温めなおすまで、なにも口にしなかった。わたし抜きで卵を食べに行ったにちがいない。お互いにそのことには触れなかったし、わたしはあなたへの仕打ちを後悔もしなかった。

その三日前、週末に買ってキッチンテーブルに飾っておいた花の名前をあなたに訊かれた。**その白いふわふわの花は？**　ダリアだと答えた。なぜ知りたいのと訊いたら、ちょっと気になっただけだ、気に入ったからまた買ってきてほしいと言われた。不思議だった。花にはなんの興味もなかったのに。名前を訊かれたことなど一度もなかった。

そのまえの週、あなたは読書用の椅子にすわって、テーブルに置いてあったわたしの携帯電話を手にしていた。前月にわたしが撮ったあなたの写真を見ているところで、わたしもヴァイオレットもそこには写っていなかった。その写真のあなたはにこやかな笑みを浮かべ、二日分の髭を伸ばし、レストランのテーブルに片肘をついていて、とても素敵だった。その晩ベッドのなかで、あなたはほかの女性たちの目にどう映るかを気にしていたのかもしれないと気づいた。第一印象で女性に魅力的だと思われるかどうかを。その写真のなかに別バージョンの自分を見出そうとしていたのかもしれない。

自分の写真を見ていたことは浮気の証拠にはならない。花の種類を尋ねたことも浮気の証拠にはならない。ただ、そういった振る舞いは相手の心にわだかまりを生み、愛されていないと感じさせる。そうした出来事が、自身も生きる力をなくすほどの悲惨な死を乗り越えられたかもしれないふたりを、後戻りできないところへと追いやった。そしてわたしの心を重くし、傷つけ、日々責めさいなんだ。世界でいちばん安らげるはずの場所で。だからわたしは、あなたの三十九歳の誕生日にふたりで朝食に出かけなかった。

57

あなたは自分のカップにコーヒーを注いで、わたしのほうに退職届を押しやった。わたしはヴァイオレットを送ってきたところで、あなたが家にいるとは思っていなかった。

「どういうこと?」

あなたは椅子の背にもたれて脚を組んだ。そのとき、あなたが数日髭を剃っていないことに気づいた。三、四日も。すでにあなたのことをろくに見なくなっていた。

「もっと先を見据えた仕事がしたくてね。持続可能性に注目したような。あそこじゃもう創造的なことなんてできない。ウェズリーがなにもかも仕切ってるから」

わたしは木のテーブルをこつこつと叩くあなたの指先を見た。そして退職届とあなたの署名に目を移した。短い文面だった。ほんの数行。前日の日付が入っていた。

「話しあうべきだったんじゃない？」家の経済状況はよく知らなかった。貯蓄額も。記憶をたどり、最後に見た口座の残高を思いだそうとした。請求書の支払いはあなたに任せきりで、わたしは収支を把握さえしていなかった。急に自分がばかに思えた。「その、経済的にやっていけるの？　大きな決断だから」

「大丈夫だ」わたしには関わらせたくないのだ。あなたはまたテーブルを叩きはじめた。

「きみには心配をかけたくなかった」

「それで、これからどうするの」

「いくつかプランはある」

あなたは椅子の上で背筋を伸ばし、かかとを床に打ちつけた。落ち着かなげに。解放感もあったのかもしれない。そのときはよくわからなかった。

「走ってくるよ」

「今日は寒いのに」

「いいから。いつもの平日と同じようにしててくれ」あなたはヴァイオレットによくやるようにわたしの髪をくしゃくしゃにしてから、キッチンを出てランニングシューズを探しに行った。もうずっと走っていなかったのに。

なにかがおかしい気がした。頭がうまく働かなかった。お義母さんに電話しなければととっさに思った。電話に出たお義母さんは犬の散歩中だった。

休暇の予定を早めに知りたいので、こちらに滞在中の計画を教えてほしいと告げた。十二月二十二日の飛行機で来て、翌日にはヴァイオレットとあなたの妹といっしょにスケートへ行く予定だと聞かされた。それからお義父さんへのプレゼントについてアドバイスを求めた。夕食の料理の分担についても話しあった。

「またつらい思いをするわね。サムがいなくて」

「あの子が恋しいです」

「わたしもよ」

「ヘレン」そのまま切るべきだったかと思いながらわたしは言った。「今朝フォックスから仕事を辞めたことを聞きました。退職するつもりだと知っていました？」

「いいえ、聞いてないわ」そこで間があった。「お金の心配があればいつでも言って。そんな苦労はさせたくないから」

「そうじゃないんです。ただ――あの人のことがわからなくなってきて。ひどく……距離を感じるんです」わたしは口ごもり、自分に呆れて目で天井を仰いだ。あなたのことをお義母さんに相談するなんて。でも、安心させてほしくて必死だった。「ほかにもなにかある気がして」

「あら、そんなはずはないわ。ありえない」わたしの言葉の意味を察したような口ぶりだった。「ふたりとも、まだ親として子供の死を受け入れられずにいるのよ、ブライス。どちらにとっても、いまはつらい時期なの。あなたが思うよりフォックスは苦しんでるのかもしれない」相槌《あいづち》を打つための間が置かれたが、わたしは黙っていた。「辛抱してやって」

「わたしが電話したこと、内緒にしておいてください」わたしは緊張をほぐそうとこめかみを揉んだ。

「もちろんよ」そこからお義母さんは帰りの便の日程のことに話を変え、わたしは出ていくあなたを居間の窓から目で追った。

あなたのノートパソコンは電源がついたままになっていて、わたしはパスワードを知っていた。机にはいつものように道具が散らかり、製作中の模型が、前夜にわたしたちに邪魔されて手を止めたままの状態で置かれていた。終わりを予感させるものも、以前と変わったところも見あたらない。わたしは受信トレイを開き、メールをスクロールした。上司からのメールはすぐに見つかった。〝問題の性質上、これが最善の結論だと納得してもらえてありがたい。このような形になって残念に思っている。互いに少し慎重さが欠けていたかもしれない。すでに合意した解雇手当の詳細に関してはシンシアから連絡させる〞なにかの問題が起きた。解雇手当――つまりクビになったということだ。

その朝あなたのアシスタントから送られたメールを開いた。未読のまま。文面は〝人事部に行ってきた。電話して〞だけだった。

ヴァイオレットの部屋に行って、アシスタントにもらったユニコーンの鉛筆と消しゴムを手に取った。証拠がつかめでもするかのように、消しゴムのにおいを嗅いだ。それを棚に戻し、乱れたままのベッドに横たわった。

波打つ胸を両手で押さえた。深夜のオフィス。あなたに触れたときの拒絶。わたしに嘘をついたときにテーブルを叩いていた指先。目を閉じて、枕にしみついたヴァイオレットのにおいを嗅いだ。

「大嫌い」とわたしはつぶやいた。あなたたちふたりに向かって。ふたりが憎かった。ほしいのはサムだけだった。サムがいてくれたら、なにもかもうまくいったはずなのに。泣きつづけていると、あなたが玄関のドアをあける音がした。タイルの上に落とされる靴。階段をのぼってくる足音。そのまま横になっていると、あなたはヴァイオレットの部屋の前を通りすぎて、バスルームでシャワーを浴びはじめた。パソコンのメールは開いたままにしておいた。あなたは二十分後にそれに気づいたはずだが、なにも言わなかった。

58

翌朝、ヴァイオレットを送っていったあと、わたしはしばらく家の外に立ってなかへ入らずにいた。出かけていてほしかったのに、家のなかにはあなたのにおいが濃く漂っていた。どこかにいるのがわかった。名前は呼ばなかった。バスルームのドアを閉じてシャワーを浴び、全身の汚れをこすり落とした。すみずみまで。それからお湯が出なくなるまでシャワーヘッドの下に立っていた。

ドアの向こうであなたが立てる物音がした。ともに暮らしはじめてから、ほぼ毎朝聞いてきた音だ。抽斗があいて閉まる音。洗いたての下着。アンダーシャツ。それからクロゼットへ。ドレスシャツ——その日会う相手になるべくいい印象を与えたかったのだろう。ハンガーの金具がぶつかる音。堅い木のハンガーからするりと上着が外され、腕が通される音。

そのときバスルームのドアが開いた。わたしは裸だ。その朝わたしの身体を見るあなたの目はいつもと違った。あなたの子供をふたり産んでたるんだ皮膚。その子たちに吸いつくされた乳房。何年も手入れしていないぼうぼうの陰毛。それらすべてが、もっときれいで、若くて、張りのある身体を見慣れた男の目にさらされている。彼女の肌はなめらかで、紫色の静脈が浮きでることもなく、伸びっぱなしの毛もないのだろう。わたしを見るあなたをわたしも見返した。この身体はいまのあなたにとってどんな意味を持つのだろう。たんなる乗り物？　ひとりの美しい娘と、ほとんど知らない息子の父親になるために、あなたをここまで乗せてきた船？

わたしの視線に気づいてあなたは目をそらした。じろじろ裸を見すぎたと思ったのだろう。わたしがそう思ったことにも気づいたはずだ。あなたはフックに掛かったタオルを取ってわたしに渡した。

その朝、わたしたちは言葉を交わさなかった。あなたは夜の十時まで留守にしていた。帰ってきてから血が出るほど激しくわたしを抱いた。わたしがそうしてほしいとせがんだ。その夜は彼女のことも抱いたのだろうと思った。でも、あえて道具のように使われる気持ちを味わいたかった。機械のように扱われ、身体を他人のもののように感じたかった。海に浮かぶはしけになったように。錆びつき、頼りにされる、傷だらけのはしけに。

そんなふうに、人生には自分の存在そのものを決定的に変える日がいくつかある。わたしは浮気された女になったのだろうか。あなたはわたしを裏切った男に？　すでにわたしたちは死んだ男の子の親だった。わたしが愛せない娘の親でもあった。そしてまもなく別れた夫婦になる。出ていった夫に。なにひとつ乗り越えられない妻に。

一九七二年

エッタの死が近いことが誰の目にも明らかになるときが来た。料理をしなくなり、食べるのもやめた。すでにおおかたのことをしなくなっていた。家には洗濯機に入れっぱなしにした濡れタオルのような悪臭が漂っていた。二階をうろつく日もたまにはあったが、ほとんどの日は寝室から出なかった。

セシリアにとってもつらい時期だった。すっかり痩せこけ、少しまえまではぴったりだった服がぶかぶかになった。食欲を失い、十五歳の女の子らしく身だしなみに気を使うのもやめた。生理用ナプキンを買うお金をヘンリーにもらいたくなかったので、生理中は下着に靴下をはさんでしのいだ。家には洗濯洗剤もなく、汚れた靴下はベッドの下に積んでおいた。ヘンリーに見つかったときはひどく恥ずかしい思いをした。ヘンリーは自分の妹に頼んでしばらく家に来てもらうことにした。ずっと外国に住んでいた人だそうで、話に聞いたこともなかったので、よほどの緊急事態なのだとセシリアにもわかった。家のなかでは各自がなるべく距離を保って過ごした。ヘンリーの妹も複雑な事情を察していて、なにも言わずに家の掃除をし、食料を買って冷蔵庫に入れてくれた。

ある日セシリアは、ヘンリーと妹の話を立ち聞きした。妹はセシリアを寄宿学校に入れるべきだと勧めていた。母親と暮らすのはもう安全とは言えないと。ヘンリーが叩きつけた拳が卓上の銀食器を揺らした。

「なにを言うんだ、わが子なんだぞ。エッタはセシリアのそばにいなきゃならない」

「ヘンリー、あの人はそれを望んでない。あの子を愛してないのよ」

セシリアは物陰からヘンリーの顔を盗み見た。ヘンリーはしばらくのあいだ手で顔を覆っていた。それから首を振った。「おまえはわかってない。愛情の問題じゃないんだ」

59

数日後、エッタは前庭のナラの木にぶらさげたヘンリーのベルトで首を吊った。月曜日の朝、日の出とともに。家はセシリアの学校と同じ通りにあった。エッタは三十二歳だった。

ほかの人とセックスするあなたを日々想像する苦痛で、サムを失った苦しみが紛《まぎ》れるかもしれない。ひとりの人間が抱えられる悲しみにはかぎりがあるはずだ。あなたがしたことに意識を集中すれば、息を詰まらせ、身を裂くようなサムへの思いが多少はやわらぐのではないかと思った。

そうはいかなかった。あなたの裏切りにはそれほどの痛みを味わえなかった。サムのことでわたしの心は鈍り、あまりに打ちのめされたせいで、息子の死以上に深く感じるものなど残っていなかった。浮気？　どうぞ。もうわたしを愛してない？　でしょうね。

サムが死んだ日、あなたが病院を出るまえに医師からこう言われた。「おふたりで力を合わせてくださいね。お子さんの死を乗り越えられないご夫婦はたくさんいます。そのことを心に留めて、結婚生活を守る努力をしてください」

「どういうつもりだろうな、あんなことを言うなんて」あとであなたはそう言った。「それでなくてもつらいことだらけなのに」

あなたを問いつめるまで八日待った。ヴァイオレットに異変を悟られないように、つとめて平静に過ごした。あなたはやけにやさしかった。やけに愛想がよかった。そんな必要はないのに。昼間の行き先をわたしは訊こうとしなかった。どうでもよかったから。彼女に会うため、それとも職探し？　答えは知らない。クリスマスのご両親の訪問はあなたから断ってもらうことにした。お互いにとって痛手ではあったけれど。

「きみが母さんに電話したらいいだろ。ぼくのことを告げ口して楽しんでるみたいだから」

わたしの電話のことをお義母さんから聞いたのだ。

あなたがどんな理由をつけて訪問を断ったのかは知らない。それ以降、わたしはお義母さんの電話に出るのをやめた。無視するたびに後ろめたさを覚えながら。

八日目の晩、あなたは書斎で机を片づけていた。建築模型は顧客を引き継いだ後任者に残らず渡したあとだった。ランプの長いアームは折り曲げられ、引っ越しに備えて気泡シートに包まれるのを待っているように見えた。実際、そうだったのかもしれない。替え刃を入れた缶も見あたらなかった。

「ここにあったものをどうしたの。模型作りの道具とか」わたしははっとして息を詰め、替え刃の場所を気にする自分を恥じた。胸がざわつき、抑えがたいほどだった。あなたはクロゼットを指差して、書類の箱の整理を続けた。わたしはクロゼットの扉をあけて乱雑にものが詰めこまれた棚に目を走らせた。古いボードゲーム、額縁の山、わたしが大学時代に使っていた辞書。缶は二段目の棚の、あなたの建築の本と、定規やペンを立てた容器のあいだにあった。わたしは扉を閉めてあなたに向きなおった。猫背のお義父さんと似てきた背中。彼女はあなたのうなじの毛を撫でるのが好きだろうか。わたしがときどきやっていたように、いつかそれを剃ってあげるのだろうか。

「相手はどんな人？」

あなたが顔を上げた。ランプが消えた部屋はまるで違って見えた。あなたが作業をするときはその明かりが壁で踊った。あなたはじっと動かなかった。わたしはまた息を詰め、あなたがどう答えるかと考えた。返事はなかった。わたしはもう一度訊いた。「相手はどんな人なの、フォックス」

わたしは書斎を出てベッドに入った。朝にはあなたが去っているかと思ったけれど、数時間後、あるいはほんの一時間後だっただろうか、あなたの側のマットレスが沈みこむのを感じた。

「もう彼女には会ってない」

あなたは泣いていた。鼻声でわかった。わたしの心は空っぽだった。安堵もない。怒りも。ただ疲れていた。

翌朝、ヴァイオレットが起きるまえにベッドのあなたにコーヒーを運んだ。隣にすわってあなたが飲み終えるのを待った。

「サムが死んだとき、わたしたちはだめになった」あなたは額をこすった。「あなたは悲しみをきちんと受け入れなかった。向きあわなかったのよ」

返事を待った。

「ぼくらがだめになった理由はサムじゃない。サムにはなんの関係もない」

ドアがあき、寝室に入ってきたヴァイオレットがわたしたちを見た。あなたの顔がゆっくりとわたしに向けられた。腫れぼったい目は、ヴァイオレットの目と同じくらい大きく見開かれていた。やがてあなたは娘に向きなおった。

「おはよう、お嬢さん」

「朝ごはんは？」とヴァイオレットが訊いた。あなたは娘のあとについて部屋を出ていった。

60

あんなところに隠すなんてばかだった。ベッドの下になんて。昼間にいきなりあなたが帰ってきたので、そこに押しこんだのだ。わたしが出しっぱなしにした本にあなたが目を留めるはずなどないのに。それに正直なところ、ヴァイオレットのことは頭になかった。わたしはあの子の世界に存在しないも同然で、決まりきった世話をする以外は、わたしのなかにもあの子はいないも同然だった。

そもそもなぜ買ったのか。役には立たないとわかっていたけれど、現実と向きあうためのきっかけになる気がしたのだ。相手のことばかり気にするのをやめたかった。浮気のことをあなたに問いつめてから二カ月が過ぎていた。そのあいだ頭にあるのはこれだけだった——相手はどういう人？　見た目は？　あなたはひとことも言おうとしなかった。わかっているのはあなたの元アシスタントということだけ。娘とのランチに同行した相手だ。詳しく訊こうとするたび、あなたは首を横に振って低い声で「やめてくれ」と言うだけだった。

ヴァイオレットのバックパックのなかにその本を見つけた。『浮気の対処法　結婚相手の裏切りを乗り越える』手に持ったまま呆然と見ていると、キッチンカウンターで放課後のおやつのヨーグルトを食べていたあの子が顔を上げた。どう声をかけようか迷った。十歳の子は浮気がなにかわかるだろうか。ヴァイオレットなら学校で年上の子たちに平気で質問するかもしれない。

「どうしてこんなものを持ってるの」おそるおそる訊いた。ヴァイオレットは訳知り顔で眉を上げ、ヨーグルトをかき混ぜた。

「答えなさい」

「ママこそ、なんでそんなものを持ってたの」

わたしはキッチンを出ていった。


一時間後、ヴァイオレットの部屋のドアをノックして、話ができるか訊いた。ヴァイオレットはデスクチェアをゆっくりとまわして、無表情でわたしを見た。わたしは本を掲げ、説明しておきたいのと言った。これはいま書いている作品の参考にしている本なの。それから、大人が使う〝浮気〟という言葉の意味についても話しておきたくて。あなたがどういうふうに思っているかも聞かせてほしい。この本を買ったのはパパとのあいだに問題があるからじゃない。パパとママはとても深く愛しあっているのよ。

「そう」ヴァイオレットはそう言って、宿題に目を戻した。

浮気相手が誰なのかあの子は知っている、そう気づいた。あなたのオフィスについていった日以外にも会っていたのかもしれない。あなたとあの子はどこまで秘密を分かちあっていたのだろう。その人にもらったユニコーンの鉛筆と消しゴムをヴァイオレットが使おうとせず、トロフィーかなにかのように棚に飾っているのが不思議だった。わたしが思っていたより、ヴァイオレットにとって意味のある大事なものだったということだ。わたしは外のゴミ箱に本を捨て、さっき言ったことを補強できるような嘘を思いつこうとした。部屋に戻り、あの子が考えているようなことはなにもないと納得させたかった。母親の威厳をもって。わたしのことを夫に浮気されるような女だと思ってほしくなかった。あなたたちの絆を十年もうらやんできたとはいえ、それでもあなたがそんなことをする男だとは思ってほしくなかった。

自分と家族の絆が糸一本にすぎないのはわかっていた。それでもしがみつかずにはいられなかった。ほかにはなにも残っていないから。

その晩あなたが帰宅したとき、わたしはヴァイオレットの目を意識しながら愛しげにあなたに触れ、名前ではなく〝ハニー〟と呼びかけた。ソファでホッケーの試合を見ているあなたの横に身をすべりこませた。あなたの膝に手を置き、肩に顎をのせてから、ヴァイオレットに声をかけ、学校のピザ・ランチのお金を先生に渡したかと尋ねた。ヴァイオレットはわたしをにらみつけ、父親の膝に置かれたわたしの手を見て、わずかに反応した。ぐっと顎を引く――それだけで、そっちの魂胆はお見通しだと示した。わたしを自己嫌悪に陥らせる天才なのだ。

一カ月後――つまり浮気の発覚から三カ月後――の日曜日、目を覚ましてわたしは気づいた。終わりだと。川岸の目ざわりな風景を尻目に川を下るみたいに、この事態をやりすごせるふりをしていてもしかたがない。ベビーシッターに午後からヴァイオレットを連れだしてもらい、わたしたちは通りの先にあるバーに行った。

「まだ会ってるんでしょ」

あなたは窓の外を見やり、じれたように店員に合図した。頼むからその人のことを教えてとわたしは続けた。なぜ愛してるの。今度はあなたも目をそらさなかった。どこまで打ち明けるか頭で計算するような顔でわたしを見た。どこまで秘密を漏らすかを。このまま向かいあっているなんて耐えられない。衝動的にそう思った。終わらせなければ。あなたを追いださなければ。

わたしはコートの胸もとを手で押さえながら、足早に家へ戻った。地下室からスーツケースを持ちだした。あなたの服をまとめてきれいに詰め、ファスナーを閉じた。引っ越し会社に電話して、大きな荷造り用ケース四つと小型の引っ越しトラックを翌日よこしてもらうように手配した。あなたの机の抽斗で付箋紙《ふせんし》を見つけ、家じゅうをまわって、共有の持ち物のなかであなたが持っていくべきものに貼った。小さなキッチンワゴン、レコードプレーヤー、あなたの両親から贈られた食器セット、いくら注意してもあなたが土足で踏むせいで足跡がついた玄関ホールのカーペット、何年もまえからあなたのお尻の形にへこんだ居間のソファ、緑色のガラスの花瓶、赤身肉の血がしみついたまな板、あなたがダイニングテーブル用に選んだものの誰がすわっても背中が痛くなる椅子、あなたの書斎のすべての家具、そして家じゅうの美術品の大半。それから書斎のクロゼットへ行って替え刃の缶を取りだした。いちばん長い刃を絹のスカーフにくるみ、自分のドレッサーの最下段の抽斗にしまった。

「今夜はどこに泊まろうとかまわない。明日戻ってきて、なにもかも荷造りして」バーで別れるとき、そう言ったあとにあなたにキスまでした。ただの習慣、既婚女性の反射的な動作だ。階段をのぼりながら、サムのものをどうしようかと考えた。サムの遺品は地下室の箱にまとめてしまってある。あなたもなにか形見にほしいかもしれない——ブランケットとか、おもちゃとか。訊いてみるべきだろうか。ひとつくらい渡すべきかもしれない。三年近くたっても布地にかすかなサムのにおいを感じられるものを。わたしはバスタブにお湯を張り、服を脱いだ。水音で足音が聞こえなかったので、入り口にいるあなたを見てぎょっとした。わたしは胸を隠して背を向けた。すでにあなたを侵入者のように感じた。長年ともに暮らしたのに、まるで他人だった。

「ヴァイオレットはどうする？」あなたはバスタブに入るわたしから目を離さなかった。お湯は熱すぎたが、無理やり身を沈めた。

「あの子がどうしたの。あなたの責任よ。あの子になんて言うかはそっちが考えて」

あなたは目で天井を仰ぎ、横にそらした。わたしの態度が気に入らないときに見せるしぐさだ。頑固だったり、あいまいだったり、厄介だったり、優柔不断だったり。軽薄だったり、皮肉だったり。わたしがそういうところを見せるのをあなたは嫌った。あなたが手を上げて眉間を揉んだ。うんざりさせたようだ。わたしなんて最初からいなければと思わせたようだ。

「あの子には悟られないように気をつけてきた。あなたのことを悪く思ってほしくなかったから。あなたたちの関係は変わってほしくない。でも、あの子は知ってると思う」

あなたの反応を待った。わたしに感謝して、悪いのは自分だと認めてほしかった。でも、あなたの返事はこれだけだった。

「親権は共同にしたい。時間は等分に」

「わかった」

お湯に沈んで大きく見えるわたしの身体をあなたは見つめた。二十年のあいだなかに入りつづけてきた女の身体を。いっしょにバスタブに入るつもりだろうかと思った。欠点だらけで落胆させられることばかりでも、最後にわたしの肌に触れたいと思うだろうか。あなたを見上げてもなにも感じなかった。愛も、憎しみも、そのはざまのなにかも。終わりはこんなものなのだろうか。努力して乗り越える人たちもいる。お互いのために、子供たちのために闘う人たちもいる。かけがえのない暮らしのために。でもわたしには、火にくべるべき燃料がなかった。与えられるものがなにもなかった。

そのとき、あなたの言葉の意味が呑みこめた。共同親権。あの子とふたりきりになる。「ヴァイオレットはどうする?」とあなたが言ったのはこういうことだ。「ヴァイオレットとふたりのときはどうする、ぼくなしで耐えられるのか。お互い口もきかない昼間はどうする、あの子が誰かを必要としても、きみにはなにもできない夜は? きみがいやいやながら最小限の世話だけしていることにあの子が気づいたら? 誰があの子を信じてやる? 誰があの子を守ってやる? 誰があの子を慰めてやる? 目を覚ましたときに誰が元気づけてやる? きみとふたりきりで心細いとき、誰があの子を愛してやる? 誰があの子を信じてやるんだ」

あなたはジーンズとグレーのセーター姿で、ポケットに両手を突っこんだままわたしを見据えていた。裸のわたしを。無力なわたしを。射るようなあなたの目をわたしは見返した。

「大丈夫。わたしはあの子の母親よ」

61

脳はつねに監視している。危険がないかと見張っている。脅威はいつ襲うともかぎらない。取り入れられた情報は二通りに作用する。ひとつは意識に到達し、そこで観察され記憶される。潜在意識に到達したものは、扁桃体《へんとうたい》と呼ばれる小さなアーモンド形をした脳の領域がスキャンして危険の兆候を探す。それによって、目や耳や鼻で知覚するより早く恐怖を察知することができる。わずか一万二千分の一秒のあいだに。異変を意識するより先に身体は反応する。たとえば車が急接近したとき。誰かが車にはねられそうになったとき。反射。出産の際にはこの世でもっとも自然な反射作用が起きると言われている。オキシトシン反射。母性ホルモン。それは生成された母乳の分泌を促し、乳管を通じて赤ん坊の口に届ける働きをする。母親が授乳のことを考えるとこの反射は起きる。赤ん坊のにおいを嗅いだり、肌に触れたり、姿を見たりすることでも起きる。さらにオキシトシンは母親の振る舞いにも影響を与える。心を穏やかにし、ストレスを軽減する。そしてわが子を愛しく思わせる。この子を見ていたい、この子に生きていてほしいと願わせる。

タブロイド紙の常連である女性セレブの動画がネットで拡散していた。イギリス貴族のその若い母親が、三度の危機的瞬間に三度ともやんちゃな坊やの命を救ったという内容だった。飛行機の濡れたタラップで転んだときにはとっさに手をつかみ、ヨットの舳先《へさき》ですべったときにはシャツの襟を持って支え、ポロの馬の前に飛びだしたときにも間一髪で引きもどした。毒ヘビがネズミをぱくりとやるときの俊敏さで。母親の本能。ベビーシッターを引き連れ、ブローチやヒールを平気で身に着け、カールした髪にでかでかとした髪飾りまで着けたその母親でさえそれを持っている。

あなたが出ていってから間もないある朝、わたしの携帯電話を触っていたヴァイオレットがユーチューブでその動画を見つけた。そしてソファのわたしの隣にすわった。日曜の午後の温かな陽光のなかでわたしは本を読んでいた。ヴァイオレットが電話の画面を見せた。

「これ見た？」

わたしは動画を見た。六十秒のあいだ、ヴァイオレットはわたしから目を離さなかった。

「そのお母さん、毎回子供を助けてる」

「そうね」わたしは本を置いて紅茶に手を伸ばした。カップを持つ手が震えた。あの子をひっぱたいてやりたかった。ソファに頭を叩きつけ、血を吐かせたかった。

この生意気な小娘。人殺し。

そうする代わりにわたしは居間を出て、キッチンのシンクに水を流しながら声を殺して泣いた。ひどく悲しかった。サムが無性に恋しかった。四歳の誕生日が近づいていた。

62

寝室にあなたが残した空っぽのスペースをわたしはぼんやり眺めていた。出ていくとき、あなたはサムの絵を持ちだした。わたしは床にすわってそこにあった絵を思い描いた。母親の顔、顎を包むように押しつけられたてのひら、子供の腿に添えられた手。ふたりの肌の温もり。

「お腹すいた」通学着のままのヴァイオレットが部屋の入り口でわたしを見ていた。「なに見てるの」

「なにか注文しましょ」

「デリバリーはいや」

「わかった。それじゃ、スパゲッティを作る」

それで納得したのか、あの子はわたしをひとりにしてくれた。そばにいてほしくなかった。壁の空白から目を離せなかった。

食事を用意するあいだ、ヴァイオレットはテーブルで宿題をしていた。あの子はあなたと同じで、字を書くときにページにくっつきそうなほど鼻を近づける癖がある。猫背になっているのを見て思わず口もとがほころんだ。そしてあなたが出ていったことを思いだした。あなたがもう笑みとともに心に思うべき相手ではないことを。

「夕食のあとはアイスクリームを食べてテレビでも見る？」

「テレビはもうないでしょ」

「そうだった。ゲームは？」

訊くまでもなかった。

「いま何時？　まだ映画に間にあうんじゃない？　レイトショーなら」

「平日なのに？」ヴァイオレットはごしごしと消しゴムで字を消し、かすを床に払い落とした。

「そうだけど、今日は特別にと思って」

わたしはエプロンを着けてソースをかき混ぜた。あなたが出ていったあと、新しい服を買いに行った。そのときデパートの試着室から着て帰った服をその日も着ていた。クリーム色のカシミアのラップセーター。高価な新品の服をまとめ買いすることなど一度もなかったのに、とにかく無茶をしたい気分で、考えたすえに思いついたのがそれだった。カードの支払いはまだあなたがしていたから。

「あの人もそのセーター持ってる」

あの人。わたしはかき混ぜる手を止めた。動物を怯えさせまいと息を殺すように。視界の端で、ヴァイオレットが宿題に戻ろうとページに鼻を近づけるのが見えた。もっと話を聞きたかった。

「そう、よかった」

ヴァイオレットがわたしを見た。本当に？

「いい趣味をしてるってことでしょ」ウィンクしてみせ、スパゲッティをテーブルに置いた。あの子はそれが冷めきるまで宿題をやめようとしなかった。わたしはコンロにもたれて、ほかになにを訊きだせるだろうかと考えた。

「あしたはパパの家ね。パパの新しい家を見るのは楽しみ？」

「ふたりの家でしょ」

でたらめかどうか、わからなかった。わたしよりもあの子のほうが詳しいようだから。あなたはひとりで暮らしていると思っていたが、尋ねたことはなかった。夫婦で話しあうよりずっとまえに、あなたはわたしと別れるつもりだとヴァイオレットに伝えていたのだろうか。わたしはエプロンを外してセーターを見下ろした。まだ返品できるだろうか。そう思ったものの、すでに袖にソースのしみがついていた。

「ああそう、ふたりの家ね。楽しみ？」

「あの人のことで知っといたほうがいいことがある」ヴァイオレットがだしぬけに言った。

わたしは自分のスパゲッティの皿を持って隣にすわろうとしたところだった。急に息苦しさを覚えた。話の続きが怖かった。

「なに？」

ヴァイオレットは首を振って目を落とした。話す気はないのだ。ただのでまかせかもしれない。

「彼女のことを話す必要はないのよ。パパの問題だから、わたしには関係ない」わたしはにっこりした。そしてスパゲッティをフォークで巻きとって口に入れた。

母はわたしを捨てたあと生まれ変わった。〝生まれ変わる〟というのはよく言いすぎかもしれないが。十二歳のとき、街外れの軽食レストランで母を見かけてそれを知った。母はミルクシェイク・バーに並んだふたつのスツールのあいだに立って、きれいなフォークがほしいと店員に伝えているところだった。聞いたこともないような声だった。それでもその後ろ姿を見れば、どこにいても母だとわかったはずだ。丸みを帯びた肩、腰のくびれ。フォークを受けとると、わたしの母だったころとは違う自信に満ちた声でお礼を言い、黒いハイヒールの足でくるりと振り返った。母がフォークを渡すと連れの男の人が言った。

「ありがとう、アニー」アニーは母のミドルネームだ。

大柄なその男性がリチャードという名前だとのちに知った。恋人の存在はすでに知っていた。母が出ていくまえに電話をかけてきた人で、たぶんトイレの血にも関係している。でも想像とはまるで違っていた。べたついた髪とてかてかの肌、腕にはばかでかいゴールドの時計。ハンサムだけれど信用できない感じで、まだ三月だというのに顔は日焼けしていた。父とは似ても似つかない。それがわたしを捨ててまで選んだ生活だとは信じられなかった。

わたしはボックス席のミセス・エリントンの隣で身を低くした。トーマスとわたしが地区の学生科学コンテストで一位になったお祝いに、そこへ連れてきてもらったところだった。わたしたちは自作の厚紙ポスターの前に立ち、審査員に向かって研究発表をした。ポスターにはトーマスが実験の内容を丁寧に筆記体で記し、章ごとにわたしの手描きの詳細な図を添えた。ミセス・エリントンは体育館の隅でその様子を見守っていた。研究テーマは紫外線に関することだったが、内容はもう覚えていない。それでも発表中にミセス・エリントンがしきりにうなずいていたのは覚えている。百人の生徒のざわめきのなかでも、ひとつ残らず聞きとれているかのように。ミセス・エリントンの立ち姿に倣《なら》い、わたしも姿勢を正して発表を続けた。わたしを誇らしく思ってほしかった。

食事をする母とリチャードを何時間も見ていた気がする。やがてふたりは、まともな人たちがするようにナプキンをたたんだ。母は襟《えり》に大きなバラの刺繍《ししゅう》がついた透けそうに薄い黒のブラウスを着ていた。そんなにセクシーな服装は初めて見た。リチャードが伝票を見もせずにテーブルにお金を置いた。ミセス・エリントンも母をちらっと見たが、そのときはわたしになにも言わなかった。わたしも黙っていた。ミルクシェイクを飲みながら、トーマスが賞金五十ドルの使い道のことを話した。母が振りむいてわたしに気づいたらどうしよう。その心配でわたしは頭が真っ白だった。そのくせ、心のどこかではそれを願ってもいた。母は振りむかず、ふたりが出ていくとやはりほっとした。母がわたしに気づいたとしても、そばに来て挨拶をしたかどうかはわからない。わたしたちも店を出て、ミセス・エリントンの車で帰った。

「大丈夫、ブライス?」トーマスが家のなかへ駆けこんだあと、ミセス・エリントンはわたしを私道の入り口まで送ってくれながら言った。わたしはうなずいて微笑み、車で送ってもらったお礼を言った。母を見てどれだけ傷ついたか、ミセス・エリントンには知られたくなかった。母は幸せそうで、きれいで、わたしと離れてうれしそうだった。

その夜、わたしはベッドに入るまえに床にひざまずき、母の死を祈った。死に顔を見たほうがましだった。すっかり生まれ変わり、自分の母ではなくなった姿を見るよりは。

64

それまで避けられたことはなかった。少なくともそんな覚えはないし、あったとしても気づかなかった。でも別れたあとの一年は、あなたとふたりで会うのより、女王に謁見《えっけん》するほうがたやすいほどだった。あなたはヴァイオレットの受け渡しにかならず学校の送り迎えを利用し、ごくそっけないメッセージしかよこさなかった。わたしは自分が捨てられる原因を作った相手に会いたかった。娘が日々の半分を過ごすアパートメントに同居している相手に。わたしとどこが違うのかを知りたかった。ふたりがいっしょにいるところを思い描けるようになりたかった。あなたの希望で裁判や弁護士の介入は避けていたので、形式的にはわたしのほうが意見を通しやすかった。でもこの件に関しては、あなたは頑として譲らず、時期が来たら引きあわせるの一点張りだった。

「パパの恋人に会ってみたいな」朝はその人に学校へ送ってもらったとヴァイオレットから聞いたわたしはそう言った。その日は金曜日で、週末はわたしと過ごすことになっていた。

「向こうがママに会いたくないかも」

「かもね」

ヴァイオレットはシートベルトを締め、イグニッションに挿さったキーを見た。さっさと車を出して、一刻も早くわたしの後ろの席から解放してほしいと言いたげに。バックミラーで確認すると、その顔に気の毒げな色が浮かんだ。本心かどうかはわからない。

「パパがあの人を会わせたくないのには理由があるの」秘密を打ち明けようとするようなひそひそ声だった。わたしがまだ知らない謎のヒントを与えようとするような。あの子はウィンドウのほうを向き、あとはただ、家に着くまで見慣れたブラウンストーンの家並みを眺めていた。その夜はほとんど話しかけてこなかった。

だから、ああするよりほかになかったのだ。

ヴァイオレットは翌週の水曜日の夜にあなたとふたりでバレエに行くと言った。相手の女性は毎週その時間に予定があって行けないのだという。ネットで確認すると開演は午後七時だった。あなたがそのまえにあの子をピザ屋に連れていくのはわかっていた。あなたたちが住む低層のアパートメントは閑静な地区にあり、その界隈はわたしもよく知っていた。タクシーでそこへ行き、数ブロック離れたところで降りた。時刻は六時半で、通りはまだ混んでいた。わたしはコートの裾のほつれをしきりに引っぱった。緊張を感じとったのか、運転手がバックミラーごしにじろじろ見ていた。チップが多すぎるのを知りながらお釣りは断り、コートのフードをかぶって、ファーで顔の大半を隠した。歩いたおかげで緊張がややほぐれた。交互に進む自分の足を見下ろしながら心を静め、あなたのアパートメントの前まで行った。赤レンガの壁にもたれ、手袋を脱いで、ポケットから携帯電話を出した。まえもって考えてきたわけではなかったが、通りにいるほかの人たちと同じように忙しげにメッセージを打つふりをしたほうが、目立たないだろうと思った。

そうしながら、目の端でロビーの出入り口を窺った。空が暗くなるにつれて内部がよく見えるようになった。数人の女性が出入りしたが、彼女でないことはわかった。年を取りすぎていたり、大柄すぎたり、連れている犬が多すぎたり。やがて、分厚いダウンジャケットの女性が携帯電話を手に出てきてドアマンに微笑みかけた。片側でまとめられた、カールした長い髪。天井の明かりにきらめくダイヤモンドのイヤリング。彼女は両腕を上げてバッグを斜め掛けにし、豹《ひょう》柄の手袋をはめた。夜になってすっかり気温が下がり、風も強くなっていた。この人だと思った。その勘に従ってわたしは尾行をはじめた。

ついて歩くのには苦労しなかった。彼女は分厚いローヒールのスエードのアンクルブーツを履き、なじみのない場所にいるかのようにゆっくりと歩いた。無意味なのは誰でも知っているのに、歩行者用信号のボタンを片っ端から押した。相手に気づかれたらとひやひやするかと思いきや、尾行は拍子抜けするほど楽だった。信号待ちでわたしが二メートルほど後ろに立つと、彼女は短い電話をかけ、そちらに気を取られてしばらく青信号に気づかず、あわてて通りを渡った。半ブロック歩いたところで小さな書店に入った。わたしもそのあたりに来るたびに寄る店だった。店内の壁は飾り彫りが施された書棚で覆いつくされ、ドアが開閉するたび、六メートルの高さの天井にいくつも吊るされた巨大な乳白色のガラス玉がかすかに揺れる。

窓ガラスに記された表示をあらためて確認した。おぼろげな記憶のとおり、水曜日は六時閉店となっている。でも明かりがついていた。両手をガラスにあてて街灯の明かりをさえぎり、店内をのぞいた。四、五十人ほどの人が集まっていた。全員女性だ。古い木のベンチ二台にコートが積み重ねられ、その脇にセルフサービスのワインと、隣のパン屋からの差し入れのカップケーキの山が置かれたテーブルがある。チケットや名前を確認する係は見あたらない。作家のトークショーの案内や、サイン用の著書が積まれたテーブルがどこかにありそうな感じだった。全員わたしより若そうで、彼女のものと同じスタイルのブーツを履いた人がたくさんいた。この界隈の高級住宅街のブティックはどこも似たような品揃えだからだ。窓際に立つふたりはストライプ柄の布にくるんだ新生児を胸に抱き、おしゃべりしながらまったく同じリズムで左右に揺れていた。わたしにも覚えがある。赤ちゃんの重みを身に受けると、メトロノームのようなその腰の動きが止まらなくなるのだ。

彼女は奥にいて豊かな黒髪を撫でつけているところで、誰かがその肩に手を置いて挨拶した。ふたりはハグを交わし、彼女は上気した頬を背の高いブロンドの友人の頬に重ねた。明るい顔立ち、マスカラに縁取られた大きな黒い目、笑みの絶えない口もと。相手へのプレゼントを持ってきたのを思いだしたのか、急いでバッグからなにかを引っぱりだした。グレーの毛糸でできたもので、友人はうれしそうにそれを胸に押しあてた。別の女性が近づいてワインのグラスをふたりに渡した。

店内は満員に近くなり、外からはもう彼女の姿が見えなくなった。がっかりした。もっと知りたいのに。なかへ入るのは自制するべきだった。彼女はとっくにわたしの写真を見ているはずだから、容貌は知られている。なのにわたしはなかに入って、自分のコートをベンチの上に重ねた。レジを閉じようとする店員がいたので小声で話しかけた。

「このパーティーの主催者はどこかわかります？」

「パーティーっていうわけじゃなく、ママの会なんです。気軽に集まれるような。講師が来たり、試供品が配られたりすることもあるみたいですけど。わたしたちは場所をお貸ししているだけなんです、多少でも売り上げにつながればと思って」

「では、ここにいる人たちはみんなお母さん？」

「決まりがあるわけじゃないでしょうけど、そうでなきゃ来る理由もないですしね」店員は肩をすくめ、現金の入ったトレイを持って奥に引っこんだ。見まわすと、いきなり育児の悩みの大合奏が耳に飛びこんできた。ねんねトレーニング、離乳食への切り替え、スリーパーはスナップ式かファスナー式か、保育所の待機リスト。わたしは小さなプラスチックカップにワインを注ぎ、彼女が見える場所に行こうと、人のあいだを縫うように店の奥へ移動した。誰にも話しかけられないように携帯電話に目を落としつつ、数秒ごとに顔を上げて彼女の様子を窺った。彼女はなにか話を披露しているようで、空いている手を蝶の羽ばたきのようにせわしなく動かしていた。聞いているふたりはうなずいて笑い声をあげた。ひとりが身を乗りだして目で天井を仰ぎながらなにか言うと、また笑いが起きた。彼女が頻繁に人に触れることに気づいた。腕や手や腰に。愛情深い人なのだとわかった。あなたのむきだしの足が、毎夜のようにシーツの下でわたしの足を探していたことをふと思いだした。温もりを求めるようにふくらはぎに足を押しつけられるたび、わたしはベッドの反対側に逃げた。少しずつ、少しずつ、少しずつ遠くへ。

「初めて？」

とびきり高いポニーテールに真っ赤な口紅の女性が、いきなり目の前に現れた。〝夜のママ会〟の文字と、企業の小さなロゴがたくさん入ったポストカードを手にしている。

「ええ、そうなんです。どうも」

「素敵！　何人かに紹介するわね。この集まりのことはどこで？」

答えを待つふうもなく、その人はわたしの腰に腕をまわして店の中央に導いた。

「シドニー、新入りさんよ」大声でそう言い、周囲に向かって大げさにわたしを示した。

なんだか、どこかに紛れてしまわないように耳にタグでもつけておかないといけない気がした。シドニーが目を上げ、人をかき分けてやってきて自己紹介した。

「それで、お名前は……？」

「セシリアです」それしか思いつかなかった。人の頭ごしに彼女がいた場所に目をやってみたものの、見つからなかった。先ほどのふたりのそばには見あたらない。店内を見まわしていると吐き気がしてきた。

「よく来てくれたわ、セシリア！　今夜は家を出てこられてよかった！　お子さんはいくつ？」

「どうも——その、ちょっと情報がほしくて立ち寄っただけなんです。次はもっとゆっくりするつもり」わたしは携帯電話を持ちあげ、メッセージが来たふりをした。誰かに必要とされているふりを。「行かなきゃ」

「そうなの。それじゃ、またどうぞ」シドニーはワインをひと口飲んであたりを見まわし、次に話しかける相手を探しに行った。

コートはまだベンチの山の上にあったが、探すふりをして時間を稼ぎ、振りむいて大勢のなかから彼女を見つけようとした。もう行かないと。長くいすぎた。フードをかぶって外に出ると、通りに小雪が舞っていた。わたしは書店の向かいにあるベンチにすわり、膝のあいだに顔をうずめた。

彼女は母親なのだ。あなたはわたしたちの娘にふさわしい母親を見つけた。あなたが望んでいたとおりの女性を。

65

二度目は用心が必要だった。

舞台小道具の店で長いブラウンのかつらを買ってきた。あなたなら野暮ったいと言いそうな代物だけれど、そう見られるのが目的だった。胸をどきどきさせながら、ブロンドの髪を絹のインナーキャップにたくしこんだ。別人に見えるかどうか自信はないものの、それ以外の方法は思いつかなかった。鏡の前で幸せそうな笑顔をこしらえてみてから、恥ずかしくなって顔を伏せた。ばか。本当にばかだ。かつらなんかかぶるなんて。うまくやれると思うなんて。相手に子供がいるのかと訊いたときの、あなたの答えを信じるなんて。どれもが愚かだった。なにもかもが。

店に着くと、入り口に立ったリーダー的存在のシドニーが、参加者全員に無添加のおむつかぶれ用クリームの試供品を配っていた。わたしは新しい髪の先に触れた。

「こんばんは！　初めてかしら。ようこそいらっしゃい」シドニーはわたしの頭のやや上を見ながらそう言った。わたしの後ろにもっとましな人がいないか探すように。わたしはうなずいてお礼を言い、クリームをバッグにしまった。今回は女性講師が来ていて、〝自然な家庭、自然なあなた〟と題された講演の準備をしていた。店内には椅子がぎっしり並んでいた。わたしはワインを手にして周囲に目を走らせた。本棚を見るふりで入り口を見張りつつ、いくつものグループに分かれた女性たちが服を褒めあい、子供のことを尋ねあう姿を眺めた。ブラウンの髪が視界をさえぎり、うるさいハエのように振り払いたくなった。新しい髪色にまだ慣れなかった。前回話しかけてきたポニーテールの女性が部屋の向こうからわたしに合図した。まさか、気づかれた？　頬が熱くなり、話しかける相手を探したが、まわりの人は残らず会話中だった。〝お仕置きしない主義〟について話している三人組に割りこみ、にっこり笑って自己紹介しようとしたとき、肩を叩かれた。

「わたし、スローン。カードをどうぞ。カップケーキはルナの店のよ。ワインはエディン・エステイツの。来週は睡眠の専門家が来るの。すごい人よ。うちのフェイスブックは見てる？」ほっとした。わたしはスローンの手からポストカードを受けとった。二枚目の。さらに三人組とおしゃべりしながら入り口を見ていたが、彼女は来なかった。スローンが着席を呼びかけ、講演がはじまった。わたしは入り口近くの後ろの列にすわり、気づかれずに出ていこうとした。かつらはちくちくするし、彼女がいなければそこにいる意味もない。

立ちあがろうとしたとき、後ろのドアから冷気が流れこむのを感じた。来た。彼女は講師に手を振って詫《わ》びてから、コートのファスナーを下ろしながら足音をしのばせてベンチに近づいた。わたしはゆっくりと前に向きなおり、脚を組んで息を止めた。わたしの隣の席は空いていた。彼女がそこにすわると、甘い香水のにおいが漂ってきた。

「すみません」バッグがわたしの脚にあたり、小声で謝られた。わたしは笑みを浮かべ、視線は講師に据えたままにした。鼓動が激しすぎて内容はひとことも耳に入らなかった。視線を脇に移すと、ダメージジーンズと、誰もが履いているブーツと、床に置かれた高級バッグが目に入った。

「ネットであの人をフォローしてるの。すごい人よ」ささやき声にはっとした。わたしが熱心にうなずくと、彼女はバッグから小さなピンクのノートを取りだした。表紙に金箔《きんぱく》で〝JOY〟と記されていた。彼女がそのノートにナチュラルな住居用スプレー洗剤の作り方をメモするあいだ、わたしは聞いているふりでときどきうなずいた。彼女の手は長くてきれいだった。わたしは自分の手を拳にした。日に焼けてしみになり、何百本も皺が刻まれている。わたしは四十歳——彼女は少なくとも十歳は年下に見えた。指輪はしていない。わたしはまだときどき結婚指輪をしていたが、その夜は外していた。

講演は永遠に続きそうだった。ようやく終わったとき、わたしは彼女のほうを向いた。

「すごくよかった。すばらしい人ね」

「でしょ？　あの人の勧めを文字どおり全部実践《じっせん》してる友達がいるんだけど、本当に全然病気にならないのよ」そう言ってノートをバッグにしまい、テーブルのほうを示した。「ワイン飲む？」

後ろについて歩くと、彼女は大勢に挨拶しながら身体に触れた。肩や腕。キスやハグ。プラスチックカップふたつにワインを注いでから、彼女はがやがやした店内に少し空いた場所を見つけて目で示した。わたしもいっしょに移動した。彼女がふうっと息を吐いた。「ああ、ほっとした。人が多すぎない？　ウールなんて着てくるんじゃなかった」彼女はワインレッドのセーターの首もとを引っぱり、ワインをほんのひと口飲んだ。「あら、ごめんなさい。わたし、ジェマ。まだ言ってなかったでしょ」

「わたしはアンよ」

「お子さんたちはいくつ？」

答えは用意してあった。二歳と五歳のふたりの娘がいるシングルマザー。赤毛とブロンド。サッカーとバレエ。名前も声に出して練習しておいた。

「息子がひとりいて、四歳なの。名前はサム」

その言葉がこだました。わたしのなかでサムが光を放ち、めまいを覚えた。何年もご無沙汰だったドラッグを吸ったみたいに。彼女と目を合わせまいとうつむいた。サムが家であなたやヴァイオレットといっしょに食事をしている姿が目に浮かんだ。ママはどこだろう、おやすみの時間までに帰ってくるだろうかと考えている姿が。本当ならいまごろお話やお茶目なことをたくさん聞かせてくれたはずだ。**おおきなおおきなお月さままで、一まんちょうかい、行ってかえってくるくらい、だいすきだよ、マミー。**

「わたしにも息子がいるの。明日で五カ月」頭のなかでわんわん鳴っていたサムの名前がぱたりとやみ、わたしは目を見開いた。彼女はまたワインに口をつけたが、唇で味をたしかめるようにしただけだった。そのとき、魚雷《ぎょらい》のように突きだした乳房に気づいた。母乳で満タンの。

「ごめんなさい、五カ月って言った？」

ワインがスエードのブーツにはねかかり、相手が飛びすさった。わたしがカップを持った腕をいきなり下ろしたせいだ。手のなかの空のカップをわたしは呆然と見下ろした。

「やだ」彼女はなにか拭くものがないかとあたりを見まわした。「ウェットティッシュがあったっけ」そうつぶやいてバッグをあさるあいだも、わたしは無言のまま凍りついていた。バッグからティッシュが引っぱりだされるのを見ながらカレンダーを思い浮かべた。

いまは十一月。月をさかのぼる。彼が出ていったのは一月。もうすぐ一年になる。

「じゃあ、生まれたのは六月？」

「ええ、六月十五日よ……ちょっとナプキンを探してくる。これじゃだめみたい」

「ああもう、ごめんなさい」わたしはカップケーキのテーブルへ飛んでいき、ナプキンをごっそりつかむと、しゃがんでブーツのワインを拭きとった。ブーツを脱いだ彼女は内股で椅子にかけていた。わたしはしみになってしまったスエードをこすりながらしきりに謝った。

「持病なの──ときどき手が震えてしまって」するすると出てきた嘘に自分でも驚いた。

「そうだったの──ね、気にしないで」身体に不自由があることを知って彼女の口調が変わった。わたしの二の腕に手が置かれた。先ほど知り合いたちにしていたのと同じしぐさだ。「全然平気よ。乾いちゃうから」

ふたりで立ちあがった。湿った靴下一枚の状態でも、相手の背はわたしより二十センチ以上高かった。話すには見上げないといけない。

「わたし──あなたは──五カ月なら、生まれたてのほやほやね！」話ができることが意外だった。持ちこたえていることが。「ちっともやつれてないのね」

「ありがとう。疲れてるけど。あまり寝てくれなくて。来週の睡眠アドバイザーの講演が待ち遠しい。それか、なにかアドバイスをもらえない？　ねんねトレーニングはした？　〝泣かせっぱなし〟法は？　やってみる勇気がなくて。泣いてるのをほっとくなんて」

その子はあなたの息子。彼女はあなたの息子を産んだ。あなたには新たなチャンスが与えられたのだ。そこではっとした。受精から誕生までは三十八週。あなたが仕事をクビになる前月の九月に妊娠したということだ。わたしが別れを告げたときには、あなたはとっくに彼女の妊娠を知っていた。ずっとまえから。あなたは知っていた。

「ええっと、その、うちの子はけっこう寝てくれたの。たいしてなにもしなくても」

「ほんとに？　いつごろから？」

息苦しくなってきた。彼女が赤ん坊を産み落とす姿が浮かんだ。新しい息子の誕生を見守るあなたの姿も。

「四カ月くらいかしら。はっきり覚えてないけど」

「寝る前にミルクをたっぷり飲ませてみようかと思って。お腹が膨れたら寝てくれるって聞くし。でも、どんなミルクが──」

「それで、ご主人は？」

「え？」彼女が身を乗りだした。聞きまちがえたと思ったのだ。あまりに唐突な問いだった。

「その、パートナーはいるの？」

「ええ。すばらしい人。すばらしいパパよ。ほら、さっきこれを送ってくれたところなの」彼女はにっこり笑って携帯電話を取りだした。つぶやくように小さく唇を動かしながら、わたしに見せる写真を探した。それを掲げてみせ、わたしの反応を待つように眉を吊りあげた。勃起《ぼっき》したばかでかいペニスの写真でも見せるように。おくるみを着せられた赤ちゃんがベビーベッドで寝ている。シーツは星と月の柄。画面の角度のせいで赤ちゃんの顔は見えなかった。電話を受けとって、布にくるまれたその子をじっと見た。あなたの血が半分入った、わたしたちの死んだ息子とDNAを分かちあう人間を。「彼が抱っこするとすぐに寝ちゃうの。とっても仲良しなのよ」

「ほんとにかわいいわね」電話を返してから、かつらのことを思いだして髪に触れた。ここを出なければ。その場の熱気と騒がしさが急に耐えられなくなった。

「あなたは？　パートナーはいるの？」

「いいえ——最初からいないも同然だった。だからシングルマザーってわけ」自分にその嘘を信じこませようとうなずきながら、それ以上訊かないでと思った。

「あのね、アン、あなたに見覚えがあるんだけど」

「そう？」

「ええ、まえに会ったような気がする」

「かもね」わたしはコートの山のほうを向いた。行かなくては。

「学校はどこ?」

「ああ、西のほうの小さな――」

「ヨガはやってる?」

「ええ、そのせいかもね。あちこちのスタジオを試してきたから、どこかで会ったのかも」

「ううん……そうじゃないと思う」

わたしは出口に向かいはじめた。彼女がついてくる。

「このへんに来ることは多いから、それできっと――」

「やだ。違うわ。わかった」彼女が指を鳴らした。わたしは息を詰めてドアのほうを向いた。

「似てるだけよ――エアロバイクのインストラクターに。ほんと、そっくり」

帰りのタクシーのなかからあなたに電話した。四回も。出ないことはわかっていたが、どうしても話したかった。赤ん坊がサムに似ているかどうか訊きたかった。同じようなふくれっ面をするのか、同じようなにおいがするのか。彼女に子供の名前を訊くのを忘れてしまった。考えてみれば、その子が生まれてからはあなたと一度も話をしていないことになる。わたしの声を聞いたら自分の人生が汚されるとあなたは考えたのだろうか。かけがえのない経験をわたしが邪魔するとでも思ったのだろうか。彼女はすばらしい母親のようだった。そばにいるだけでわかった。とても、とてもいい母親に見えた。

66

あなたは見ていたのだろうか。腫れて熱を帯びた彼女の膣《ちつ》が広がり、新たな命を、あなたの分身を医師の手に送りだすところを。そして医師から息子の——ふたり目の息子の——誕生を祝福されたのだろうか。ぬるぬるの赤ん坊が彼女の汗まみれの胸に預けられ、乳首を求めて口をあけるのを見たとき、あなたは涙ぐんだのだろうか。会陰の傷が縫いあわされるあいだ、彼女の震える手を握っていたのだろうか。彼女の肘を支えて病室のトイレに連れていったのだろうか。そこで彼女は痛みに声をあげながら脚を震わせたはずだ。血があふれだし、下腹部は重く、外陰部は脈打ち、過酷な経験に疲労困憊していたはずだ。看護師に教わったように、あなたは彼女の血まみれのあそこを洗浄ボトルのぬるま湯で洗ってあげたのだろうか。彼女とわが子が寝ている病院の広いベッドにもぐりこみ、なぜほかの女など愛していたのかと不思議に思ったのだろうか。彼女がわが子の口に初乳を含ませようとしているとき、わたしからのメッセージの着信音が聞こえないように携帯電話を消音モードにしたのだろうか。サムのときみたいに、ペニスの包皮を切除すると言いはったのだろうか。翌日彼女を連れ帰り、用意してあったやわらかいコットン地のジャージのパジャマを着せてベッドに寝かせたのだろうか。そしてそのベッドは、子供の命が宿った場所なのだろうか。後先も忘れるほどの悦びとともに、彼女のなかで果てた場所なのだろうか。

彼女に会ってから何日も眠れなかった。

あまりに眠れず、とうとう地下室に下りた。

収納ケースの上に溜まった埃を払った。そこにサムのものを詰めてある。ロンパース、ブランケット、つなぎパジャマ、ほかにもサムが好きだったものがいくつか。ウサギのベニーも。ケースを持ってあがり、ベッドの足もとに置いて儀式をはじめた。常夜灯を点ける。入浴後のサムにいつも塗っていたオーガニックのラベンダーローションを両手にすりこむ。ケースの底からホワイトノイズマシンを取りだす。波の音の。それをベッドサイドテーブルに置く。

目を閉じて、ケースに入ったサムのものをすべて思いだそうとした。お義母さんにもらったミントグリーンのやわらかいロンパース。ヴァイオレットとおそろいのパジャマ。ハート柄のモスリンのブランケット。小さな赤い靴下。病院から持ち帰ったフランネルの毛布。ひとつ残らず頭にリストアップできた。いまでもできる。記憶ゲームだ。どれも洗濯はしていない。布のなかにもたしかにサムが残っているから。

それはサムの死後、数回だけ自分に許した贅沢《ぜいたく》だった。本当に必要なときのための。ひとつずつ手に取ってゆっくりと顔に近づけ、鼻が痛くなるくらい深くにおいを嗅ぎながら、目に浮かぶもので心を満たす……わたしがオートミールを用意するあいだにキッチンの床で鍋を叩くサム、お風呂で石鹸水に浸したタオルを吸おうとするサム、お話を聞こうとすり寄ってくるサム、裸のサム、うれしそうなサム、おむつなしの危険なお尻で羽毛布団の上にすわるサム。そんな切れ切れのサイレント映画を心がひどく求めていた。その記憶が正確ではなく、頭のなかで再生するシーンの大半が事実そのものではなかったとしてもかまわなかった。ただただ、サムの姿を目に浮かべたかった。そうすれば手のなかにあるものにサムを感じられる。意識を集中してサムを目の前に思い描ければ、生きる気力がまた湧いてくる。

サムのものをひとつ残らず手に取ったあと、いちばんよく着ていたパジャマを選んだ。ヴァイオレットを追いかけて這いまわったせいで膝が擦り切れ、首もとにはブルーベリージャムのしみがついている。ベビーベッドで使っていた薄いニットのブランケット。そしてベニー。かつてはその毛皮にはっきりとサムが感じられた。においを吸いこんで麻酔のように頭を満たすことができた。けれど、すでにサムの香りはほとんど消えてしまい、ベニーは少し湿っぽく、黴臭かった。古い錆のように見える尻尾のしみをわたしは親指で撫でた。

未使用のおむつもとってあった。すべてをかつてと同じようにベッドに並べた。おむつはパジャマのなかに、その下にブランケットを敷き、ベニーは首もとに。それからサムを抱きあげて腕のなかで揺すり、においを嗅いで、キスをする。常夜灯を消す。ブランケットでサムをくるみ、温める。波の音に合わせて左右に身を揺らし、いつも歌っていた子守唄を口ずさむ。今度は前後に揺らす。やがて静かになったサムがずっしりと重たくなり、息遣いが深くゆっくりになると、起こさないようにそっとベッドに入る。枕を動かしてサムをつぶさないようにスペースを作る。そしてわたしは眠りにつく。サムを腕に抱いて。

翌朝、わたしはすべてを丁寧に元通りにし、ケースを地下室に運びおろした。キッチンに戻るとやかんを火にかけ、ブラインドを上げて、ひとりぼっちの一日をはじめた。

67

日曜日に父がわたしを母の家に送っていくと言った。昼食に招かれたのだという。わたしは仰天した。出ていってから二年、母の話はほとんどしたことがなかったし、ミセス・エリントンと行った軽食レストランで見かけて以来、姿も見ていなかった。父の話では、まえの週に招待の電話があったのだそうだ。父の口ぶりから選択の余地はなさそうだったが、あんなにひどい仕打ちをされたのに、自分でも行きたいと思ったのを覚えている。興味があったのだ。父もそうだったのかもしれない。

ドアをあけた母はわたしの後ろの私道に目をやり、フロントガラスの奥に父の姿を探した。そして車が通りに出ていくまで待ってから、わたしを見下ろした。わたしの髪は二本の長い三つ編みに変わり、顔には夏の日焼けでできたそばかすが散っていた。

「こんにちは」母はスーパーマーケットでばったり会ったような調子でそう言った。

わたしは母のあとについてなかに入った。家はつつましい外観だったが、室内はエリントン家でも見たことがないような高級品であふれていた。きれいなクロスがかかったテーブル、台座つきのガラスの像、一枚ずつスポットライトがあてられた壁の絵。なにもかも現実のものとは思えなかった。舞台のセットのようで、いまにも役者たちが現れてお芝居がはじまりそうだった。リチャードに呼ばれて、母はわたしをキッチンに案内した。濃いピンクの飲み物が入ったカクテルグラスが差しだされた。

「シャーリー・テンプルをこしらえたんだ」リチャードの大きな手からそれを受けとり、ふたりに見つめられながらひと口飲んだ。

「この人はリチャードよ。リチャード、この子はブライス」母はテーブルについてキッチンを見まわし、わたしもそうするようにと身振りで示した。どこもかしこもぴかぴかで、まるで使われていないように見えた。実際そうだったのかもしれない。

「サンドイッチを注文したの」

リチャードがわたしから母に目を移した。母は〝これで満足？〟というように両眉を上げた。

リチャードははじまったばかりの新学期についていくつか尋ね、わたしの名前が好きだと言い、それから電話をかけに行った。母はサンドイッチのラップを外し、どうしていたかと訊いた。この二年ってこと、それともこの週末？　そう訊き返したかった。けれど、澄ました顔をするべきなのは明らかだった。母が飾りたてたこの家のように。なぜだかわたしに見せたかったこの生活のように。母がカウンターの奥のナイフに手を伸ばすと、ブラウスにマヨネーズがついた。

「やだっ」母は布巾でしみをこすった。「一度しか着てないのに」

わたしはターキーサンドを食べながら、ふたりがフランスのどこかのビーチの話をするのを聞いていた。夏に行ったらしい。どこからそのお金が出ているのだろうと思った。どうして市内から三十分も離れた退屈な郊外の月並みな家に住んでいるんだろう。母がわたしたちを捨てたのは、母と同じ美しい人たちであふれた都会的でボヘミアンな生活をするためだとずっと思っていた。リチャードはまるで違った。ガラスの像や上品な磁器にも似合っていなかった。母と同じくらい場違いに見えた。

母は髪も肌も唇も服も変わっていた。声さえも。なじみのない質感、におい、話し方。かつて知っていた母はどこもかしこもぴかぴかのつるつるになり、デパートみたいなにおいがした。そのあと母のクロゼットに聞いたこともない店のショッピングバッグや包装紙が山と積まれているのを見た。おざなりに家のなかを案内され、寝室にも入った。ベッドサイドテーブルに薬はなかった。部屋の隅にある小さなスーツケースに目が留まった。あけっぱなしにされ、母の持ち物がその上に散らかっていた。それを見るわたしに母が気づいた。

「荷解きする暇がなくて。よく街なかに泊まるのよ。リチャードの職場があるから。しばらくは家も向こうだったの」母はしみのついた絹のブラウスを脱いでクロゼットをのぞき、着るものを探した。そしてため息をついた。「ここは嫌いよ、でも――」

でもなに？　そう思った。母のブラは黒のレースだった。衝動的に、その胸に恥ずかしげもなく顔をうずめて肌のにおいを嗅ぎたくなった。その谷間が子供のころを思いださせてくれるわけでもないのに。

午後遅くにバスルームから静かに下りてきて廊下に出たとき、リチャードが母の腰を後ろからつかんで引き寄せるのが見えた。母は手を伸ばして、リチャードの脂っぽい白髪交じりの髪を指でまさぐった。

「寂しかった。もういなくなったりしないでくれよ」母が手を引っこめた。

「あの人に電話するなんて」

「だけど、それできみを家に連れもどせただろ」

リチャードがわたしを招待したのだ、母ではなく。わたしは母を街から呼びもどすためのおとりだった。でも、母だって少しはわたしに会いたかったはずだ。父とわたしが自分のことをどう思っているか、少しは気にしていたはずだ。

わたしは十まで数えてキッチンに入った。じきに父が迎えに来る。昼食のお礼を言って、父の車が見えないかと窓の外に目をやった。母がなにか言ってくれるのを待っていた。また来てね。来てくれてうれしかった。会いたかったわ。

母は父に自分の姿がよく見えるように、玄関の外に出てわたしに手を振った。

父はなにも尋ねなかった。家のことも、リチャードのことも、昼食に出されたものも。それでも、夕食後にふたりで黙って皿洗いをすませたあと、わたしは父に言った。「あの人を不幸にしたのは父さんじゃない」それを知ってほしかった。父は返事をせず、濡れた布巾をたたんでカウンターに置くとキッチンを出ていった。

それが母に会った最後だった。

68

ヴァイオレットとふたりでいるのは、幽霊と暮らすようなものだった。話しかけてくることはめったにないものの、あの子の気配は感じられた。点けっぱなしの明かりや半開きの蛇口に。あの子がいると室内の空気が変わる気がした。恨めしさならわたしも十分に知っていたから、あの子がそれを全身にまとわりつかせているのがわかった。

あの子は両親が別れたのを誰のせいだと思っていたのだろうか。きっとわたしなのだろうが、そもそも誰かを責めていたかはわからない。家族がふたつに分かれたこと自体は喜んでいるようにも思えた。離婚家庭の子という新たな役を生き生きと演じ、わたしのおかげだとひそかにありがたがっているようでもあった。先生からの連絡もしばらく来ていなかった。嵐のまえの静けさだろうかとわたしは思った。

ある朝、学校に向かう車内で、わたしは後部座席のヴァイオレットにマフィンを渡した。マフラーの首もとを探っていたあの子は、その手を止めてマフィンを受けとった。わたしが振り返ると、あの子は小さな丸いペンダントがついた華奢《きゃしゃ》な金のネックレスを引っぱりだした。何年もまえにあなたにもらったまま着けずにいたものとよく似ていた。バックミラーで見ていると、あの子はそれをそっと撫でた。

「誰にもらったの」

「ジェマ」

その名前をヴァイオレットが口にしたのは、あなたの職場で初めてランチに行ったとき以来だった。わたしはジェマとの関係を必死で隠していたので、ヴァイオレットに彼女のことを訊かないようにしていた。あなたの家で話題になるわけにはいかなかった。

ジェマとの関係を築くのに時間はかからなかった。彼女は陽気でエネルギッシュで、自分のことを尋ねられるのが好きだった。話が長くなる癖があり、途中でそれに気づくと目をぎゅっと閉じてこう言った。「しゃべりすぎちゃった。あなたはどう？」そしてウサギの前肢《まえあし》でも撫でるように、わたしの両手首にとびきりやさしく触れた。魅力的なしぐさだった。わたしたちの結婚生活が静かに崩壊していくなかで、あなたが彼女に救いを求めたのもわかる気がした。

ママの会の講演のたびにわたしはジェマの隣にすわるようになり、そのあとほかの女性たちの輪に加わった。情報を仕入れるチャンスを逃がすまいと、できるだけジェマのそばにいるようにした。ジェマというパズルをわたしは毎週少しずつつなぎあわせていった。そばにいるあいだじゅう胸を高鳴らせ、もっともっとと必死で相手のことを知ろうとした。ジェマをしげしげ見ながら、この人の隣にいるあなたはどんな顔をするのだろうと想像することもたびたびあった。どんなふうに彼女に触れるのか。どんなふうにセックスするのか。彼女が息子にお乳をあげ、寝かしつけ、朝にはくすぐる様子をどんな顔で眺めるのか。彼女はあなたをどんなに喜ばせるのか。

「じつはね、とても楽しいの。継母《ままはは》って悪くないものね」

わたしはあわてて夢想を追い払い、ジェマに注意を戻した。ヴァイオレットのことが話に出たのは初めてだった。このときを待っていたのだ。

「十一歳の女の子って難しい年頃でしょ。でも、あの子はわたしを気に入ってくれてるみたい。ラッキーなことに。だって、義理の子供のことって怖い話も聞くでしょ……」

別の人が話に加わり、話題は変わった。あとでふたりになったときに、ジェマが言ったことに話を戻した。

「義理の娘さんがいるって知らなかった」

「あら、言ってなかったっけ？　ヴァイオレットっていって、かわいい子よ。夫はまえの奥さんと共同で親権を持っているから、うちで過ごすことも多いの」

「うまくいってるみたいね」

「全然問題なし。仲良しよ、うちの家族は。夫はわたしたちを溺愛してる。四人でいっしょにいるのが大好きなの」

「娘さんの母親は？」

「交流はないの。ややこしい話なんだけど。ちょっと問題があって、距離を置いてる感じ」

わたしは黙ってうなずき、話の続きを待った。

「いろいろあったみたいだけど、わたしはよく知らない。どうやら、すごく愛情深い人ってわけじゃなかったみたい。ま、偉そうなことは言えないけどね」ジェマはため息をついて店内に目をやった。

もっと知りたかった。あなたがジェマに聞かせたわたしに関する嘘をひとつ残らず訊きだしたかった。「だったら、ヴァイオレットにはあなたがいてラッキーね」

「そう言ってもらえてうれしい。実の娘みたいにかわいいの」

本心かどうか、相手の顔を窺った。わたしがあの子に感じずにはいられない怯えがそこにも表れているのではないか。けれどもジェマは天井から流れる音楽に合わせて身を揺すりながら、空になったカップをレジのデスクに置いた。「行く？」

わたしは咳払いをして、ジェマのあとから出口に向かった。「それでヴァイオレットは、赤ちゃんをかわいがってる？」

「ジェットのこと、すごくかわいがってくれる。最高のお姉ちゃんよ」

別れのハグをすると、母乳で張った胸がわたしの胸に押しつけられた。

69

会わない日もジェマとメッセージのやりとりができるように、わたしは新しい携帯電話を買って番号も変えた。最初はちょっとした当たりさわりのない文面ばかりだった。〝行く予定？　よかった、わたしも！〟会のあとには〝会えてよかった！　来週まで元気でね〟やがてジェマはわたしにアドバイスを求めるようになった。薬局の通路で風邪薬選びに迷ったときとか、母と子の水泳教室でジェットに穿かせる水遊び用おむつを再利用可能なものにするか悩んだときとか。ジェマはしっかりした人で、おしゃべりで陽気な性格だけれど、ジェットのことになるといつでも安心を求めているところがあった。完璧な母親になりたがっていて、することも買うものも与えるものもベストを目指していた。わたしにもよく意見を求めた。そんな弱気なところも感じがよかった。息子のことを思うあまり、自分がどこまでやれているか、息子になにを与えられているかをつねに気にしていた。

　ジェマは母親であること自体はもちろん、母親としての務めも楽しんでいた。かわいがり、世話をし、ちやほやし、愛情を注ぎ、抱っこし、お乳を与えることを。それが生きがいだった。一歳の誕生日が近づいたころ、そろそろ離乳を考えているんじゃないとわたしが訊いたときには、きっぱりと首を振った。答えはわかっていたはずだ。お乳を飲ませるたびに出産前には知らなかった感情で胸がいっぱいになるのだと聞かされたことがあったから。譬《たと》えようのない感覚が身の奥からあふれだすのだと。オーガズムみたいねとわたしは言った。

「あら、アン――それ以上よ」

ふたりして笑ったが、ジェマは真剣だった。

「サムに会ってみたいな」ある水曜の夜、コートを着ながらジェマが言った。「みんなで集まったら楽しいと思わない？」

「ほんと、素敵」

ジェマがその思いつきを実行しようと言いだすことはなかったものの、いざというときの言い訳はひととおり用意しておいた。スケジュールの都合。病気（ジェマは病原菌をひどく恐れていた）。急な旅行。付き合いを続けるのは想像よりずっと楽に思えた。

ある晩、ヴァイオレットがあなたの家にいたとき、十二時近くにジェマが電話してきた。不安げだった。ジェットが風邪で咳がひどく、呼吸が苦しそうだという。ジェマは迷っていた。救急病院に連れていくべきか。もう一度シャワーの湯気を吸わせてみるべきか。

「ご主人はなんて？」ふたりが結婚していないことは知っていた。わたしたちの離婚がまだだったから。それでもジェマはあなたのことを夫と呼んでいた。

「いないの。仕事で街を出てて、電話にも出なくて」

「まあ」その夜ヴァイオレットをジェマのもとに残していくことは、あなたから聞かされていなかった。わたしたちの取り決めはおおまかなものだったが、わたしは分担時間をきっちり守っていた。あの子をほかの人に預けるときにはお互いに知らせることになっていた。ヴァイオレットが自分になついているのをいいことに、あなたはときどき引き渡しを一日延ばしたり、内緒で週末にあの子を旅行に連れだしたりした。自分のほうが優位だと悟ったのだ。「なら、あなたひとり？」

「ヴァイオレットがいる。ジェットを救急に連れていくなら、あの子も起こしていっしょに行かないと。でも、明日の朝は初めてのバスケの朝練があるのに、連れていったらくたびれさせちゃう。どうかな、もう十一歳だから、お留守番させてもいいと思う？　病院はほんの四ブロック先だし。夜中に目を覚ますこともないだろうし。でもどうしよう、もし目を覚ましてわたしがいなかったらと思うと、ぞっとする」ジェマはふうっと息を吐き、考えこんだ。「やっぱりだめ、行くんなら、あの子を起こさなきゃ」

言葉が口をついて出た。

「置いていけば？　ひとりでも平気よ。なにも起こらない。寝室にモニターを置いて、それで様子を見ればいいでしょ。もう大きいんだから。わたしならすぐに病院に連れていく」

「本当？　どうしよう。そう思う？」

「ええ、そうよ。行って。そんなに長くかからないから、目は覚まさないはず。赤ちゃんのほうは油断しちゃだめ。一か八《ばち》かっていうわけにはいかない。自分を許せなくなってもいいの？」

わたしならけっしてヴァイオレットを置いては行かなかっただろう。でも、あなたがジェマを怒るようにしむけたかった。激怒させたかった。あなたがぞっとするような行動をジェマにとらせたかった。

「ああ、どうしよう、アン」

「連れていって」わたしは急《せ》きたてた。「咳が聞こえる、ひどそうね。心配よ」

自分がいやになりながら電話を切った。

朝になってジェマからメッセージが来た。四時間待ったあげく、シャワーの湯気のなかで抱いているようにと指示されて帰されたという。ジェットは無事だった。

翌週、ママの会でジェマに会ったとき、ヴァイオレットをひとりにしたと聞いてあなたが取り乱したと聞かされた。奥歯を嚙みしめたあなたがジェマにひどい言葉をぶつける姿が浮かんだ。あなたが本当に怒ったときそうするように。**きみを信じて任せたんだぞ。もっといい母親だと思ってたのに。**

「どうしよう、アン。ああすべきじゃなかったかも。まともに考えられなくなってて」

「本当にごめんなさい。わたしのアドバイスが悪かったのね。でも、あなたは最善と思うことをしたんだから」

「ええ、かもね」その夜ジェマはいつもより静かで、わたしに腹を立てているのがわかった。帰りのタクシーを待ちながらジェマにメッセージを送った。

〝大丈夫？　今夜は元気がなかったけど〟

〝こういうときもあるわよね。あなたのせいじゃないの、本当よ！☺〟

ジェマはいい人すぎて、わたしを責められなかった。彼女を裏切ったことが後ろめたかった。いつのまにか、ジェマはわたしにとって唯一の大事な人になっていた。

70

わたしたちの友情には重大な隠し事があった。決定的なまでの。ジェマといるとき、わたしはサムの母親だった。思いもよらない形でサムはわたしのなかに甦った。ジェマに会うのはごっこ遊びのようなもので、空想の友達は最愛の相手だった。かわいい息子。すきっ歯でおしゃべりな幼い男の子。お気に入りのベースボールシャツを泥んこにして、わが家の廊下を裸足《はだし》で駆けまわる。巻き尺とゴミの日が好きで、レストランの砂糖の小袋を集めている。自然の仕組みに興味津々で、天気はどうやって決まるのかを知りたがる。週末にはいっしょに泳ぎに行き、朝に幼稚園へ行く途中にマフィンを食べる。すぐにきつくなる靴。口をきゅっとすぼめる癖。自分が生まれた日のことを聞くときのうれしそうな顔。

　水曜日の昼間はママの会で話すことを考えて過ごした。夜にサムが寝てくれなくてくたくただとか、ベビーシッターに預けて出てくるときに泣いていたとか。午後に幼稚園へ迎えに行ったときに先生に言われたことでもいいかもしれない。サムの話をこしらえることにわたしは夢中になった。取り憑《つ》かれたように頭のなかで筋を練り、生きていたらサムはどんなふうになっていただろう、わたしはどんなふうに世話をしただろうと考えつづけた。ヴァイオレットに殺されていなければ。そういうとき、ヴァイオレットのことは頭から締めだした。それはサムのためだけの神聖な時間だった。ジェマがときおりヴァイオレットの話を持ちだすとわたしはいらだち、そのくせ熱心に耳を傾けた。あなたたちの生活をのぞき見たくてたまらず、一方でせっかくのサムのセカンドチャンスにヴァイオレットを関わらせるのがいやだった。

　ジェマにサムのことを尋ねられるのは楽しかった。サムの名前を聞くとわたしの目が輝くと言われたことがあったけれど、わたしの心の炎がそこにちらついていたせいだろう。誰もサムの話をしてくれなかったのに、ジェマのおかげでサムには存在する場と時間と価値が与えられた。ジェマはサムに興味を持ってくれた。大事に思ってくれた。だからジェマはわたしにとってものすごく大事な存在だった。

写真のことは考えていなかった。

ある日ジェマが、サムの写真があれば見たいと言った。そしてわたしが手にしていた携帯電話をのぞこうと身を乗りだした。自分の電話にジェットの写真が何百枚も保存してあるのと同じように、サムの写真が山ほど出てくるのを期待して。

「じつはね、携帯のデータを消したばかりなの。空き容量がなくなっちゃって」機械って厄介よねという顔をわたしは取りつくろい、携帯電話をバッグにしまってさりげなく話題を変えた。

その晩赤ワインをグラスに注ぎ、サムに似た四歳の男の子の写真をネットで探した。プロフィールをオープンにしている赤の他人のSNSアカウントを次々と見ていった。シャボン玉遊びをする子、おもちゃの車に乗った子、顔じゅうアイスクリームだらけの子。幸せそうな子供たちの写真を何時間もあさりつづけた。ワインの瓶が空になりかけたころ、ぴったりの子が見つかった。カールした黒髪、すきっ歯の笑顔、そしてサムによく似た大きな青い目。〝シボーン・マカダムズ、昼間はジェームズのママ、夜はケーキ職人〟画面に表示されたその人の顔を指でなぞった。とても疲れて見えた。とても幸せに見えた。

ジェームズの写真を十枚あまり保存し、一枚を携帯電話の待ち受けにした。ブランコに乗って、ジェットコースターのてっぺんにいるようにバンザイをしたものを選んだ。サムはブランコが大好きだった。

リサイクルショップで赤ちゃん用品を買い、サムのお下がりだと言ってときどきジェマに渡した。本物のサムの服やおもちゃはあげるのが惜しかった。それに、あなたかヴァイオレットが気づくかもしれない。なにをあげても、ジェマはそれがサムであるかのようにぎゅっと抱きしめた。そのしぐさを見るのがうれしかった。サムのことを思ってくれるのがうれしかった。

ある週、ジェマは美しいフレーベル積み木のセットを持ってきてくれた。高価なものだとわかった。

「じつはね、あなたにって言ったのは夫なの。人にもらったんだけど、うちにはもう大きなセットがあって」

救急病院の件にわたしが関わったことをジェマはあなたに話さなかったということだ。ジェマの真似をして、わたしも感謝のしるしに積み木の箱を胸に押しつけた。いっしょに時を過ごすうちに、誰でもそうなっていく。そうでしょう？　お互いのちょっとした癖を真似し、似たような振る舞いをするようになる。ジェマが無意識のうちにわたしを真似ることもあるのだろうか。水曜の夜にするようになった、かつらの毛先に触れる癖とか。考えこむと舌を鳴らす癖とか。ジェマがそういったしぐさを見せたとき、あなたの心にわたしがよぎることはあるのだろうか。ほんの一瞬浮かんでは、またはかなく消えたりするのだろうか。

帰りぎわ、ご主人にもプレゼントのお礼を伝えてね、とわたしはジェマに言った。そして余計なひとことを付けくわえた。いつかご主人とジェットとヴァイオレットに会ってみたいと。もちろんそんなことはできないけれど、あなたのことを話題にしたかった。ジェマはうなずいて、ぜひそうしましょ、まえに言ったみたいに、サムといっしょにピザを食べに来てと答えた。

「ところで、ヴァイオレットとはうまくいってる？」

「ヴァイオレット？　いい子よ。問題なしよ」携帯電話でメッセージを打つのに気を取られていたのか、ジェマの返事はおざなりだった。

でも、ジェマが嘘をついているような気もした。わたしの娘を見て、どこかまともでないと感じたことがあるのではないか。息子の身に危険を感じたことがあるのではないか。

別れのキスをされたとき、わたしはジェマがいつもするようにその腕に触れた。

わたしたちは親しくなりすぎた。来週は来るのをやめようと決めた。持ち帰った積み木はサムの部屋に置いた。

71

行くつもりではなかった。気分がすぐれないの、とジェマにメッセージを送った。前夜サムが寝てくれず、自分もあまり眠れなかったのだと。ジェマは悲しい顔の絵文字に続いて、会えなくて寂しいと書いてきた。がっかりさせるわけにはいかなかった。

わたしたちは後ろのほうの席にすわり、一週間の出来事を小声で報告しあった。ジェマはちょっとした心配事をいくつか、わたしはサムのかわいい振る舞いやおしゃべりのことを。

水曜日の集まりで会うようになって一年近くが過ぎ、ほとんどの常連メンバーとは顔見知りだったものの、いつのまにかジェマとわたしはペアとみなされるようになっていた。混んでいるときには誰かがわたしたちのために席をふたつ取っておいてくれたし、どちらかが遅れると、もう一方はそのことを尋ねられた。大勢の女性がいるなかで、なぜジェマはわたしに興味を持ったのか不思議に思う。きっとジェマがそうせざるを得ないくらい、わたしが一心に彼女を求めたからだろう。それでも、わたしにも少しくらいはジェマを惹きつけるものがあったのだと信じたかった。わたしが能力と愛情と責任感を備えたすばらしい母親だと疑わず、わたしと親しくなれば育児の一年目を安心して乗り切れると感じたのだと思いたかった。そう考えると、あなたが築いた新しい家庭に自分もひそかに加われたような気がしたし、あなたに認められなければという呪縛《じゅばく》からもようやく一歩解放されたと思えた。

別れの挨拶を交わし、わたしは首にマフラーを巻いた。

「夫が来てる」ジェマが入り口を指差した。あなたがいた。外に立って、こちらをじっと見ていた。わたしはマフラーを握りしめて息を止めた。それからゆっくりとあなたに背を向けた。ずっと見られていたのだろうか。

「来て。紹介する」ジェマがわたしの肩に両手を置いて入り口に導いた。どうすればいいかわからなかった。

「ジェマ、わ、わたし——トイレに行きたくて——」

「でも、すぐにすむから。映画のレイトショーに行く予定なんだけど、せっかくだからあなたに会ってほしいの」

わたしは視線を落として頭を働かせようとした。どうすればいい？ 顎の上までマフラーを引っぱりあげ、帽子を目深《まぶか》にかぶった。長いブラウンの髪をコートの下から出して肩の上に広げた。そうすればあなたが気づかないとでも思ったのだろうか。二十年間愛していた女に。あなたの子供たちの母親に。丸裸になったような気持ちでわたしはあなたの前に立った。ジェマがあなたにキスをした。わたしのように爪先立ちになる必要はなかった。あなたの目に撃ち殺されそうだった。唾を飲みこむと目尻に涙があふれたが、ジェマはひどい寒さのせいだと思っただろう。

「フォックス、こちらはアン。アン、フォックスよ」

夜空に浮かびあがるランタンのようにわたしは意識を漂わせた。もはやそこに立っていなければ、あなたに見据えられてもいないように。どうせあなたの次の言葉でずたずたにされるのに、そうでもしなければ、自分のしたことを知られた恥ずかしさと恐怖と後悔に耐えられなかった。わたしは身体を抜けだした。高いところから自分を見下ろした。

「はじめまして」わたしは手袋をした手を差しだした。あなたはジェマを見た。そしてわたしに目を戻した。手はポケットに突っこんだままだった。わたしが誕生日にあげたコートの。

ジェマは本気で心配そうにあなたのほうを向いた。そんなに失礼な態度をとるなんて、動脈瘤《どうみゃくりゅう》でも破裂したにちがいないという顔で。あなたはのろのろとコートのポケットから手を出してわたしの手を取った。わたしたちは一年半のあいだ口をきいていなかった。最後に触れあったのはもっとまえだ。あなたの顔は寒さで紅潮し、老けこんだように見えた。赤ん坊のせいで睡眠不足なのかもしれないし、新しい仕事のストレスかもしれない。あるいはわたしが時間の感覚をなくしてしまったのだろうか。あんなことがあっても、記憶のなかのあなたはわたしが何年もまえに愛していた男のままだった。

「はじめまして」そう言ったあなたはわたしの頭上に目をそらした。全員が気まずい思いをするのを避けたのだとわかった。わたしのためではなく。

ジェマは落ち着かなげだった。いつものやわらかくゆったりとした物腰が消え、身をこわばらせていた。分厚いダウンコートの上からでもそれがわかった。なにかが変だと明らかに気づいていたが、そこに立ったままではあまりに寒く、おまけにほかの人たちがさよならを言おうとこちらを見ていた。わたしたち三人は危険を回避した。わたしは歩道の人だかりを抜けて駆けだした。ほかにどうしようもなかった。あなたからできるだけ離れたかった。

72

そのあと起きたことをジェマがあなたに話したかどうかは知らない。

あなたは映画が終わるのを待ってジェマに打ち明けたのだろうか。それとも数日待ったのだろうか。口をつぐんでいる後ろめたさに耐えきれなくなるまで、ジェマを落胆させるのを先延ばしにしようとしたかもしれない。あんなに非常識なことをする女と長年夫婦でいたことを認めたくなかったかもしれない。頭のタガの外れた女といたことが恥ずかしくて。その週ジェマからはメッセージがなく、わたしからも連絡はとらなかった。めずらしく音沙汰《おとさた》がないことで、あなたからわたしの正体を聞いたのだとわかった。水曜日の夜の集まりに行くのはやめた。

わたしたちの一年にわたる友情について、あなたはほとんど聞かされていないだろうと思う。でもそれは、わたしにとってかけがえのないものだった。ジェマのように温かくなごやかな気持ちにさせてくれる友達はそれまでひとりもいなかった。心地いい夏の日のような人だった。あなたに――昔のあなたに――対するのと同じ気持ちをジェマにも抱いていた。ジェマが日常からいなくなってはじめて、自分がどれだけ孤独だったかに気づいた。

気になっておかしくなりそうで、ある日思いきってヴァイオレットに訊いた。

「ジェマは元気？」

「なんで？」

「ちょっと気になって」

「元気だけど」

「赤ちゃんは？」

赤ちゃん。そのことを話題にしたのは初めてだった。ヴァイオレットはフォークを口に入れたまま、皿の上の野菜を見つめて考えこんだ。どうやってわたしが知ったのかと不思議に思ったはずだ。力関係の変化に気づき、隠しても無駄だと悟ったにちがいない。

「元気よ」そのあとの咳払いの調子でなぜか不安になった。ヴァイオレットは席を立ち、その晩はふたりともジェットのことに触れなかった。就寝前になって、週末をあなたの家で過ごしてもいいかとあの子が訊いた。あなたの両親が来るという。不倫発覚後、お義母さんとは話をしていなかった。たまに電話をくれていたけれど、留守電は残さなくなっていた。

「いいけど、お父さんが訊いてくるべきよね」

ヴァイオレットは肩をすくめた。いまさら形式にこだわる意味などないことはお互いわかっていた。そのとき別の部屋に置いた携帯電話が鳴った。ジェマだ。メッセージが来ていた。

〝話せる？〟

わたしは安堵のあまりしゃがみこんだ。

翌日、いつもの書店の近くでお茶をした。前夜はなにを言おうか、どう説明しようかと何通りものパターンを考えていて眠れなかった。お気に入りになった冴《さ》えないブラウンのかつらなしで地毛のまま会うのがひどく気になり、どうにかなりそうだった。気にすべきことは山ほどあるのに、そのことに集中した。髪の毛に。都合よく彼女を操ったことでもなく、息子を生き返らせるという錯乱ぶりでもなく。朝の買い物で赤の他人と雑談でもするように、驚くほど気軽に嘘をついたことでもなく。

店に入ると、ジェマがふたり分の紅茶を注文したところだった。いつもと違って挨拶のハグはしなかった。席についたわたしは毛先に手をやって思いだした。わたしはブライスだ、アンじゃない。代わりにシャツの襟を直した。着てきたのはジェマの好きな服だった。一度ジェマはそう言って、布地の重さをたしかめるように襟に触れたことがあった。

「なんて言ったらいいか」自分から切りだすつもりはなかったのに、言葉が口をついて出た。

ジェマはうなずいたが、すぐに首を振った。気まずいのだとわかった。わたしが唇を噛んでいると、ジェマは自分のカップに少しミルクを入れた。ややあって、ミルクと砂糖をわたしのほうに押しやった。わたしがスプーンでカップをかき混ぜる音をふたりで黙って聞いた。ジェマが口をきこうとしないので、釈明の機会をいちおう与えるだけなのだと悟った。

「許してもらえるとは思わない。弁解の余地のないことをしてしまったから」

ジェマはわたしから目を離し、カフェの外の往来を見やった。そして休憩時間から戻る生徒を数える教師のように、通行人をひとりずつ目で追った。会おうと言ったことを後悔しているのだろうか。話をやめるべきだろうか。

「自分を恥ずかしく思ってるの、ジェマ。心から恥じてる。いま思うと、自分のやったことが信じられない。あんなことをしてしまうなんて、あんな……異常なことを。わたし……

……」

ジェマにずたずたにされるのを待った。その目が窓を離れ、わたしの髪に向けられた。もう何年もほったらかしだった。アッシュブロンドに交じった白髪に気づいただろうか。この髪だと老けて見えると思うだろうか。

「答えられることなら、なんでも――」

「息子さんのことはお気の毒に。亡くされたなんて」

その言葉にはっとした。

「ジェットを失うなんて想像もできない」ジェマは自分の唇に触れた。

わたしは息を吐きだし、自分も唇に触れながら、なぜ慰めてなどくれるのだろうと思った。わたしを憎んで当然なのに。死んだ子供もなにもかも。

「フォックスは詳しいことを一度も話してくれなかった」ジェマは紅茶に目を落とし、カップをまわした。「知っていたのは息子がいたということだけ。あなたとのあいだに息子がいたけれど、事故で亡くなったって。自動車事故だろうと思ってた。そうだったの？」

わたしはあまりにも多くの嘘をついた。これ以上つくわけにはいかない。口を開くと真実があふれだした。覚えていることをありのままに語った。ひとつひとつ、順を追って。ハンドルに置かれたヴァイオレットのピンクの手袋。ベビーカーをはねた車の音。サムがストラップで固定されたまま死んだこと。なきがらと最後の対面さえできなかったこと。ジェマが愛し信じている義理の娘、自分の息子の姉が、ベビーカーを車道に押してわたしの息子を殺したこと。

聞いているジェマは反応を見せなかった。話のあいだ黙ってわたしと目を合わせていた。やがて唾を飲みくだすのが見えた気がした。知りたくなかったことを知ったショックをやわらげようとするときのように。張りつめた氷に細かなひびが入ったのがわかった。わたしは身を乗りだした。

「ジェマ。ヴァイオレットになにか気になるものを感じたことはない？　あの子と坊やをふたりだけにするのに不安を覚えるようなことは？」

ジェマがいきなり椅子を引き、タイルがこすれる音にわたしは身をすくめた。ジェマは二十ドル札をテーブルに置くと、気の早い十一月の雪のなかに出ていった。立ちどまってコートを着ようとさえしなかった。

73

かつて家族で住んでいた家の玄関には、いま靴が一足だけ置いてある。やかんはたえず湯気をあげている。水のグラスは六回使ってから洗う。食洗機の固形洗剤は半分に割って使う。どのクロゼットのハンガーも五センチ間隔で掛かっていて、それを動かす人はいない。廊下の床には紅茶のしみがあり、毎日拭こうと思いながらそのままになっている。抽斗の整理整頓には異様にこだわっていて、植物にはつい水をやりすぎる。地下室にはトイレットペーパーが四十二ロール。買い物リストから外すのを毎度のように忘れ、二週に一度ネットで注文してしまう。

　ネズミが出てくれたらいいのにと思う。われながらどうかしているが、ときどきそんなお客でも通ってくれれば慰められる気がする。食器棚の袋がカサカサ音を立てたり、床板を引っかく爪の音がしたり。言葉を交わすでもなく、なじみの相手とつかのま過ごすのもいい。

　週末には、F1レースの番組にチャンネルを合わせることもある。切り裂くようなエンジン音やイギリス人アナウンサーの実況が、日曜日の朝に水泳教室へ出かけるまえの食卓に引きもどしてくれる。あなたには卵とコーヒー、ヴァイオレットには耳なしのトースト。

　孤独に慣れた生活のなかでも、ヴァイオレットがあなたの家にいるときだけ訪ねてくる相手がひとりいた。二流の版権エージェントで、グレイスが紹介してくれた。寝室の窓をあけ放って、コンクリートの歩道に響く足音を聞きながらゆっくりとセックスするのが好きな人だった。道行く人たちの気配を近くに感じるほうが燃えるタイプらしかった。

　最初にそんな話をすると、間違った印象を植えつけてしまうかもしれない。彼は落ち着いていて知的で、夕食を作ってワインをあける理由も与えてくれた。トイレットペーパーも消費してくれた。ときおり恋しくなるベッドの温もりも与えてくれた。ヴァイオレットのことを尋ねないのもよかった。ふたりが会うことはなかったから。そういう意味では、彼ほどそばにいて楽な人はいなかった。彼はわたしに子供がいること、つまりわたしの身体が出産と授乳を経験したことを意識したくないようだった。あなたは母親でいることが女性らしさの究極の形だと思っていたけれど、彼は違った。彼にとってヴァギナは快楽を得るための器官にすぎなかった。そうでないと考えると気分が悪くなるという。献血でそうなる人がいるみたいに。わたしが子宮頸癌検査に行くと話したとき、そう聞かされた。

彼にはわたしの文章を見せ、どんなものを書くべきか、どんなものが売れるかを話しあった。彼はヤングアダルト小説を勧めた。若者の苦悩を描いた売れ筋の話に、ふさわしいカバーをつければ当たるだろうと言った。つまり自分がエージェントになって儲《もう》けるということだ。その意味ではたまに彼の気持ちを疑うこともあった。でもわたしは、女が自分以外の誰の目にも入らなくなるのを恐れる年齢に差しかかっていた。手間のかからない髪型と実用的なコート姿の目立たない存在。そういう人たちが幽霊のように通りを歩いているのを毎日見かける。わたしは見えない人間になる心の準備ができていなかったのだと思う。そのときはまだ。

一九七二年〜一九七四年

エッタの死とともに、ヘンリーは親としての責任感をなくしたようだった。傷心のあまり人のことを気にかける力も失ってしまったのだ。誰が責めるわけでもないのに、ヘンリーはエッタの自殺のことで自分を責めていた。父が母を愛し、力を尽くしていたことをセシリアは知っていた。なにがあったのか誰もセシリアには言おうとしなかった。なにを言うべきか誰もわからなかったのだろう。

それからセシリアはほとんど学校に行かなくなったが、退学にならない程度に欠席日数を抑えるだけの知恵はあった。学校で人と顔を合わせるのはつらく、それは相手も同じのようだった。誰かに見られるたびに、木からぶらさがった母の死体を想像しているのではと思わずにはいられなかった。

たいていは詩集を読んで過ごした。学校をさぼった日に町の図書館にふらりと入って見つけたものだ。蔵書は多くなかった。棚ふたつに並んだ詩集を二週間半で読みきり、そのあと一からまた読み返した。ときどきシルヴィア・プラスの詩集を枕の下に入れて寝たせいで、彼女がしたようにエッタがオーブンに頭を突っこんで死んでいるのを発見する夢を見た。

やがて自分でも詩作をはじめ、次々とノートを埋めていったが、まるでいいとは思えなかった。卒業の一年前、十七歳でそれをやめた。町を出て生まれ変わるには、お金を稼がなければならないと気づいたからだ。

それで、数軒先に住んでいたミセス・スミスというお年寄りの世話をすることにした。ミセス・スミスは玄関ドアに子供のような字で〝手伝い求む〟と貼り紙をしていた。耳が聞こえず、目もほとんど見えなかったが、たいていの用事はまだ自分でこなすことができた。手探りでは難しくなったことだけ手伝えばよかったので、セシリアの仕事は針と糸で服を繕《つくろ》ったり、シチューに適切な量のスパイスを入れたりといったことだった。多少退屈ではあったものの、人の役に立つという経験は新鮮で、セシリアはその仕事が意外なほど気に入った。ほかの人間の気配を恐れず、気ままに家のなかで過ごせることがうれしかった。それまで知らなかった平穏と秩序のようなものがそこにはあった。

ミセス・スミスは眠ったまま亡くなった。セシリアが発見したとき、その身体はベッドから半分はみだした状態だった。白いナイトガウンがはだけ、しなびた乳房が片方むきだしになっていた。どうすべきか考えながら、セシリアはドレッサーの最上段の抽斗からブリキの缶を取りだした。ミセス・スミスが毎週銀行から戻るたびにお金をそこに入れているのは知っていた。中身は六百八十ドル。街までの切符代と、数カ月分の生活費になる。ミセス・スミスは自分のためにそれを用意してくれていたのだろうかと考えた。そこにしまうのを隠そうとはしなかったし、近親者もいなかったから。少なくともそう考えることで、お金をそっくり持ち逃げする後ろめたさがいくらかましになった。

その翌朝、ヘンリーに駅まで送ってもらった。ヘンリーはひとことも、さよならさえも言わなかった。でもそれは、言いたくても言えないからだとセシリアにはわかっていた。生まれて初めてセシリアはその顔にキスをした。髭もじゃの両頬に一度ずつ。エッタが死んでからヘンリーはほとんど髭を剃っていなかった。セシリアが小声で伝えられたのは、ただひとことだった。**ありがとう**。

車を降りるとセシリアは一張羅《いっちょうら》の服の皺を伸ばした。古着屋で買ったプラム色のコーデュロイスカートとブラウス。それ以外の荷物はエッタのイニシャルが入った青緑の旅行鞄に詰めてあった。ヘンリーが贈ったその鞄をエッタは一度も使わなかった。どこへも行こうとしなかったから。

十八歳になったセシリアは、自分が母親と違って正統派の美人であることを知っていた。そして、地元にいるより大きな街に出たほうがその価値を活かせるはずだと考えた。タクシーを降りた瞬間、そこにいたのがセブ・ウェストだった。セブはセシリアには手の届かない高級ホテルのドアマンだった。街にあるもので唯一知っていたのがそのホテルで、そこ以外にタクシー運転手に告げる行き先を思いつかなかったのだ。セブが白手袋の手を差しだし、そのままふたりはつないだ手を離せなくなった。

セブはセシリアに街を案内し、自分の友人にも紹介した。そのひとりが、おじの経営する金持ち相手の送迎サービス会社での薄給の職を見つけてくれた。仕事は予約の受付とオフィスの片づけ。昼食は同僚の女性たちと食べに行った。そのうちのひとりから、廃業した画廊の二階の小さな貸し部屋が空いていると教わったが、街なかでひとり暮らしをする余裕はなかった。セブもそこに住んで家賃を折半してくれることになり、それ以外の生活費も全部払ってくれた。ふたりは正式なカップルになった。

セシリアは都会の自由を満喫した。朝はちゃんとした職場に出勤し、通りの売店でコーヒーを買って、休憩時間には公園で詩集を読んだ。知りあう相手は誰もセシリアの出身を知らなかった。誰の娘かも。

思ったとおり、セシリアの美しさは人目を引いた。通りでもオフィスでも男たちの注目の的《まと》になり、しょっちゅう身体のあちこちを触られた。そのことが強みにも弱みにも感じられた。セブとセシリアはよく飲みに出かけ、バーで開かれる詩の朗読会にも参加した。セブが背中を向けたとたん、セシリアは獲物になったような気がした。ふたりの交際を知っているセブの友人でさえ、横をすり抜けざまに下のほうへ手を這わせた。

ある晩、セブが信頼を寄せる友人のレニーが、セブがトイレに立った隙にセシリアをバーの壁に押しつけ、喉まで舌を差し入れた。セシリアは相手を押しのけて、喜ぶなんてどうかしていると自分を叱った。

それでも、そんなふうに求められることに興奮せずにはいられなかった。それは初めて覚える荒々しい衝動だった。だからレニーが同じことを繰り返しても拒まなかった。

じきにふたりは仕事の休憩時間に逢引《あいびき》をはじめた。レニーが聞かせる話にセシリアは夢中になった。モデルにしてやれるとレニーは言い、せっかくの美人なのに、しけた事務仕事やドアマンとの同棲で終わるのはもったいないとおだてた。セシリアには言葉には表しようのない特別なものがあるとレニーは何度も言った。セシリアは詩が好きなことを話し、いつか出版社に就職して、できれば自分の詩集を出してみたいと打ち明けた。セブにはそんな話はしたことがなかった。レニーは強力なコネのある友達がいるから紹介すると言った。セブと別れて自分と暮らそうと口説《くど》いた。

一週間後、セシリアは妊娠に気づいた。

そして手に入れたときと同じように、あっさり都会を失った。

蓄えのないセブは、お金を貯めるために郊外にある自分の実家に引っ越そうとセシリアを説得した。家族になることをセブは手放しで喜んだ。感謝祭のごちそうにキャンプ旅行、そんな幸せな子供時代の思い出があるからだ。

セシリアは打ちひしがれた。

ようやく勇気を振りしぼって中絶したいとセブに告げると、二度とそんなことは口にするなと言われた。自分との子供を産むのがそんなにいやなら、故郷に帰って継父に金をもらえばいい、と。

セシリアの頭に木からぶらさがった母の姿がちらついた。

逃げ場はない、そう思うとばかばかしくなった。そしてあきらめた。

74

ジェマを失ってから、ふたたび言葉を交わすことになる出来事が起きるまでは、灰色の時間がのろのろと過ぎた。これといってなにもない年だった。ヴァイオレットは十三歳になろうとしていたが、会う機会は減っていた。あなたは上手に理由をつけて週に一度しかあの子をよこさなくなった。やがてわたしは、友人が離婚の際に依頼したという弁護士にメールを送った。電話相談の日時が設定されたものの、その時刻が来て卓上の携帯電話が鳴りだしても、わたしは出なかった。争う気力もなく、娘もわたしといないほうが幸せだと思った。

だから、学校の先生からの電話で農場への遠足の付き添いを頼まれたときには驚いた。連絡を受けたのは遠足の前夜だった。いつもの付き添い役の母親が病気で行けなくなったという。同級生たちの前でいつものようにあの子にそっけない態度をとられる——そう考えると気が重かった。それでも行きますと答えた。ヴァイオレットの寝室のドアをノックして、行くことを告げた。反応はゼロ。あの子はブレスレット作りの最中で、目を上げようともしなかった。根気よくビーズを糸に通すその手は、わたしの手とはまるで似ていなかった。

わたしはバスの真ん中あたりの席にすわり、ティーンエイジャーたちの大騒ぎを聞いていた。隣の席の父親はバスが街を出てでこぼこ道に入るあいだ、ほぼずっと携帯電話でメールを読んでいた。ヴァイオレットの席は数列後ろの反対側の窓際だった。隣にいる女子生徒は背が高く、胸も膨らみはじめていた。ヴァイオレットに背中を向けて通路の向かいに身を乗りだし、おそろいの三つ編みにしたブルネットのふたり組とひそひそ話をしてばかりだった。ヴァイオレットはなだらかに広がる田園風景を眺めていた。

内緒話には興味がなさそうな顔をしているものの、あの子にはすべて聞こえていたはずだ。喉の膨らみがゆっくりと上下するのを見てわかった。のけ者にされる気持ちはわたしにも覚えがあった。とはいえヴァイオレットが人気者のグループに入れないことを気にしているとは思わなかった。端っこにいるほうがずっと気楽そうに見えたし、たいていはひとりだった。同じ年頃の子たちとは違っていた。最初からずっと。

農場に着くと、わたしは生徒たちの後ろについてヴァイオレットを観察した。バスでいっしょだった女の子たちと足並みをそろえて歩いていたが、あまり話しかけられてはいなかった。リンゴ園の入り口で足を止めると、ヴァイオレットは振り返ってわたしに目を留めた。わたしは集団の後ろから小さく手を振った。ヴァイオレットはポニーテールをさっと払い、数人のグループにぎこちなく加わった。農場主が翌年の収穫に影響を与えない上手なリンゴのもぎ方の説明をはじめたが、生徒たちは聞きもせずにおしゃべりしていた。先生がビニール袋を配った。

リンゴ園で一時間を過ごしてから、パイの作り方を教わる予定だった。保護者たちは園内に散らばり、わたしもひとりでぶらついていると、マッキントッシュ種の畑に出た。少し離れた樹列に、ヴァイオレットの赤い上着が見え隠れしているのに気づいた。ひとりきりで、片手に袋を持ち、反対側の腕を枝に伸ばしていた。その動作が優雅で驚いた。あの子はリンゴの表面に触れ、傷んだところがないかたしかめた。そしてひとつもぎとると、香りを嗅ぎ、手のなかでまわした。ひどく大人っぽく見えた。丸みの消えた頬、シャープな顎の線。女性らしさは明らかに芽生えているのに、身のこなしはあなたにそっくりだった。重心の移し方も、背中で腕を組むしぐさも。でも、頭のもたげ方はわたしにそっくりだ。わずかに首をかしげ、上目遣いになる癖がある。たとえば、なにかに反応しようとして、長い脚が伸びる速さを上まわるスピードで増えていそうな語彙《ごい》から適切な言葉を選ぶときなどに。

ときおり風が強くなり、顔を打つ黒髪がヴァイオレットの邪魔をした。あの子は足もとに袋を置いてヘアゴムを外し、ポニーテールをまとめなおして、頭頂部を手で撫でつけた。視線は地面に落としたままだった。なにを見ているのだろう。小鳥か、腐りかけのリンゴだろうか。近づくと、なにも見ていないことがわかった。もの思いに沈んだ姿は悲しげだった。

わたしの存在に気づくとヴァイオレットは袋を拾いあげ、生徒が集まっている場所に近づいた。みんなもう採るのをやめてリンゴを食べていた。見ていると、あの子も腰を下ろして脚を組み、自分が採ったリンゴに齧りついた。

先生が指笛を鳴らして生徒に集合をかけた。ヴァイオレットもクラスメートたちのあとについて納屋《なや》に向かった。なかに入るあいだに姿を見失い、わたしはベンチ席にすわった生徒たちに目を走らせた。テーブルのひとつにバスで近くの席だった女の子たちを見つけた。

「誰かヴァイオレットを見た？」

ひとりがわたしを見上げて首を振った。ほかの子たちは剝いたリンゴの皮で自分の名前をテーブルにかたどっていた。「あなたたち、あの子の友達なのよね」

別の子が目を上げ、自分が答えていいものかという顔でテーブルを見まわした。「ええ、まあ。みたいなものかな」

あとのふたりがくすくす笑った。返事をした子がふたりをつついてたしなめた。

鼓動がすっかり速くなっていた。もう一度見まわしても、やはり見つからない。

「フィリップス先生、ヴァイオレットがどこか知りません？」

「横になると言ってバスに戻りましたよ。頭が痛いからと――お母さんが付き添ってくれると聞きましたが」

駐車場へ駆けもどると、バスの運転手は見あたらず、ドアはロックされていた。駐車場の係員も生徒は誰も来ていないと言った。わたしは引き返して馬小屋のそばへ行き、黒髪の女の子を見なかったかと尋ねた。馬小屋の裏にある干し草の山を確認したあと、遠くにあるトウモロコシ畑の迷路が目に入った。立ち入り禁止にされている。

「誰かあそこに入りませんでしたか。娘を探しているんです」わたしは大声をあげた。取り乱した声になった。息を整えるのに苦労した。

〝入り口〟の看板を塗りなおしていた若者が首を振った。

そのとき、ヴァイオレットが帰ったのだと気づいた。ここへ来たわたしを罰するために。共存するには、つねに大きな円の両端に位置するべきだと学んだはずだった。それが暗黙の了解になっていた。遠足に来たことでそのルールが破られたのだ。わたしは納屋に駆けもどった。先生を見つけてヴァイオレットがいないことを告げ、どうにかして帰ったのだと思うと伝えた。先生は敷地内を確認すると言い、保護者のひとりに農場主への連絡を頼んだ。

心配無用だとは言われなかった。そのへんにいるはずですよと言ってはもらえなかった。わたしは異変に気づいてきょろきょろしている男の子たちのテーブルに目をやった。ひとりが近づいてきてなにがあったのかと訊いた。

「ヴァイオレットが見つからないの。どこに行ったかわからない?」

返事はなかった。その子が首を振って仲間のそばに戻ると、誰もがこちらを見た。なにか知っていそうだ。わたしはテーブルに近づいて端から身を乗りだし、声が震えないように深呼吸をひとつした。「ヴァイオレットがどこに行ったか誰か知らない？」

全員が最初の子と同じように首を振り、ひとりが礼儀正しく答えた。「すいません、ミセス・コナー。ぼくらにはわかりません」

誰の目にも不安が浮かんでいた。

バスで隣の席だった父親がもうひとまわりしてみようと声をかけてくれた。そのころにはめまいがしていた。脚に力が入らなかった。まえにもこんなことがあった。二歳だったヴァイオレットが遊園地でどこかへ行ってしまい、数分後に綿菓子の屋台で見つけたときのことだ。あのときは数分だった。その数分のあいだも無事だろうと思っていた。ほんの一瞬はぐれただけだと。

そのあとサムのことがあった。そのことは考えまいとした。必死に。

「息ができない」わたしが言うと、いっしょにいた父親が玉砂利の上にすわらせてくれた。「頭を下げて脚のあいだに入れるといい」背中をさすられた。「娘さんは携帯電話を持ってる？」

わたしは首を振った。

「自分の電話は確認した？」

返事ができなかった。相手がわたしのバッグに手を入れて携帯電話を取りだした。

「着信が六件入ってる」

電話をひったくり、暗証番号を入力した。ジェマからだ。

「ヴァイオレットが」ジェマが出るとわたしは震える声で言った。「いなくなったの」

「五分前に電話があった。トラックの運転手からで、迎えに来てほしいって」そこで間を置いたので、ヴァイオレットの居場所を教えないつもりかと思った。「高速道路沿いのサービスエリアにいるそうよ。これから行ってくる」挨拶もなしに電話が切れた。わたしはそばにいた父親に支えられて立ちあがり、先生を見つけて捜索は必要ないと伝えた。小さな売店の前に水のボトルを持ってすわり、何度も何度もあなたに電話したけれど、応答はなかった。

一時間後、わたしたちはバスに戻り、行きと同じ席にすわった。新鮮な空気の効果で噴火寸前のエネルギーもやわらいだようで、おしゃべりの声は格段におとなしくなっていた。誰もヴァイオレットのことを口にしなかった。最初からいなかったみたいに。学校の駐車場に戻ると、わたしは自分の席についたまま生徒たちがバスを降りるのを見ていた。忘れ物がないか後部を確認したとき、三つ編みの女の子ふたりがすわっていた席に、紫と黄と金のビーズでできたブレスレットが見つかった。前夜にヴァイオレットが熱心に糸に通していたものだ。ふたりのうちのどちらかのためにこしらえたのだろう。着けてもらえないまま、打ち捨てられていた。わたしはビーズをまさぐった。

「ねえ」と三人の女の子たちに声をかけた。三人は校舎の正面階段にすわり、親の迎えを待っていた。「これ落としたんじゃない？」

三つ編みのふたりは地面から目を上げなかった。

「これを落としたんじゃないかって訊いたんだけど」

ブレスレットを差しだすと、三人とも首を振った。わたしはそれを握りしめ、車が近づいてくるまでその子たちを見つめつづけた。誰も目を合わせず、なにも言わなかった。

家に戻ると、そのブレスレットをヴァイオレットに見つからないように抽斗の奥底にしまった。その日の出来事のせいで娘に対する見方が変わった。あの子は学校では無力な存在で、それをわたしに見せたくなかったのだ。あの子はもう以前のヴァイオレットではなかった。いともたやすくほかの子を怯えさせ、言葉や行動で苦もなく人を傷つけられるような子ではなくなっていた。それを周囲に見透かされている、そう思うと、ふと同情に近いものを覚えた。

その晩、出てくれるかどうかと思いながらジェマに電話した。応答があったときには、キッチンの椅子の上で思わず姿勢を正した。

「あの子の様子が気になって。どうしてる?」

「あまり話さない。でも大丈夫よ」送話口を押さえる音とひそひそ声が聞こえた。それから沈黙。ジェマがあなたのほうを向いて呆れ顔をしてみせるところが浮かんだ。**わかってないのよ。あの子はあの人から逃げたのに。あの人が問題なのに。**あなたが電話を切れと手振りで合図するところも浮かんだ。子供たちをベッドに入れ、ワインの栓をあけたころだろうか。わたしは薄暗くひっそりしたキッチンを見まわした。ジェマに思いださせてやりたかった。すべてを知るまでは、わたしを先輩ママとして慕っていたことを。子育ての秘訣《ひけつ》を求めてわたしの表情を窺っていたことを。わたしは嘘をついた。それでもまだ、彼女が親友と呼んでいたのと同じ人間だ。訊かずにはいられなかった。

「あなたは元気なの? ジェットは?」

「さよなら、ブライス」

75

遠足のあと長いあいだヴァイオレットには会わなかった。わたしは暇つぶしのために執筆し、エージェントの彼が来たいと言えば受け入れた。とはいえ、いつしか彼といるといっそう孤独を感じるようになっていた。

彼がシャワーを浴びるあいだ、わたしはたいてい天気予報を確認した。雨、寒くなる。今日は傘を持っていってとわたしは声をかけた。彼はよくわたしの予定を訊いた。執筆をして、溝掃除を電話で頼むつもり。朝食の時間はある？　ない。言ったろ、八時から会議なんだ。今夜は来る？　無理だ。新人作家との夕食がある。でも明日来るよ。ラムシチューを作りましょうか。彼がシャワー室に入ると、濡れたガラスの向こうの身体はぼやけ、誰のものとも見分けがつかなくなる。その姿をわたしはよく眺めた。彼は鏡が曇らないようにバスルームのドアをあけっぱなしにした。髭を剃るまえにいつもタオルで鏡を拭き、その跡が残るのがわたしはいやだった。シンクに細かな髭が散らばるのもいやだった。彼が出てくるまえにわたしはその場を離れ、紅茶のお湯を沸かしに行った。二階から下りてきた彼に出がけのキスをされるとき、わたしは身を寄せなかった。彼がそれに気づいていたかはわからない。

76

　六月のある日、ヴァイオレットから電話があり、週末に行ってもいいかと尋ねられた。学年が上がって以来、週末をうちで過ごしたことはなかった。わたしはエージェントの彼との約束をキャンセルし、あの子にはうちに来ることをあなたに伝えるように言った。学校に迎えに行ったときヴァイオレットが車のトランクに入れたボストンバッグには、見覚えのない服がぎっしり詰まっていた。わたしはあの子の日常にすっかり疎《うと》くなっていた。きらきらしたゴールドのレギンスを見て悲しくなった。お店で見かけたらわたしもあの子に買いそうだと思ったから。でもあの子のものを買おうとはすでに思わなくなっていた。いっしょに映画に行って、そのあとでアイスクリームを食べた。あまり話はしなかったけれど、ヴァイオレットは以前より落ち着いて見えた。突っかかってもこなかった。なぜかそれが気になった。だからそっとしておいた。車に乗っているとき、ラジオからコントが流れた。盛りのついた猫の話だった。あの子が理解できたかどうかはわからないが、ふたりで顔を見あわせて笑った。やるせなかった。気持ちが通じあったからではなく、それがあまりになじみのない感覚で、どれだけ多くのものを分かちあえずに来たことかと思わずにいられなかったからだ。

　ヴァイオレットはわたしが最後に母と会ったときと同じ年齢だった。

いつもはあの子の部屋の入り口でおやすみを言っていた。その晩はあの子のベッドの足もとに腰かけて、毛布の上から足に手を置いた。それをぎゅっと握った。小さいころ、あの子がわたしに触らせなくなるまえによくやったように。あの子が本から顔を上げてわたしと目を合わせた。足も引っこめなかった。

「お祖母ちゃんが会いたいって。このまえそう言ってた」

「そうなの」ヴァイオレットが教えてくれたことに驚いて、わたしはやさしく言った。お義母さんとはまだ話をしていなかった。

「わたしも会いたいと思ってる」

「電話すれば？」

「どうかな」わたしはため息をついた。「話したらすごく悲しくなってしまいそうで。お祖母ちゃんはジェットが大好きでしょ」

ヴァイオレットは知らないというように肩をすくめた。家でちやほやされているジェットへの嫉妬だろうかと最初は思ったが、やがてわたしにあなたの息子の話を聞かせまいとしているのだと気づいた。宙にさまよわせたあの子の目がちらちらと揺れ、わたしと同じようにサムを思い浮かべているのだろうかと思った。ひどくサムの話をしたかった。その部屋にサムも連れてきたかった。わたしは手のなかにあるヴァイオレットの足の膨らみに目を落とした。不思議なほど穏やかな気持ちだった。

「なにか話したいことはない？　学校のこととか……ほかのこととか」まだ部屋を出たくなかった。あの子から手を離したくなかった。

「ううん、大丈夫。おやすみ、ママ」あの子は首を振り、指をはさんでいたページを開いて、枕に身を沈めた。「映画、ありがと」

その晩わたしは着替えもせずにソファで眠りに落ちながら、今日のヴァイオレットはなんていい子だったんだろうと思った。なにかが変わってきたのだろうか。

二階の床板を踏む小さな足音で目を覚ました。サムが死んで六年もたつのに、かすかな物音でも夜中に目覚めてしまうのは昔のままだった。

ヴァイオレットがしのび足で自分の部屋からわたしの部屋に向かっていた。ドアがあく音。わたしを探している？　呼び声がするだろうかと待った。足音がさらにひそめられた。わたしのドレッサーに近づいている。抽斗の真鍮の引き手が板にあたる音。そして閉じられる音。ほんの一瞬だった。手際がいい。あけたのはどの抽斗で、探し物はなんだろう。何カ月もまえにバスで拾ったブレスレットをそこに入れてある。それにちがいない。捨ててしまうべきだった。見つかるなんて思いもしなかった。最後にあの子がわたしの寝室に入ったのはいつだったか、思いだせなかった。足音が戻っていった。わたしはあの子が寝入ったころを見はからい、静かに二階に上がった。寝間着に着替えてから抽斗を確認した。ブレスレットはまだそこにあった。見つけたとしても、持ち去りはしなかったのだ。

朝食の席でヴァイオレットは穏やかだった。愛想よくもなければ口数が多くもなかったが、穏やかそのものだった。あなたの家まであの子を送り、私道を通って玄関へ駆けこむ姿を車から見守った。居間の窓の奥にジェマが見えた。飛んでいって温かくあの子を迎えていた。

思いついたのはそのときだった。日が沈んでから戻ってこようと。夜を過ごすあなたたちを見てみたかった。

77

あなたと出会ってから、わたしは自分に必要なものを父に求めるのをやめた。安心と助言を。父を頼りにしなくなった。父からの電話でわたしが生活ぶりを詳しく語らず、父のことに話題をそらすようになったので、本人も気づいていたはずだ。わたしはもう、父を自分の世界から締めだしていた。そのことを悔やんでいる。父にはわたししかいないのに。

大学の寮まで送ってもらった日、父はわたしの頭にキスをして静かに去っていった。数時間後に窓の外を見ると父はまだそこにいて、木にもたれてわたしのいる寮舎を見上げていた。わたしは気づかれるまえにカーテンを閉めた。そのことをよく思いだす。そこに立つ父の姿を。

卒業の月のある朝、クリスマス休暇に帰って以来父からの電話が来ていないことに気づいた。その週末にこちらからかけるつもりで結局はかけそびれ、なのにあなたには嘘をついて、会いたいよと言われたと伝えた。そして試験が終わったある晩、連絡なしに実家に帰った。寮の部屋の荷物を置きに来たことにした。短く挨拶を交わしたあと、父はすぐに寝てしまった。わたしはもう一泊することにした。翌日の晩は父の好物のチキン料理を作った。けれども父は何時間待っても仕事から帰らなかった。十時を過ぎてようやく帰宅したときにはお酒のにおいをさせていて、キッチンテーブルにつくと冷めた料理の皿を見つめた。その姿をわたしはカウンターにもたれて見ていた。どちらも母のことを考えていたのだと思う。わたしはふたり分のウィスキーを注いで腰を下ろした。そして衝動的に訊いた。

「どうしてあの人はわたしを捨てたの」

翌朝起きると父の姿はなかった。ふたりでウィスキーを一本空けたせいで頭がずきずき痛んだ。わたしは車で大学へ戻り、残っていた荷物をまとめた。翌日あなたと暮らしはじめた。その夜以来、父のことを考えるのがつらくなった。無性に過去を捨てたかった。父にはなんの罪もなかったけれど、母とわたしの一部であることに変わりはなかった。

警察からの電話で、父が自宅で亡くなっているのを発見され、死因は就寝中の心臓発作とみられると告げられたとき、わたしは受話器をあなたに渡し、朝の光に温められた寄木張りの床に横たわった。そのアパートメントに住んで四カ月が過ぎていた。

「お父さんに会いに行っておいてよかったね」しゃがみこんでわたしの髪を撫でながら、あなたが言った。

わたしは床の上であなたに背を向けた。あの夜父がグラスの底を見つめながら最後に言ったことしか考えられなかった。それまで何時間も飲みながら話をしていた。**おまえを見ながらセシリアに言ったもんだよ。「おれたちラッキーだよな」って。だけど、あいつにはわから――**

父はそこで言葉を切り、それ以上はなにも言わずにテーブルを立った。わたしが生まれたころの話をしていたところで、わたしはひとことも漏らさず聞いていた。

父の心臓を張り裂けさせたのは母とわたしだ——そう思わずにはいられなかった。

わたしは葬儀の手配をするために故郷に戻り、おそるおそる家に近づいた。合鍵を持っているミセス・エリントンが、わたしが着くまえに家を掃除しておいてくれた。すぐにそれと気づいたのは、ミセス・エリントンがいつも掃除に使うレモンオイルのにおいがしたからだ。父の寝具はきれいなものに替えられていた。エリントン家の来客用ベッドに使われていたシーツだとわかった。

午後にミセス・エリントンが様子を見に来てくれた。葬儀の前日、ダニエルとトーマスに家の片づけを手伝ってもらい、わたしはすべてを処分した。そこを空っぽにしたかった。なにもかもなくなってほしかった。

その後、相場より安い価格で実家を売りに出した。手放すことにはなんの感慨も湧かなかった。書類にサインした日にミセス・エリントンが来てくれた。

「お父さんはあなたを自慢に思っていたわ。あなたのおかげでとても幸せだったのよ」

わたしはミセス・エリントンの手に触れた。やさしい嘘だった。

78

ヴァイオレットと穏やかに過ごした三日後、ジェマから電話があった。声の様子で怒っているのがわかった。その朝洗濯室でジェットが鋭利な刃物で遊んでいるのを見つけたという。ジェマが入っていったとき、ジェットは自分のジーンズを切ろうとしているところだった。

「あなたのもの？」

「どういうこと？」わたしはプールから歩いて帰る途中だった。サムのタイルを見に行ってきたのだ。電話の画面にジェマの名前が表示されたことにまだ驚いていて、言われたことの意味が呑みこめなかった。

「あのナイフはあなたの家にあったものなの？」

四年前にフォックスの缶から抜きとった替え刃のことを思いだした。スカーフにくるんでドレッサーの抽斗の奥にしまいこみ、それ以来触っていなかった。ヴァイオレットだ。わたしの部屋に入ったのはそのためだったのか。隠し場所を知っていたのか。

「ほかには考えられないの。フォックスは家にああいうものを置かない。ヴァイオレットの話だと、あなたは彼の模型作りの道具をまだ持っていて、それが地下室に散らばってるそうね。ヴァイオレットの洗濯物のそばに」

「ばかなこと言わないで」身体が熱を帯びるのを感じた。ジェマが一階にいるあいだに、ヴァイオレットが替え刃をジェットに渡し、その場を離れて悲鳴があがるのを待つ姿が浮かんだ。顔がかっと熱くなった。

「しっかりしてよ、ブライス。ヴァイオレットかジェットが怪我していたかもしれない」

ジェマはきつい声でそう言って電話を切った。敵意を感じた。以前は同情を示してくれたのに。いまはわたしを嫌っている。

わたしは悪態をついて家に急いだ。ブーツを脱ぎ、二階に駆けあがって、抽斗をあけた。スカーフはあったが、替え刃はなくなっていた。

79

それから何週間も眠れなかった。眠るとサムの夢を見た。わたしの腕のなかでサムが指を一本ずつ切り落とされ、もがき苦しみ、泣き叫んでいる。誰がそんなことをするのか。

ヴァイオレットだ、たぶん。やがて切り落とされた指が自分の口のなかで蠢《うごめ》いているのに気づき、わたしは一心にそれをしゃぶる。口いっぱいのゼリービーンズのように。目覚めると、血の味を感じて唾を吐いた。それくらい生々しい夢だった。

翌月ヴァイオレットがやってきた。今回は互いにあまりしゃべらず、そっけなかった。ひややかな関係に逆戻りだった。ジェマがわたしに電話したことをあの子は知っていた。あの子が替え刃を持ち去ったのは明らかだったが、それを問いただすべきかどうか判断がつかなかった。頭が働かなかった。睡眠不足で疲れはて、考えずにいるほうが楽だった。うやむやなままにしていると、ある日ヴァイオレットに尋ねられた。地下の洗濯槽でバスマットを漂白していたときのことだ。ヴァイオレットは漂白剤の容器に描かれた有毒マークを指差し、少し考えてから口を開いた。「それって、ちょっとでも飲んだら死ぬってことでしょ」そこでまた間を置いた。「なんでそんな危険なものをここに置いてるの」

「なぜそんなことを訊くの」

ヴァイオレットは肩をすくめた。答えを求めてはいなかったようだ。そのまま洗濯室を出ていき、早めに迎えに来てほしいとあなたに電話するのが聞こえた。不安が背筋を這いのぼった。覚えのあるパニックに身がこわばり、喉が締めつけられた。昔と同じだ。どうにか乗り越えたかと思ったのに。

漂白剤は掃除用品の棚に戻した。そこにあるものを確認して頭にメモした。

その日の午後、心臓をばくばくさせながら何度も何度もジェマに電話をかけた。夕方になってようやく応答があった。

ヴァイオレットが毒について言ったことを伝えた。抽斗からなくなった替え刃のことも。それから、ジェマと家族の安全をたしかめたいだけだと続けた。ジェットが心配なの。ヴァイオレットに用心しないと。あの子はまえにもやってる。またなにか起きる、そんな気がする。テーブルに顔を押しあててジェマの返事を待った。ヴァイオレットのことばかり考えるのに疲れきっていた。もう面倒はごめんだった。怯えるのも。

ジェマは黙っていた。それから静かに話しはじめた。

「あの子はサムを押したりしてないの、ブライス。あなたがそう信じてるのはわかってる。でも、それは思いこみよ。起きてもいないことを見たと思ってるだけ。ヴァイオレットはやってない」

電話が切れた。玄関ドアの鍵があく音がした。彼が泊まりに来たのだ。声をかけてキッチンに呼び、わたしは服を脱いだ。テーブルの上で交わりながら、彼は吸いつくされてしなびたわたしの乳房を持ちあげた。垂れるまえの姿を想像するように。

80

あの交差点を訪れることは何年もまえから頭にあった。暇な日曜日の午後に映画館にでも行こうかと思いつくような気軽さで、考えてみることがあった。**そう、いつだって行ける。今日だって。**それから、バスルームの掃除だとか、食器棚の整理だとか、あれこれ理由をつけてやめるのだった。

でも、これから書くつもりのあの日は違った。また眠れない夜が続き、わたしは家のなかをうろついては、ほったらかしのものをぼんやり眺めて過ごしていた。空っぽの塩入れ、一時間進んだままのレンジの時刻表示、リサイクル容器の脇のダイレクトメールの山。もう何カ月も、ジェマの声が繰り返し耳に聞こえていた。アルミホイルで頭を包まれたように、くぐもった声がこだましていた。電話の向こうのジェマは、わたしが知らないことまで知っているかのような口ぶりだった。サムが死んだ日にそこにいたかのような。**なにがあったかなんて知らないくせに。**電話に向かって叫びたかった。**なにがわかるっていうの。**

でも正直なところ、時間がたつにつれて、わたしも自分を疑いはじめていた。何年も抱いていた確信がしだいにその重みを失いかけていた。あの日のことを鮮明に思い描くのが難しくなりつつあった。朝目覚めて、記憶を再現できるか真っ先にたしかめずにはいられない日もあった。まだ薄れてはいないだろうか、昨日より遠ざかってはいないだろうかと。

家からそう遠くない場所だから、歩いていくこともできた。でもわざわざ車で行くことで距離を感じたかった。付近を何周かしたあと、あの場所から一ブロック離れたところに車をとめた。目を閉じてヘッドレストにもたれた。しばらくそうしていた。

それから歩きだした。フードの下から目を上げると、ジョーのコーヒーショップの看板が見えた。褪せて消えかかっていた店名は、ぴかぴかの黒い文字で書きなおされていた。わたしは胸に手をあてて、コートの上からでも心臓の波打ちが感じられるかたしかめた。鼓動がむせび泣くようだった。

振りむいて、交差点を見た。

すべてが記憶とは違って見えた。といっても、交差点というのはどこもそう変わらない。ひび割れて褪せた灰色のアスファルト、血管のように張りめぐらされたタールの筋。蛍光イエローの塗料で引かれた誰も使わない横断歩道。信号機が風に揺れ、歩行者信号のチャイムが鳴り、背後で車列がうなりをあげて進みだした。

わたしは歩道に目を走らせ、痕跡を探した。血。破片。やがて、現実の時の流れを思いだした。二千四百四十二日の長く空虚な日々が過ぎ去ったことを。車の流れが途切れるのを待って車道に出、サムが死んだ場所にしゃがみこんだ。右側車線の中央のやや左、横断歩道から数メートルと離れていない。その場所のアスファルトを撫で、冷たい頬を押しつけた。

縁石を振り返り、ベビーカーが車道に飛びだすところを思い描いた。鮮明に覚えている溝はそこになかった。コンクリートの端はなめらかで、斜めに車道に接している。しゃがんだ場所からその傾斜が見えたが、記憶にあったほど緩くはなかった。歩道に戻ってポケットからリップスティックを出した。それを歩道の端に横向きに置き、ブーツの爪先から転がっていく様子をたしかめた。最初はゆっくり、だんだんスピードが出て、車道の真ん中でとまった。信号が赤に変わり、リップスティックはいくつもの車にはねとばされて見えなくなった。通りかかったスーツ姿の中年男性が歩調を緩めてこちらを見た。わたしは目をそらして立ちあがった。

頭のなかであのときの光景を再現した。コーヒーショップを出る。歩道に立つ。左手には紅茶。右手はベビーカーのハンドル。最後にサムの頭に触れる。熱い湯気を顔に浴びる。隣にはヴァイオレット。腕を引っぱられる。顔を火傷する。ヴァイオレットのピンクの手袋が黒いハンドルに。サムの後頭部が離れていく。どれくらいの速さだった？　勢いはついていた？　押さずにあんなところまで飛びだすだろうか。ヴァイオレットは本当にハンドルに触っただろうか。

考えつくかぎりの可能性を、いくつもいくつも目の前に思い描いた。間違ってはいないはずだ。本当に起きたはずだ。

通行人が肘にぶつかり、もうひとりぶつかり、気づけばわたしは人の流れのなかに突っ立っていた。誰もがテイクアウトしたフードとコーヒーを手にしている。ちゃんとした生活と仕事を持ち、大事な用のある場所へ向かい、自分を必要としている相手に待たれている人たち。そのなかでわたしは見えない人間になった気がした。**みんなくたばればいい、**そう思い、わめきちらしたくなった。**息子が死んだの！　この場所で！　よくも毎日平気で歩けるわね！**　怒りとともに疲れを覚えた。振り返るとコーヒーショップが目に入った。生きているサムと最後に目を合わせた場所。そこはすっかり変わっていた。窓からのぞくと床板は白いヘリンボーン柄のセラミックタイルに変わり、格子柄の壁紙だった壁には黒板塗料のパネルがはめられていた。ステンレスのバーテーブルが並んだ場所には、以前どんなテーブルが置かれていただろう。ランチタイムにしては、店は空《す》いていた。昔はいつも混んでいたのに。

店内に入ると、ヴァイオレットとサムが大好きだったドアチャイムがなくなっているのに気づいた。ジョーはまだそこにいて、こちらに背中を向け、エスプレッソマシンをいじっていた。

わたしは大きく息を吸った。「ジョー」と声をかけると、ジョーがゆっくり振り返った。だらんと肩が落ちた。そしてカウンターから出てきて両手を差しだした。ぎゅっと手を握られた。

「また来てくれんかなと思ってたんだ」

「ずいぶん変わったんですね」わたしはあたりを見まわした。

ジョーが目で天井を仰いだ。「息子のせいさ。店を任せることにしたんだ。腰の調子がよくなくてね、ここは立ち仕事ばかりだから」わたしたちは笑みを交わした。「元気かい」

わたしは窓の外の交差点を目で示した。

「あのときのこと、なにか覚えていますか」そう言ってしまって、はっとした。そんなつもりではなかった。ジョーにあの話をする気などなかったのに。

「ああ、気の毒に、ブライス」ジョーはまたわたしの手を握った。ふたりで窓の外を見やった。「覚えてるのは、あんたがひどく取り乱していたことだけだ。ショック状態だった。お嬢ちゃんが抱きあげてほしそうに腰にまとわりついてたが、あんたは身をかがめることもできんかった。身体が麻痺したみたいに」

ヴァイオレットはそんなことをしたためしがなかった。わたしにまとわりついて、ほかの子供が母親にするように甘えることなど皆無だった。不満を言い、要求するばかりで。

ふたりで窓に面したテーブルにつき、信号が変わって走りだす車を眺めた。色のない空の下を。

「事故の瞬間は見ました？」

ジョーはたじろいだが、車道から目を離さなかった。どう答えるべきか考えている。わたしが前を向くと、目の端でジョーが首を振るのが見えた。

「ベビーカーがあそこへ飛びだすのを見ました？」重ねてそう訊き、目を閉じた。

「不慮の事故というやつだよ、いたましい事故だ」

わたしは瞼をあけ、テーブルの上のジョーの手に目を落とした。鋭い痛みに耐えるように、その手はきつく握りあわされていた。

「あんたのことはずっと気にしてたんだ。あんなことがあって、生きていけるだろうかって」ジョーは目を潤ませた。「でも、あんたにはお嬢ちゃんがいる。それをいつも神に感謝してたんだ」

家に着くと、十一月の強風のせいでドアが勢いよく閉じ、あやうく指をはさみかけた。

わたしは床にへたりこんで壁に鍵を投げつけた。サムのことを思った。赤ちゃんらしいぽちゃぽちゃの顔が、いつかなるはずだった子供のものに変わりつつあったこと。いつも首の皺から甘いお乳のにおいをさせていたこと。お乳を飲み終わるときの最後のひと吸い。授乳中に暗がりのなかでわたしの顔を探すしぐさ。

目を閉じて、膝の上にサムの重みを感じようとした。戻れそうだった。あの場所へ――朝のテレビ番組の音、キッチンのやかんがあげる湯気。裸足のヴァイオレットが二階を歩くかすかな足音。出勤前のあなたが髭を剃るときの洗面台の水音。洗っていないわたしの髪の手触り。もうひとつの部屋で張りあげられる泣き声。平凡で窮屈なあの生活。でも安らぎがあった。わたしのすべてだった。なにもかもこの手から放してしまった。

サムを放したのも、わたしかもしれない。

81

たしかにあの晩はワインを半分空けていた。でもあなたに電話するのは何日もまえから考えていたことだった。わたしはソファで丸まり、彼は二階で寝ていた。ベッドのあなたが寝ていた側に。その晩は泊まってほしくなかった。真夜中に近かった。あなたに言うべきことを何通りも頭で考えてみたものの、どれもしっくりこなかった。ヴァイオレットの母として至らないことを謝りたくはなかった。悪いと思ってはいなかったから。自分が間違っていたとも言いたくなかった。本当にそうなのかわからなかったから。ただ、わたしのなかのなにかが変わったことを知ってほしかった。そしてわたしたちの娘にもっと会いたいと思った。

三度目にかけたときに、ジェマがあなたの電話に出た。「大丈夫なの？」そう思うと答えたかった。ようやくそうなれたみたいと。でも言うのはやめ、あなたと話したいと告げた。あなたはベッドでジェマの隣にいて、電話を受けとろうと寝返りを打ったのか、シーツがこすれる音が聞こえた。「もっとあの子に会いたいの。もっとうまくやっていきたい」

それから絵のことを訊いた。あなたが出ていったときに寝室から運びだしたものだ。そんなことを訊くつもりはなかった。あの夜は絵のことは頭にもなかった。なのに、無性にあの絵がほしくなった。あなたが無言で待たせるあいだ、わたしは立ちあがって室内を歩きまわった。あなたの美しい家の真っ白な廊下の壁にあの絵がかかっているところを思い描いた。ジェマがその前を通るときに金色の額縁にそっと触れ、坊やに顔を触られる自分を想像するところを。

「どこにあるかわからない」

82

翌週、学校にヴァイオレットを迎えに行った。あの子は冷たい石段にぽつんとすわり、生徒たちがその両脇を、岩にあたって分かれる滝の流れのように駆けおりていた。

「今日の午後はなんでも好きなことをしましょ」ヴァイオレットがシートベルトを締めるのを待って、わたしは言った。「あなたが決めて。ただし、スケジュールが変わったの。毎週水曜と木曜の夜はわたしといっしょよ」

せわしなくメッセージを打つ姿が目の端に入った。

「家に帰りたい」ようやくヴァイオレットが答えてウィンドウの外を見やった。

「帰るけど、そのまえにまず楽しいことをしましょ。なにがしたい気分？」

「違う、家のこと。ジェマのところ。それとパパの」

「でも、あなたはわたしの娘よ。わたしはあなたの母親。だから、それらしいことをしたいの」

わたしはガソリンスタンドの駐車場に車をとめた。行き先を思いつかずにいた。ドアのほうに身を傾けてメッセージを打つヴァイオレットを見て、娘が携帯電話を与えられたことに初めて気づいた。

「誰にメッセージしてるの」

「ママとパパ」

わたしは反応しなかった。相手の思うつぼだから。

そのままガソリンを入れて、高速道路に乗った。

二時間後、高速の出口からいちばん近いドライブスルーに入り、テイクアウトを注文した。知らないあいだにヴァイオレットはベジタリアンになっていて、ポテトフライしか食べようとしなかった。二時間のあいだ、あの子は行き先を一度も尋ねなかった。腕をウィンドウにもたれさせ、髪の束をはさんだ指をゆっくりと毛先にすべらせたり、バイオリンの弓使いのようになめらかなリボンをしごいたりしていた。子供のころにわたしも同じことをした。

駐車場に車を入れて発券機のチケットを取ると、気持ちがやわらいだ。長いことそこへは来ていなかった。車を降り、寒さのなかでヴァイオレットが降りてくるのを待ったが、あの子は動こうとしなかった。わたしは助手席のドアをあけてあの子の肩に手を置いた。

「会ってほしい人がいるの」

受付をすませるあいだ、ヴァイオレットはなにも言わなかった。わたしは身分証を示し、面会者用の通行証をふたりのコートにクリップで留めた。あの子はおとなしくわたしのあとについてエレベーターに乗り、四階の廊下を歩いた。よどんだ空気には消毒剤のにおいが漂い、ときどき尿のにおいも混じった。それを嗅ぐと胸が締めつけられた。わたしは病室のドアを静かにノックした。

「どうぞ」

あの人はオレンジ色のカバーの椅子に脚を組んですわっていて、膝の上に手つかずのクロスワードパズルをのせていた。部屋の明かりは消え、手にしたペンにはキャップがついたままだった。肩には緩く編んだニットのブランケット。あの人が口をあけてなにか言おうとしたが、ため息が出ただけだった。言いたいことを忘れてしまったのだ。やがてこう言った。

「来てくれたのね！　ずっと待っていたのよ」

わたしがその肩を抱くのをヴァイオレットはまじまじと見ていた。わたしが背後のランプをつけると、あの人はその光に驚いたように振りむいた。わたしはヴァイオレットにベッドの足もとにすわるように手で示した。

「顔を見られて本当にうれしいわ」手が差しのべられ、わたしはライスペーパーのように薄いその皮膚を親指で撫でた。手にキスをすると唇の下で静脈が動いた。ワセリンのようなにおいがした。

「今日はとてもきれいね」力をこめてそう言われると、本当にきれいになったような気がした。ありがとうと言った。あの人の唇が乾いていたので、ベッドサイドテーブルの水のカップを取って渡した。「いえ、いいの。あなたがお飲みなさい。いつも喉が渇いてるでしょ。小さいころからそうだった」

わたしの顔を見たヴァイオレットの口もとがゆがんでいたので、動揺しているのがわかった。居心地が悪いのだ。なじみのない施設に、なじみのないにおい、初めて会う女の人。あの子はベッドの上で身じろぎし、ドアのほうを見た。

「紹介したいの。この子はヴァイオレット、わたしの娘よ」ヴァイオレットは椅子にすわった知らない人のほうへぱっと向きなおり、こんにちはと小さく言った。

「まあ。なんてかわいい子なんでしょう」

「そうなの」

「わたし、どうやってここに来たかわかる？」あの人が訊いた。不安げな顔で。

わたしはまたその手を取ってうなずいた。「車で連れてきてもらったの。住んでいたところはこの近くよ。ダウニントン通りのおうち、覚えてる？」

「いいえ」

看護師がやってきて、覆いのかかったトレイを小さなワゴンテーブルに置いた。「お夕食ですよ！」

「レダ、娘を紹介させて」あの人はわたしの両手を引っぱり、看護師に満面の笑みを向けた。「きれいでしょ」

ヴァイオレットがわたしを見た。立ちあがって両腕を組み、ドアの前まで歩いていった。顔を伏せているので、泣いているのだろうかと思った。看護師がわたしににっこりと笑いかけ、ベッドの高さを下げて薄い枕をぽんぽんと膨らませた。それからベッドサイドテーブルの発泡スチロールのコップにカプセルを二錠入れ、夕食のトレイの覆いを外した。温められた缶詰野菜のいやな臭いが部屋に立ちこめた。ヴァイオレットが顔をそむけた。

「あら。もうお食事をして寝る時間ね」あの人はゆっくりと椅子から立ちあがり、肩にかけたブランケットをたたもうとした。そしてバスルームに入ってドアを閉めた。わたしは夕食のセッティングをして、クロスワードの本をドレッサーの上に置いた。ヴァイオレットは無言でわたしを見ていた。トイレの水が流され、あの人が椅子に落ち着くのをふたりで待った。

「じゃあ、行くわね」わたしはかがんであの人の頬にキスをした。「クリスマスのころにまた来るから。ダニエルとトーマスには会ってる？　最近来た？」

「誰のこと？」

「息子さんたちよ」ふたりとはもうずっと連絡をとっていなかった。

「息子なんていないわ。あなただけよ」

わたしはもう一度キスをしたが、あの人は途方に暮れたようにナイフとフォークを見つめたままだった。わたしはその手にフォークを握らせ、緑の豆に突き刺すのを手伝った。あの人はうなずいて豆を口に運んだ。

車内に戻ると、わたしは一分ほどそのまま車を走らせ、ヴァイオレットが携帯電話を取りだしてメッセージを打ちはじめるのを待った。あの子はそうしなかった。ぼんやり前を見ているだけで、やがて車は日の落ちた高速道路に戻った。眠ってしまったのかと思った。家まで半分ほどになったところで、ようやくあの子が口を開いた。

「あの人は誰？　お母さんじゃないでしょ。黒人だから」その口調には棘《とげ》があった。わたしにからかわれたと思ったのだろうか。ばかにされたと感じたのだろうか。

「いちばん親しかった人なの」

「なんで本物のお母さんを見つけないの」

なんと言えば正直な答えになるだろう、少しのあいだそう考えた。

「どんな人になってるか知るのが怖いからよ」

わたしは道路から目をそらして、陰になったヴァイオレットの横顔を見た。悲しみに喉が詰まった。十四年近くも、わたしはありもしないものをふたりのあいだに探しつづけてきたのだ。ヴァイオレットはわたしから生まれた。わたしがこの子を作りだした。隣にいるこの美しいものをわたしが生みだしたのだ。この子を求めていたときもあった。わたしのすべてになると思ったときもあった。その姿はずいぶん大人びて見えた。まなざしには大人の女としての分別が感じられ、わたしがいなくてもちゃんと生きていけそうだった。ヴァイオレットはわたしのいない人生を選ぼうとしていた。わたしを捨てて。

一九七五年

自分は母親に向いていない、セシリアは早くからそう気づいた。女らしさが芽生えるにつれ、それを肌で感じた。母親に手を支えられておぼつかない足取りで歩く子供を見かけると目をそむけた。蛇口のお湯が熱すぎたときにたじろぐのと同じように、身体がそう反応した。セシリアには女性なら持ちあわせているはずのものが欠けていた。母性を自覚できず、ぽちゃぽちゃの小さな太腿を見て喜ぶこともなかった。ほかの生き物に映しだされた自分を見たいとも思わなかった。

十二歳のときから毎月来る生理は、義理堅い友のようにセシリアに言い聞かせた——血を流せ。空っぽになるまで。お腹に赤ん坊はいらない。いると言われても耳を貸すな。

セシリアには夢と自由があった。けれど、それをすべてあきらめた。

お腹のなかで赤ん坊が動くと、気持ちが変わっていくように思うこともあった。鏡の前に裸で立ってみたとき、お腹の上のあたりを小さな足が三日月の弧の形にすっと動くのが見えた。セシリアが声をあげて笑うと、また足が動いたので、また笑った。そうやってしばらくふたりで楽しんだ。

出産には鎮痛剤が投与された。赤ん坊が出てこないので三カ所を切開され、鉗子を使ったせいで生まれた子の頭は三角形に見えた。セシリアが目を覚ますと、赤ん坊はもうフランネルにくるまれて新生児室のどこかにいた。

「女の子ですよ」なによりもそれを知りたいだろうという顔で看護師が告げた。

セブが新生児室の窓の前へ車椅子でセシリアを運び、ガラスを叩いて看護師に合図した。

「あの子ね」セシリアは三列目の左から四人目の赤ん坊をすぐに指差した。

「どうしてわかるんだ」

「わかるから」

看護師がその子を抱きあげ、ふたりに見えるように高く掲げた。赤ん坊は大きく目を見開き、じっと動かなかった。昔持っていた人形のベス=アンにそっくりだとセシリアは思った。

看護師がお乳をあげたいかとガラスごしに訊いた。セシリアはセブを見上げ、外に出たいと頼んだ。セブはスリッパとナイトガウン姿のセシリアを病院の玄関の外に連れだした。点滴のポールがコンクリートの上で音を立てた。セブに煙草をもらい、セシリアは駐車場を眺めながらそれを吸った。

「いますぐ車で帰りたい。ふたりだけで」セシリアは膝の上で煙草を揉み消した。

セブは笑って首を振った。「痛み止めが効きすぎだな」そして車椅子の向きを変えて院内に戻った。「さあ。名前を決めないと」

ふたりは赤ん坊を家に連れて帰り、セブの実家のキッチンテーブルに置いたベビーバスケットに寝かせた。セシリアのお乳は出なかった。赤ん坊は粉ミルクですくすく育ち、その顔がエッタに似ているとセシリアは思った。めったに泣かず、ほかの赤ん坊のように夜泣きもしなかった。セブは毎日のようにセシリアに言った。「おれたちラッキーだよな」

83

母のブラシがわたしの長い濡れた髪に絡まっていた。母は便座にすわって、ブラシの毛に引っかかった髪をひと房ずつほどいた。わたしは髪を切ってくれてもいいと言った。まだ十一歳で、見てくれをさほど気にはしていなかったから。でも母は、短い髪はいやだろうからと譲らなかった。ほかのことは気にしないのに、なぜ髪にだけこだわるのかと不思議だった。母に髪を引っぱられながら、わたしはおとなしくしていた。背後で流れるラジオには数秒ごとに雑音が混じった。わたしは自分のパジャマの色褪せた虹の柄をぼんやり見ていた。

「あなたのお祖母さんは髪が短かった」

「母さんに似てる？」

「あんまり。似てるところはあったけど、見た目は違った」

「わたしが大きくなったら母さんみたいになる？」

髪を引っぱる母の手が止まった。わたしが絡まったブラシに触れようとすると、母はその手を押しのけた。

「さあね。そうならないといいけど」

「わたしもママになりたい、いつか」母はまた手を止めて黙りこんだ。片手をわたしの肩に置いて、しばらくそのままにしていた。わたしは背中を反らした。そんなやさしい触れられ方には慣れなかった。

「あのね、ならなくてもいいのよ。母親になんてならなくていい」

「母親になりたくなかったの？」

「もっと違う人になれたらって思うときもある」

「どんな人に？」

「さあ、わからないけど」母がまたもつれた髪を引っぱりはじめた。ラジオは雑音ばかりになったが、母は放っておいた。「若いころは詩人になりたかったの」

「どうしてならなかったの？」

「才能がなかったから」そしてこう付けくわえた。「あなたが生まれてから、一文字も書いてないし」

わけがわからなかった。わたしの存在が母から詩を奪ったなんて。「またやってみたらいいのに」

母が笑った。「だめよ。もう全部消えてしまったもの」

そして、わたしの髪を手にしたまま少し黙った。わたしは母の膝にもたれかかった。

「あのね、自分に変えられないものはたくさんあるの——持って生まれたものはね。でも、見てきたものによって形作られる部分もある。人にどう扱われたか、どんな思いをさせられたかによって」ようやくブラシの絡まりがほどけ、母は手に握った髪をきれいにとかした。そのあいだわたしは身をこわばらせていた。肩ごしにブラシを渡されたので、わたしは骨ばった脚をほどいて立ちあがった。

「ブライス？」

「なに？」わたしはドアの前で振り返った。

「あなたにはわたしみたいになってほしくない。でも、違う生き方も教えられない」

母はその翌日に出ていった。

84

ミセス・エリントンを訪ねた翌朝、バスルームでヴァイオレットがジェマと電話で話すのが聞こえた。わざとシャワーを流していたので内容は聞きとれなかった。ドアの外で立ち聞きするのはやめて、わたしはキッチンでヴァイオレットの朝食を用意した。それからコーヒーのカップを持って向かいにすわり、あの子が食べるのを眺めた。

「なに？」ヴァイオレットがいらついたようにスプーンを持ちあげたので、テーブルに牛乳がこぼれた。車内でのやりとりのあと、あの子は一度も話しかけてこなかった。セーターの広い襟ぐりからのぞく肩にブラの細いストラップが見えた。

「あなたにジェマがいてくれてよかった。ミセス・エリントンに会ったから、わたしの考えはわかるでしょ。あなたに信頼できる人がいて、愛情を注いでもらっているならそれでいい。頼れる人がいるなら。それがわたしじゃなくてもいいの、あなたがいやならね」

ヴァイオレットがシリアルのボウルにスプーンを突っこみ、椅子を乱暴に後ろに引いた。はずみで食器が揺れて音を立てた。わたしのコーヒーもこぼれた。玄関のドアが閉じる寸前にあの子をつかまえた。

「待って。コートを忘れてる。送ってくから」そう声をかけてこちらを向かせようとした。

そんな反応は予想外だった。わたしとしては仲直りの手を差しのべたつもりだった。ヴァイオレットに自分が望まれていないと認める、それで互いに納得するはずだと思った。

「わたしをあの人に押しつけてせいせいする気なんでしょ。わたしを産んだのをなにより後悔してるから」

「そんなことない、わかってるはずよ」

「嘘つき。わたしを憎んでるくせに」あの子が手を振り払おうとしたが、わたしはしっかりつかんで離さなかった。サムを思った。ベビーカーのなかでひしゃげた身体を。胸の内にさまざまなことが甦った。あの日の痛み、息子を思いつづけた日々。何年も身を苛《さいな》んできた非難や恐怖や疑念。そして、母。わたしはヴァイオレットを引き寄せ、必要以上にきつくその腕をねじった。アドレナリンが両脚を駆けのぼる。さらにあの子を乱暴に引き寄せ、顔に近づけた。痛めつけてやりたい、その衝動にそれほど強く駆られたことはなかった。誓ってもいい。

そのとき、ヴァイオレットの満足げな様子に気づいた。顔はしかめられているが、口角がゆっくり吊りあがっている。**やれば？　もっと痛くすればいい。あざになるくらい**。わたしは手を離した。あの子は走り去った。

放課後迎えに行くと、ヴァイオレットは石段にいなかった。わたしは車のエンジンをかけたまま事務室に行って、ヴァイオレットの居場所を確認した。気分が悪くなって早退したと告げられた。あなたが迎えに来たと。

あなたにメッセージを送った。〝スケジュールを決めたはずだけど〟

返信が来た。〝うまくいくとは思えない〟

その夜、玄関ドアが小さくノックされた。あまりに小さな音だったので聞き漏らすところだった。わたしはローブを着てそろそろと真っ暗な一階へ下りた。ドアをあけた。人影はなし。ただしそこには梱包シートが巻かれた大きな包みがあり、メモがテープで留めてあった。冷たい床の上でそれを開いた。絵。サムの絵だ。メモはジェマからだった。

これはあなたが持っていてください。フォックスがヴァイオレットにあげて、ずっとあの子が部屋に飾っていたのだけど、今日の午後自分で壁から外しました。額が割れています。カンヴァスにも穴があいてしまいました。ごめんなさい。
あなたにとってどんなに大切なものか知りませんでした。
お願いだから、あの子をそっとしておいて。
わかってくれることを祈っています。
メリー・クリスマス。

ジェマ

あなたはまだ車に戻っていなかった。どこにいてもあなたの姿はわかる。丸まった肩、歩くときに上がる肘。とっさに名前を呼んだ。あなたもとっさに振りむいた。そうして見つめあった。他人で、家族のわたしたち。あなたが背を向けて車のほうへ歩きだすのを待った。でもあなたは戻ってきた。あなたが改修したポーチに、あなたが愛した家に。書類上はいまでも共有している家に。あなたはわたしの後ろの、戸枠の継ぎ目に目を移した。板の一部が裂けてナイフのように突きだしていた。

「あそこは直してもらったほうがいい」

「ありがとう。これを返してくれて」わたしは半分包みをほどいたまま入り口に置いた絵を示した。

「礼はジェマに言ってくれ」

わたしはうなずいた。

「もう妻には電話しないでくれ。きみは自分の人生を生きていかなきゃならない。わかってるだろ。それがみんなのためだ」

わかっていた。でも、あなたから聞きたくはなかった。

あなたが横を向いたので、帰るのだなと思った。その横顔を見ながら、自分はいまあなたをどう思っているのだろうと考えた。そばにいたころからあまりにも時間がたっていた。あなたはもう現実の存在ではなく、最初からわたしのものではなかった人生の登場人物のように感じられた。あなたの顎に手を伸ばして触れてみたかった。いまはもうほかの人を愛していて、わたしたちの子ではない息子の父親になったあなたの手触りをたしかめたかった。

「なんだい」わたしの視線に気づいてあなたが言った。

わたしは首を振った。あなたも首を振った。やがてあなたは目を閉じて笑いだした。そして階段のてっぺんに腰を下ろし、通りを見ながら口を開いた。「じつは、ここに来る途中に考えていたことがあるんだ」わたしもあなたの隣にすわり、ローブの前をかきあわせた。「いままで話したことはなかったけど」あなたはまた笑い、肩の力を抜いた。なにを言おうとしているのか見当もつかなかった。

「覚えてるかい、サムが生まれたばかりのころ、きみのクロゼットからよそ行きの服が全部なくなったことがあったろ。どこにも見つからずじまいで」

「あれはあなたが頼んだお掃除の人でしょ、あのむかつく格安店の」もちろん覚えていた。あのときは、自分の頭がおかしくなったのかと思った。わたしのよそ行きのブラウスとセーターが、いつのまにかまるごと消えていたのだ。サムを産んだあとの数ヵ月はぶかぶかのスウェットで過ごしていたので、いつなくなったのかははっきりしなかったが、あまりにも不可解な出来事だった。近所に新しくできた清掃会社をためしに使いはじめたところで、理由はそれくらいしか思いつかなかった。あのときはくたくたで余裕がなく、あまり気にしてもいられなかった。あなたは新しいのを買えばいいからもう忘れろと言った。

あなたはうなだれて笑いはじめた。「じつは、ある日」——そこで鼻筋をつまみ、肩を震わせた——「ある日、きみに頼まれてクロゼットにセーターを取りに行ったんだ、そしたら——」言葉が途切れた。目に涙がにじんでいた。そんなに激しく人が笑うところを見るのは久しぶりだった。

「なんなのよ。じれったい、早く言ってよ！」

「クロゼットをあけたら、なにもかも……切り裂かれてたんだ、めちゃくちゃに」あなたは途切れ途切れに言った。涙で頬を濡らし、首を振りながら息をあえがせた。「袖が全部切り落とされていて、シャツの裾も切りとられていた。一枚ずつ手に取って、〝いったいどうなってる？〟って思った」あなたは手の甲で顔を拭いた。「下を見ると、ヴァイオレットがきみの服の下に隠れていた。ぼくの机から持ちだした模型用のカッターを手にして。だからあの子がやったんだ。あの子がエドワード・シザーハンズみたいなことをしでかした。だから服を捨てて、きみには黙っていたんだ」

わたしは唖然とした。わたしの服。あの子がクロゼットの中身をずたずたにした。わたしが一階のソファでサムにお乳をあげているあいだに、あの子は二階でわたしの大事なものを片っ端から切り裂いていたのだ。そしてあなたはあの子を庇《かば》ってそれを隠した。

「どうかしてる」それしか言葉が思い浮かばなかった。あなたはわたしを見て、また笑いだした。頭がおかしくなったみたいに。ひどく腹が立った。わたしは首を振って、ばかじゃないのとつぶやいた。笑い事じゃない。

でもそこで噴きだした。こらえきれずに。わたしもげらげら笑いだした。ばかばかしいことに、あなたにはまだわたしを引きつける力があった。思わずつられてしまうほど。二匹の老犬の遠吠えのように、わたしたちは夜の闇に向かって笑いつづけた。あの子の突飛な振る舞いと、それを隠したあなたがおかしくて。あんなにいろんなことがあったあとで、その夜、寒いポーチにふたりでいることがおかしくて。

「言ってくれたらよかったのに」わたしはローブで洟を拭いて、笑いがおさまるのを待った。

「そうだね」あなたは落ち着きを取りもどし、表情を改めた。やがて何年かぶりにわたしとまっすぐに目を合わせた。ふたりともこれまでのことすべての重みを感じながら、あえて口にはしなかった。わたしは思わず目をそらした。重たい瞼を閉じてわたしたちの息子を思った。美しい息子を。遊び場で亡くなったイライジャのことを思った。ヴァイオレットがいじめた子供たちのことを思った。眠っているサムをあの子が見つめていた夜のことを思った。あの子のひややかさを。カッターナイフの刃を。動物園の帰りにあの子がウィンドウから捨てたママライオンを。わたしの母の秘密と後悔を。わたしの期待を。薄れつつあるわたしの恐れを。よくある話だったこと、わたしの思いこみだったことを。わたしが見たものを。見なかったものを。あなたが知っていたことを。

あなたが咳払いをして立ちあがった。

「あの子は難しいところもある。でも、きみはもっと愛してやれたはずだ」あなたは通りにとめた車を見やって、ジャケットのファスナーを上げた。両手をポケットに入れ、階段を一段下りてわたしから離れた。「ぼくもきみをもっと愛せたはずだ」

家に入ると、留守番電話にメッセージが入っていた。年配の女性のようだったが、名乗らなかった。ぜいぜいと喉が鳴り、背後ではくぐもった音が聞こえていた。わたしの母がその日亡くなったことを知らせる電話だった。場所も死因も言わなかった。途中で間があり、誰かの邪魔が入ったのか、受話器を押さえる音がした。それから電話番号が告げられた。残り二桁のところでピーという音にさえぎられた。時間切れだった。

85

クリスマスイブ、あなたの家の窓際に立ったあの子がカーテンに手を伸ばしたとき、わたしはこの原稿を手に車を降りる。街灯の黄色い明かりに照らされて舞う雪のなか、通りの真ん中に立ってあの子を見る。

わたしの後悔をあの子に知ってほしい。

ヴァイオレットが両腕を下ろす。それから顎を上げてわたしと目を合わせる。表情がやわらいだように見える。窓に手をあてるだろうか。わたしを必要とするように。母親を。

その瞬間、うまくやっていけそうな気がする。

あの子がなにか言うように口を動かすが、わからない。わたしは窓に近づいて肩をすくめ、首を振ってみせる――**もう一度言って**。そう伝える。**もう一度言って**。あの子が今度はゆっくりと口を動かす。そして前へ出る。ガラスを叩き割ろうとするように両手を窓に押しあて、そのまま動かずにいる。その胸が上下するのが見える。

わたしが押した。

わたしが押した。

そう聞こえた気がする。

「もう一度言って！」今度は声に出して叫ぶ。無我夢中で。でも、あの子はもう口を開かない。そしてわたしが抱えた紙の束に目を留める。わたしもそれを見下ろす。また目を合わせたとき、やわらいだ表情は消えている。

あなたの影が部屋の奥に現れ、あの子は窓から離れる。わたしを置いて。あの子はあなたのもの。あなたの家の明かりが消える。

一年半後

六月初旬の温かな風を肺に感じるのはなんて心地よいのかと気づいてから、いくつかの季節が過ぎた。家の前で足を止め、最後にもう一度お腹の底まで息を吸う。セラピストとのセッションの終わりにいつもやるように。一、二、三と数えながら息を吐き、鍵を探す。

土曜日の午後もほかの日とさほど変わらない。一リットル分のイチゴのへたを取り、半分に切って昼食にして、ゆっくりとキッチンのテーブルで食べる。少しして小さな水のグラスを持って二階に上がり、息子のものだった部屋に入る。脚を組んで、窓の正面に置いた瞑想用のクッションに腰を下ろす。背筋を伸ばして、午後の光のなか、四十五分間そこで過ごす。なにも考えない。息子のことも。娘のことも。母親として犯した間違いのことも。自分がもたらした害に対する後悔も。耐えがたい孤独も。

そう、そんなことはなにひとつ考えない。必死に努力して遠ざけたのだから。

わたしは過ちを乗り越えられる。

わたしは自分につけた傷とその痛みを癒すことができる。

声に出してそう唱《とな》えて両手を胸にあて、それからその手を軽く払ってすべてを解き放つ。

夕食の時間になると、ノートパソコンを閉じてサラダの材料を切る。音楽は三曲だけ。楽しみはまだ控えめにしている。でも今夜は肩をかすかに揺らし、足でリズムを刻む。少しずつ努力を重ね、そうすることが楽になってきている。

夕食が終わると、毎晩の習慣で玄関の明かりを点ける。娘がいつか会いに来てくれたときのためにそうしている。

二階に上がり、キッチンで聴いた歌をハミングする。服を脱ぐ。バスタブに熱い湯が満ち、鏡が曇る。洗面台に身を乗りだし、鏡を拭いて素顔を確認する。目の下のたるみを押さえようとしたとき電話が鳴る。

ぎょっとして、隣の部屋に誰か侵入したかのようにタオルを胸に押しあてる。ベッドの上の携帯電話が光を放っている。**娘かも**、と思う。**そう、娘かもしれない**。その瞬間、期待で心が浮き立つ。

画面をスワイプして耳に押しあてる。

取り乱した女性の声が聞こえる。必死で言葉を探しているが、見つからないようだ。寝室の反対側へ移り、それから隅に寄る。受信状態をよくすれば相手が話しやすくなるかのように。落ち着かせようとシーッと声をかけたとき、相手が誰かに気づく。目を閉じる。

ジェマ。

「ブライス」ようやくかすれた呼びかけが聞こえる。「ジェットが」

謝辞

エージェントとしても人としても最高なマデリン・ミルバーンに感謝を捧げます。熱意と洞察、温かい心、そして深い思慮に。あなたは人生を変えてくれる人です。

マデリン・ミルバーン文芸・TV・映画エージェンシーの超一流チーム、とりわけ、アナ・ハガティ、ジョージア・マクヴェイ、ジャイルズ・ミルバーン、ソフィー・ペリシエ、ジョージーナ・シモンズ、リアン＝ルイーズ・スミス、ヘイリー・スティード、レイチェル・ヨーのご尽力すべてに感謝します。

パメラ・ドーマン、この小説とわたしを信じてくれてありがとう。あなたから学ぶことができたのはわたしの誇りであり喜びです。作家としてあなたに担当してもらえることを望外の幸運に思っています。ブライアン・タートとヴァイキング・ペンギンの担当チームにも感謝します。ベル・バンタ、ジェーン・カヴォリーナ、トリシア・コンリー、アンディ・ダドリー、テス・エスピノーザ、マット・ジアラッターノ、レベッカ・マーシュ、ランディー・マラロ、ニック・マイカル、マリー・マイケルズ、ローレン・モナコ、ジェラミー・オートン、リンゼイ・プリヴェット、ジェイソン・ラミレス、アンドレア・シュルツ、ロザンヌ・セラ、ケイト・スターク、メアリー・ストーン、クレア・ヴァッカロ。みなさんにこの小説を手がけてもらえたことを幸せに思います。

わたしの息子と同じ名前のオスカーのママであるマクシーン・ヒッチコック、この作品に信頼を寄せ、丁寧に手を入れてくれ、そしてその過程を楽しいものにしてくれてありがとう。マイケル・ジョセフのルイーズ・ムーアとすばらしいチーム、クレア・ボウレン、クレア・ブッシュ、ザーナ・チャカ、アナ・カーヴィス、クリスティーナ・エリコット、レベッカ・ヒルスドン、レベッカ・ジョーンズ、ニック・ラウンズ、ローラ・ニコル、クレア・パーカー、ヴィッキー・フォショウ、エリザベス・スミス、ローレン・ウェイクフィールド、この作品を一からサポートしてくれてありがとう。

ニコール・ウィンスタンリー、出版者としても母親としても貴重な助言を与えてくれ、わたしに多大な信頼を寄せてくれたことに感謝します。あなたがこの作品を信じてくれたことはなによりの宝物です。ペンギン・カナダとペンギン・ランダムハウス・カナダのクリスティン・コクレンと最高のチームは、この本を強く支持してくれ、元広報担当のわたしの夢をかなえてくれました。とくに、ベス・コッカラム、アンソニー・デ・リッダー、ダン・フレンチ、チャリディ・ジョンストン、ボニー・メイトランド、メレディス・パル、デイヴィッド・ロスに感謝を捧げます。

比類なき才能の持ち主である十年来の友、ベス・ロックリー。アイディアの種でしかなかったときからこの本を書くように励まし、いつも役に立つ賢明なアドバイスと、すべての女性が得られたらいいのにと思う心づくしのサポートを与えてくれてありがとう。

熱心に手を上げてくださった世界各国の出版社のみなさんにも感謝します。

リンダ・プロイセン、小説作法を学ぶ手助けをしてくださって感謝します。そしてエイミー・ジョーンズ、あなたが寄せてくれた支持は大きな意味を持つものです。

ドクター・クリスティン・ラデルート、心理学の専門知識を快くご教示くださり感謝します。

ふたりだけの創作グループの大切な相棒、アシュリー・ベニオン。何度も何度も草稿を読んでくれ、何百通もメールをやりとりしてくれ、執筆以外の部分でも長年支えてくれてありがとう。

最高に素敵な女性たちとのすばらしい友情にも感謝します。誰もがわたしを支えてくれ、いつも「本はどうなってる？」と訊いてくれました。答えをはぐらかしてばかりだったけど！　とりわけジェニー・(グリード)・レルー、ジェニー・エメリー、アシュリー・トムソンに感謝します。それにジェシカ・ベリー、この物語に寄せてくれた鋭い助言と多大な熱意のおかげで、わたしの旅はよりよいものになりました。ありがとう。

フィゼル家のみなさん、愛と支えをありがとう。

ジャクリン・ナピラン、真心と愛のこもったお世話をありがとう。

サラ・オードレインとサマンサ・オードレイン、大喜びしてくれてうれしく思っています。のんびり本を読む夏の日々をともに過ごしてくれたことも。キャシー・オードレイン、家族みんなの読書愛を育《はぐく》んでくれ、このうえなく献身的で愛にあふれた母親のお手本でいてくれてありがとう。マーク・オードレイン、物書きの遺伝子とわたしへの揺るぎない信頼を与えてくれ、わたしを誇りに思ってくれてありがとう。大きな夢に向かって努力することの大切さを教えてくれる両親に育てられたことはわたしの宝物であり、ふたりには日々感謝しています。

この小説を書きはじめたとき、息子は生後六カ月でした。母親業と執筆業を同時にスタートさせる形になりましたが、どちらもわたしにとって喜びであり、栄誉だと感じています。オスカーとウェイヴァリー、あなたたちは尽きることのないインスピレーションの源《みなもと》です。この本をふたりに捧げます。そして最後に、パートナーのマイケル・フィゼル。すべてを可能にしてくれ、よりよいものにしてくれてありがとう。

訳者あとがき

クリスマスイブ。暖かな光に照らされた居間、ツリーのそばで楽しげに踊る家族。表にとめられた車のなかから、ひとりの女性がその様子を窺っている。

〝よりによってこんな晩になぜ家の前に車をとめたりするのかと、あなたが戸口へ出てくるはずだ。そうしたらなんと言い訳すればいい？　寂しかったから？　あの子に会いたかったから？　明るい火の灯るこの家の母親は、わたしであるべきなんだから？〟

ポーラ・ホーキンズ『ガール・オン・ザ・トレイン』（池田真紀子訳、講談社）を彷彿させる不穏なシーンで、物語は幕をあける。語り手の〝わたし〟、ブライス・コナーは、元夫のフォックスに宛てて書いた手記をたずさえている。ともに過ごした二十年に、なにを目にし、なにを思ってきたかを伝えるために。

大学でのロマンティックな出会い、ふたりきりの気楽で濃密な新婚生活。手記のはじまりはまぶしいほどの幸せにあふれている。ただ、ブライスには不安があった。自分はいい母親になれないかもしれない……。十一歳のとき、彼女は自分の母親に捨てられたのだ。

結婚生活の描写の合間に、ブライスの母セシリアと、祖母エッタの物語が差しはさまれていく。最愛の人との悲劇的な別れに心を病み、娘への虐待を抑えられないエッタ。娘の愛し方を知らず、刺激的な生活を求めて愛人と駆け落ちするセシリア。女三代にわたる悲しみの歴史が語られる。

ネグレクトを受けて育った自分がわが子を愛せるのか、そんな懸念を読みとったかのように、生まれてきた娘、ヴァイオレットはブライスになつかない。ふたりでいるとむずかって暴れ、抱きあげようとすると泣き叫ぶ。なのに、フォックスにはかわいらしく甘え、素直に抱かれるのだ。

成長とともにヴァイオレットの振る舞いには残酷さすら垣間見えるようになり、ブライスの心配は募る。自分がだめな母親だからだろうか、それとも、この子はたちの悪い暴力的な衝動を持って生まれたのか。あるいはフォックスが言うように、自分の考えすぎなのか。息子のサムの誕生でようやく母親の幸せを実感するブライスだが、平穏な日々もつかのま、耐えがたい悲劇に見舞われる。ヴァイオレットのせいだ——ブライスはそう訴えるが……。

「いつかあなたもわかるはずよ、ブライス。この家の女はみんな……普通じゃないの」――子供のころ母に言われた言葉が忘れられないブライスは、子育てに自信が持てず、たえず不安に苛まれ、自問自答し、ときには疑念から目をそらす。悲しみによってしだいに心のバランスさえ崩していく。はたして、手記に書かれているのはどこまでが客観的事実であり、どこまでがヴァイオレットの実像なのか。最後の最後まで、読者は翻弄される。

本書『衝動』は、『ガール・オン・ザ・トレイン』やA・J・フィン『ウーマン・イン・ザ・ウィンドウ』（池田真紀子訳、早川書房）と同じく〝信頼できない語り手〟を主人公とした心理サスペンスとして、今年一月の刊行以前から大きな話題を呼び、デビュー作にして《ニューヨーク・タイムズ》のベストセラーリスト（ハードカバー・フィクション部門）の四位にランクインした。

ただし、著者は〝信頼できない語り手〟ものとして本書を書きたかったわけではないという。主眼はむしろ、信頼されないこと、自分の言葉をまともに取りあわれないことがどれほど人を惨めにするかを描くことにあったそうだ。

絵に描いたような完璧な家庭に育ったフォックスには、ブライスの恐れや不安が理解できない。理想的な母親像から逸脱するものには想像が及ばないのだ。「大げさに考えすぎだ」「ありもしないことを想像してるんだ」――あまりに気楽に発せられるそんな言葉がブライスを追いつめ、無力にする。

「昔からある〝分別のない女〟〝ヒステリックな母親〟といったイメージが、女性を怯ませ、黙らせてきました。パワーバランスに偏りがある関係においては、とくにそうです」と著者は語っている。

親になる怖さ、子育てのダークサイドが描かれている点が、本書の特色である。もしもわが子が生来の冷酷なモンスターだったら？　あるいは、そんな子供に育てた自分がモンスターなのだろうか。〝生まれか育ちか〟という答えの出ない問いがブライスを悩ませる。

さらに、母性神話に対する疑問も投げかけられている。母親ならばありのままのわが子を受け入れ、すべてを捧げるのが当然なのか。ブライスの手記には、公然と語られることがタブー視される、子供を愛せない母親の心情が生々しく綴られている。

著者は子育てをはじめたころに、母親に対する周囲や社会の期待の大きさを意識することが多かったという。母親はどうあるべきか、母親であることをどう感じるべきか、それをどう表現すべきかまで決められているようで、ネガティヴな感情を吐露する余地があまりに少ない。そんな息苦しさから、本書の着想を得たそうだ。

ママ友とのランチ会で、子育てのつらさを漏らそうとしたブライスに、別の母親がこう返すくだりが印象的だ。「でも、こんなにやりがいのあることってないんだし、でしょ？」

〝やりがい〟〝報われる〟〝最高のお仕事〟——正論をぶつけられるとブライスは「そうよね」とうなずくしかない。完璧でいられない劣等感。いい母親の仮面をかぶるしんどさ。誰もが覚えのありそうな、リアルな心理描写が見事だ。《ニューヨーク・タイムズ》には、「オードレインはなにげない瞬間をとらえ、人間関係の機微を豊かに語る才に恵まれている」と評されている。

ブライスと母セシリア、そしてセシリアと祖母エッタの物語も、忘れがたいエピソードに満ちている。たとえば授業でこしらえたカードを贈るために母親たちを学校に招いてお茶会が開かれることになったとき、ブライスは会への招待状を捨てる。

〝母を招待したくなかった。正確に言うと、招待して断られるのがいやだった。九歳にしてわたしは失望との付き合い方を心得ていた〟

意外にもお茶会に現れたセシリアは、欠席以上に残酷な振る舞いでブライスを失望させる。けれどもそのセシリアは、命の危険にさらされるほどの虐待をエッタから受けている。悪いのは誰なのか、どこかで止めることができたのか。せつなくやるせない、拒絶の連鎖。それが描かれることで、この作品は胸に迫る奥深さを持ったものとなっている。

親になることを恐れる母親と、敵意をあらわにする子供の確執を描いた小説といえば、ライオネル・シュライヴァー『少年は残酷な弓を射る』（光野多恵子、真喜志順子、堤理華訳、イースト・プレス）が思いだされる。本国アメリカでは二〇〇三年に発表され、二〇一一年に製作された映画版では母親役をティルダ・スウィントン、息子役をエズラ・ミラーが演じて高く評価された。

『少年は残酷な弓を射る』の過激さ、壮絶さは、『衝動』にはない。本書が描くのは、より身近な、誰の身にも起こりそうな悲劇だ。物語の舞台が〝街〟としか示されず、実在の地名が登場しないこともあり、どこの国の話としてもほぼ違和感なく読め、自然に共感できる。だからこそ怖い。

子育てサスペンス、ママ・ノワールなど、いくつか呼び方はありそうだが、著者本人は、この作品を〝母親のレンズを通して見た心理ドラマ〟と表現している。

著者のアシュリー・オードレインは一九八二年生まれ。カナダ・トロント北部の町ニューマーケットで育ち、ウェスタン大学でメディア・情報・テクノカルチャーを専攻した。PR会社勤務ののち、ペンギン・カナダのパブリシティ・ディレクターに迎えられ、カーレド・ホッセイニ作品やエリザベス・ギルバート作品の広報を担当する。二〇一五年に出産した長男に健康上の問題が見つかったために退職し、産後六カ月で本書の執筆をはじめた。

育児と通院のあわただしい日々のなかで、わずかな時間を見つけて物語を紡ぐ作業は、いわば自己セラピーのようなものだったという。誰も読まないだろうと思いながら、四年近くかけて書きあげた本作はまたたくまに刊行が決まり、すでに英語圏のほか三十七カ国で翻訳出版が予定されている。二〇二一年の注目本として主要紙誌に熱い賛辞を寄せられ、《ニューヨーク・タイムズ》に加えて本国カナダの《グローブ・アンド・メール》、イギリスの《サンデー・タイムズ》でもベストセラーリスト入りを果たしたほか、アメリカ・ABCの報道番組《グッド・モーニング・アメリカ》でも一月の推薦図書として大きく紹介された。

さらに、映画《ワンス・アポン・ア・タイム・イン・ハリウッド》、《マリッジ・ストーリー》のプロデューサー、デヴィッド・ハイマンによる映像化も予定されている。

現在、著者は夫と一男一女とともにトロントに暮らし、第二作 *The Whispers* の執筆中だという。刊行予定は二〇二三年、こちらも家族をテーマとした心理サスペンスとのことで、完成が待ちどおしい。

二〇二一年七月

幻の女〈新訳版〉

Phantom Lady

ウイリアム・アイリッシュ

黒原敏行訳

妻と喧嘩し、街をさまよっていた男は、奇妙な帽子をかぶった見ず知らずの女に出会う。彼はその女を誘って食事をし、ショーを観てから別れた。帰宅後、男を待っていたのは、絞殺された妻の死体と刑事たちだった！　唯一の目撃者〝幻の女〟はいったいどこに？　新訳で贈るサスペンスの不朽の名作。解説／池上冬樹

ハヤカワ文庫

訳者略歴　京都大学法学部卒，翻訳家　訳書『マンハッタン・ビーチ』イーガン（早川書房刊），『ゴーン・ガール』フリン，『白墨人形』チューダー，他多数

HM=Hayakawa Mystery
SF=Science Fiction
JA=Japanese Author
NV=Novel
NF=Nonfiction
FT=Fantasy

衝《しょう》動《どう》

〈HM⑲⑳-1〉

二〇二一年八月二十日　印刷
二〇二一年八月二十五日　発行

著　者　アシュリー・オードレイン
訳　者　中《なか》谷《たに》友《ゆ》紀《き》子《こ》
発行者　早川　浩
発行所　株式会社　早川書房

郵便番号　一〇一 - 〇〇四六
東京都千代田区神田多町二ノ二
電話　〇三 - 三二五二 - 三一一一
振替　〇〇一六〇 - 三 - 四七七九九
https://www.hayakawa-online.co.jp

（定価はカバーに表示してあります）

乱丁・落丁本は小社制作部宛お送り下さい。
送料小社負担にてお取りかえいたします。

印刷・中央精版印刷株式会社　製本・株式会社フォーネット社
Printed and bound in Japan
ISBN978-4-15-184701-1 C0197

本書は活字が大きく読みやすい〈トールサイズ〉です。